REM

Wovon träumst du nachts?

Luisa Rausch

REM

Wovon träumst du nachts??

Roman

Bibliografische Information der Deutschen Nationalbibliothek:
Die Deutsche Nationalbibliothek verzeichnet diese Publikation in
der Deutschen Nationalbibliografie; detaillierte bibliografische
Daten sind im Internet über dnb.dnb.de abrufbar.

Herstellung und Verlag: BoD – Books on Demand, Norderstedt

ISBN: 978-3-7597-3703-8

Für Jens

*Ich freue mich schon, mit dir dieses
wunderschöne Land zu bereisen!*

PROLOG

Der Wind zerrte an ihr und peitschte ihr die Haare ins Gesicht. Sie hatte Mühe sich auf den Beinen zu halten, während sie auf den Rand der Klippe zuhielt, der sie magnetisch anzuziehen schien.

Ihr Kopf schrie unentwegt *Stopp*, doch ihre Beine bewegten sich unbeirrt vorwärts. Sie hielten erst an, als sie schon beinah den Rand des bröckeligen Steilhangs erreicht hatte und ihr Blick geradewegs in den dunklen Abgrund vor ihr fiel. Sie konnte nicht ausmachen, wie tief es hinab ging, geschweige denn, ob unten überhaupt etwas auf sie warten würde…

Der Wind wurde noch stärker und übertönte jegliche Geräusche um sie herum. So bemerkte sie auch viel zu spät, dass sie längst nicht mehr allein war.

Sie hatte denjenigen nicht kommen hören, sondern lediglich die Anwesenheit einer anderen Person gespürt. Doch als sie sich umdrehen wollte, um zu sehen, wer sie an diesem Ort aufgesucht hatte, verlor sie bereits das Gleichgewicht.

EINS

Der Cursor blinkte schon eine halbe Ewigkeit an ein und derselben Stelle. Das bläuliche Licht des Bildschirms erhellte den sonst dunklen Raum und ließ ihr restliches Umfeld für sie in ein tiefes Schwarz versinken.

Annis Augen schmerzten und sie kniff sie fest zusammen, um ihren Blick anschließend neu zu fokussieren. Was machte sie sich vor – sie würde die Deadline, die Ingar ihr gegeben hatte, nie einhalten können. Erschrocken zuckte sie zusammen, als etwas direkt neben ihr auf dem Tisch landete.

Buscuit, ihr Kater, erreichte ihr begrenztes Sichtfeld und tapste leichtfüßig an der Tischkante entlang auf sie zu. Anni schob ihren Laptop etwas von sich, um die Norwegische Waldkatze davon abzuhalten über die Tastatur zu laufen. Ein lautes Schnurren erfüllte den Raum, als sie sanft über den Rücken des Katers strich.

„Ja, du hast recht – ich kann genauso gut schlafen gehen", stimmte sie ihrem Kater zu, der sich demonstrativ vor ihrem aufgeklappten Bildschirm positioniert hatte. Mit einem Seufzen klappte Anni den Laptop zu und stand auf.

Erst jetzt merkte sie, wie steif sie inzwischen war, und auf dem Weg ins Schlafzimmer massierte sie sich stöhnend den schmerzenden Nacken.

„Auh, verdammt", meckerte sie, als sie im Dunklen mit dem Fuß gegen einen der Umzugskartons stieß, die schon seit Tagen kreuz und quer in ihrer Wohnung herumstanden und sie jedes Mal, wenn sie sie anschaute, anzuschreien schienen, dass sie doch endlich ausgepackt werden wollten.

Im Schlafzimmer angekommen betätigte Anni den Lichtschalter neben der Tür und die einsame Glühlampe, die von der Zimmerdecke herunterbaumelte, warf ihr spärliches Licht in den Raum.

Auch hier herrschte noch ein heilloses Durcheinander. Die Kartons mit den Klamotten türmten sich in einer Zimmerecke - einige davon bereits aufgerissen und durchwühlt.

Drei Wochen wohnte sie jetzt hier. Und drei Wochen hatte sie sich gekonnt davor gedrückt, auch nur irgendwas zu tun, um diese Wohnung zu *ihrer* Wohnung zu machen.

Monatelang hatte sie nach etwas Passendem in Tromsø Ausschau gehalten und nichts gefunden –

oder vielleicht hatte sie auch einfach nichts finden wollen – bis dann ganz plötzlich Beret von der Arbeit heimkam und freudestrahlend verkündete, dass sie *die* Wohnung für Anni gefunden hätte.

Und tatsächlich hatte Anni diesmal keinen ernsthaften Grund finden können, um Beret und Len davon zu überzeugen, dass sie doch noch ein Weilchen in ihrem gemütlichen WG-Zimmer bleiben müsste.

So kam es, dass sie keine Woche später ihre sieben Sachen zusammenpackte, wobei ihr Len und Beret, ihrer Meinung nach etwas zu euphorisch, zur Hand gingen.

Sie vermisste ihr kleines kuschliges Zimmer, in dem sie während des Studiums und in den drei Jahren danach gelebt hatte, schon jetzt. Sie wusste, dass sie mit ihren 29 Jahren inzwischen wirklich alt genug für etwas Eigenes war. Außerdem gönnte sie Len und Beret, die seit einigen Jahren ein Paar waren und ihre Anwesenheit schon viel zu lange toleriert hatten, ihre Zweisamkeit. Trotzdem fiel ihr der Abschied schwer. Vor allem, weil es ihr mal wieder vor Augen führte, wie unfähig sie eigentlich war, ihr eigenes Leben zu organisieren.

Über die Wohnung konnte sie sich allerdings wirklich nicht beschweren. Das Zwei-Zimmer-Apartment befand sich in einem ruhigen Wohnviertel nicht weit vom Prestvannet See und dem nahegelegenen Park. Das alte Gebäude war vor wenigen Jahren erst komplett saniert worden und die Zimmer waren groß und mit wunderschönem Holzboden ausgestattet. Die Lage im zweiten Obergeschoss bot noch dazu eine nette Aussicht. Alles in allem also wirklich *die* Wohnung und eigentlich war es ein Wunder, dass Anni sie bekommen hatte.

Es hatte noch keine Anzeige in der Zeitung oder im Internet gegeben. Beret hatte von einer Arbeitskollegin im Krankenhaus, die in der Nachbarschaft wohnte, erfahren, dass die Wohnung wohl bald zur Vermietung freiwerden würde, nachdem der Vormieter recht überstürzt und unter seltsamen Bedingungen ausgezogen war. So kam es auch, dass Anni die Wohnung sogar teils möbliert hatte übernehmen können.

Während sie sich nun aus ihrer Sweatjacke schälte, die sie über ihrem Schlafanzug getragen hatte, fiel ihr Blick auf das Bild über ihrem Bett.

Auf die Frage nach einem Abstellplatz für ihr Fahrrad hatte der Vermieter ihr einen Schlüssel für das zur Wohnung gehörige Kellerabteil übergeben. Dort hatte sie, neben ein paar anderen alten Kisten und Schnickschnack, auch dieses Ölgemälde gefunden, was sie kurzerhand mitgenommen und an den bereits vorhandenen Nagel über dem Bett aufgehängt hatte. Sie konnte verstehen, warum der ehemalige Bewohner es zurückgelassen hatte. Das Motiv war nicht sonderlich originell. Es zeigte Tromsø bei Nacht. Über den

Lichtern der Inselstadt zogen sich giftgrüne Streifen durch den Nachthimmel.

Anni war der Ausblick mehr als bekannt. Sie wusste nicht, wie oft sie selbst schon oben auf dem Storsteinen, dem Hausberg, gestanden und runter auf die Stadt geblickt hatte. Der Ort war bekannt für seine beeindruckende Aussicht und machte ihn so zu einem der beliebtesten Plätze für Touristen. Bilder dieses Motives in unterschiedlichsten Ausführungen, zu unterschiedlichsten Jahres- oder Tageszeiten, bekam man somit in fast jedem Souvenirshop beinah hinterhergeworfen.

Trotzdem fand Anni, dass das Bild sich dort an der Wand ganz gut machte und wenigstens etwas Farbe in die sonst noch sehr kahlen Zimmer brachte.

Sie nahm ihre Brille ab, legte sie auf den Nachttisch und kletterte anschließend unter die dicke Daunendecke.

Ein tiefer Seufzer entfuhr ihr.

„Bitte lass es morgen besser laufen", schickte sie ein Stoßgebet gen Himmel, ehe sie das Licht löschte.

ZWEI

„Annike! Annike, Kind! Wach schon endlich auf! Das ist wieder typisch! Nur am Schlafen! Was soll denn aus dir werden?"

Erschrocken riss Anni die Augen auf. Sie lag rücklings auf dem Boden. Ihr Blick war geradewegs an die hölzerne Decke über ihr gerichtet. Es war inzwischen unglaublich warm in dem Raum und als sie den Kopf zur Seite neigte, blickte sie direkt in den riesigen Steinkamin neben sich, dessen knisterndes Feuer seine Wärme versprühte.

Als Anni sich bewegte, bemerkte sie die weiche Unterlage, die sie von den harten Fliesen trennte. Zaghaft strich sie über das Fell, welches früher mal den Leib eines Tieres geschmückt hatte. Angewidert rümpfte sie die Nase, als sie die blutigen ausgefransten Ränder sah.

Der Grund für ihr Aufwachen kam ihr wieder in den Sinn und ruckartig setzte sie sich auf und schaute sich um. Die Möbel um sie ragten wie riesige Schatten in die Dunkelheit empor, doch sie konnte ihn nicht entdecken. Sie war allein. Die Erkenntnis ließ ihren Puls schlagartig sinken.

„Wird aber auch Zeit." Der Unterton der Stimme klang gereizt.

Anni zuckte zusammen, als die Stimme erneut und viel zu nah an ihr Ohr drang.

Der Klang rief Bekanntes in ihr hervor und nochmals suchte sie den halbdunklen Raum nach ihm ab. Als sie schließlich den Kopf hob, blickte sie geradewegs in das Gesicht des riesigen Tieres.

Über dem Kamin hing ein überdimensional großer Elchkopf und starrte ihr entgegen. Der Schein des Feuers spiegelte sich in den Gläsern seiner Brille wider, die auf seiner Nase thronte. Ein kleines vernickeltes Drahtgestell.

In diesem Moment öffnete sich das Maul des Tieres und erneut erklang die altbekannte Stimme: „Kind, was hast du denn hier schon wieder für ein Durcheinander angerichtet?", empörte sich der Elchkopf.

In Anni stieg Scham auf, während sie auf das verstreute Papier um sich herum blickte. Einige Blätter waren zu Bällen zerknüllt, andere glatt und unberührt. Sie griff zu dem Nächstgelegenen und hielt es so in den Schein des Feuers, dass sie die paar wenigen Worte, die auf den Anfang der Seite geschrieben standen, entziffern konnte. Es stand nur ein Halbsatz auf dem Zettel, der noch dazu wieder durchgestrichen worden war. Ihre Handschrift wirkte krakelig und spiegelte die Emotionen, die sie beim Schreiben der wenigen Worte verspürt hatte – Ärger und Wut.

„Du siehst es selbst, oder? Dass das nirgendwo hinführt. Du hast dich da in etwas verrannt und bist nur zu stur, um dir das einzugestehen."

Anni riss den Blick von dem Papier los, um dem Elch zu widersprechen, sackte jedoch sofort wieder in sich zusammen, da er inzwischen nochmal um ein Vielfaches gewachsen war. Er überragte sie nun vollkommen und Anni blieb stumm.

Die nächsten Worte klangen wie eine böse Prophezeiung:

„Du bist in Gefahr. Überleg dir deine nächsten Schritte gut."

Das Feuer im Kamin schoss plötzlich in die Höhe, als hätte man Spiritus beigefügt und Anni musste die Hände schützend vor das Gesicht halten. Durch das ohrenbetäubende Knistern des Feuers vernahm sie die warnenden Worte des Elches.

„Pass auf!", sprach er eindringlich.

Und noch einmal: „Pass auf!"

DREI

Anni schreckte aus dem Schlaf. Ihr Puls raste und es dauert einen Moment, bis sich ihr Herzschlag wieder etwas normalisierte. Die letzten warnenden Worte des Elches klangen in ihr nach.

Dieser Traum hatte sich merkwürdig echt angefühlt und instinktiv fasste sie sich an die Wange, doch die Haut unter ihren Fingern war angenehm kühl. Trotzdem war es seltsam wie unglaublich präsent der Traum noch in ihrem Kopf war. Sie konnte sich an jedes kleine Detail erinnern, selbst an den Duft nach Rasierwasser, der in dem Raum geschwebt hatte. Für gewöhnlich konnte sie sich nicht gut an Einzelheiten aus ihren Träumen erinnern.

Anni rieb sich mit den Händen übers Gesicht. Dann starrte sie eine ganze Weile die Decke an, während sie grübelte, was dieser Traum ihr sagen wollte.

Wobei sie sich nicht sicher war, ob sie die Antwort überhaupt hören wollte.

Um die zermürbenden Gedanken loszuwerden, stand sie auf und zog sich die Sweatjacke vom Vortag wieder über. Dann ging sie ins Bad, um zumindest das vergessene Zähneputzen vom Vorabend nachzuholen und den schalen Geschmack im Mund loszuwerden.

Buscuit wartete schon in der Küche an seinem Fressnapf auf sie und empfing sie mit einem empörten Miauen. Eilig schüttete sie ein paar Brekkies in die Schüssel.

Sie setzte sich zurück an ihren Schreibtisch, doch schon während sie ihren PC beim Hochfahren beobachtete, überkam sie ein Gefühl von Ernüchterung. Sie ahnte schon, dass dieser Tag nicht sehr viel anders verlaufen würde. Sie überflog, was sie am Vortag geschrieben hatte - es war überschaubar.

Während sie die wenigen Seiten gegenlas und nebenbei ein paar Schreibfehler korrigierte, hoffte sie irgendwo den roten Faden zu finden, den sie wieder aufgreifen konnte. Doch sie musste sich eingestehen, dass sie keinen blassen Schimmer hatte, wo die Story hinführen sollte.

Neben ihr auf dem Schreibtisch lag ihr Notizblock, auf den sie ein paar Schlagworte geschrieben hatte. Sie öffnete den Internetbrowser, um ein paar Recherchen dazu zu machen und ihre Ideen darauf vielleicht etwas ausbauen zu können. Nach ein paar Klicks fand sie ein Video mit einer interessanten Überschrift und klickte es an…

Tromsø, Sonntag 12:05 Uhr

…zehn Videos später schweifte ihr Blick hinunter in die rechte Bildschirmecke. Kurz nach zwölf – verdammt! Sie hatte es mal wieder fertiggebracht, den ganzen Vormittag über nichts aber auch rein gar nichts Wertvolles zu Papier zu bringen. Sie wusste nicht, ob es bloß dem Druck, den sie diesmal von außen bekam, zuzuschreiben war, dass sich in ihrem Kopf einfach keine neue Idee bilden wollte, oder ob sie sich letztendlichen eingestehen musste, dass sie nicht dazu taugte, wie am Fließband neue Romane rauszuhauen, was jedoch nötig war, wenn das Schreiben kein Hobby bleiben sollte.

Ihren ersten Kriminalroman *„Bis dass der Tod uns scheidet“* zu schreiben hatte ihr unglaublich viel Spaß bereitet. All die Stunden, die sie in der Bücherei verbracht hatte, um zu recherchieren und sich Inspiration zu holen. Die unzähligen kleinen Zettel mit Ideen, die überall rumgeflogen waren und die nächtlichen Geistesblitze, die es ihr oft unmöglich

18

gemacht hatten, im Bett zu bleiben, waren für sie die Definition des Autorendaseins. Für sie hatte das Schreiben schon immer einen Ausflug in eine andere Welt bedeutet und egal wo sie sich als Kind befunden hatte, sie war meist in irgendwelche Geschichten vertieft gewesen.

Doch das hier – das hatte alles nichts mit Freude und Leichtigkeit zu tun. Das war purer Stress.

Die Tatsache, dass sie einen Verlag in Oslo gefunden hatte, der ihren ersten Roman verlegen wollte, war wie ein Sechser im Lotto gewesen. Und Ingar, die die Autoren im Norden betreute, war ein Goldstück. Doch sie hatten ihr von Anfang an klar gesagt, dass sie nicht zu lange warten dürfe, ein neues Buch auf den Markt zu bringen, sonst würde ihr Name mit einem Wimpernschlag wieder in Vergessenheit geraten. Aber was, wenn ihr erster Roman bloß ein Glückstreffer gewesen war und sie keine neue gute Idee haben würde…

Anni schlug sich mit der flachen Hand mehrfach an den Kopf, so als könne das diese fiese kleine Stimme, die sie jetzt schon eine ganze Weile begleitete, vertreiben.

Sie schloss den Internetbrowser und der weiße leere Bildschirm erschien vor ihr. Der blinkende Cursor schien sie zu verpönen und Anni stützte stöhnend das Gesicht in die Hände.

Sie musste hier raus.

Mit diesem Gedanken stand sie auf, packte kurzerhand ihren Laptop zusammen und verstaute ihn in der Tragetasche. Dann ging sie in ihr Schlafzimmer um sich anzuziehen.

An ihrer Flurgarderobe hing bloß ihr wuchtiger alter Mantel, den sie vor ein paar Jahren in einem Secondhandladen erstanden hatte und der sie schon durch einige kalte Winter gebracht hatte. Dick eingepackt und die Tasche umgehängt verließ Anni ihre Wohnung. Sie zog die Tür hinter sich ins Schloss und steckte ihren Schlüssel in die Manteltasche, während sie auf die Treppe zuhielt.

„Ach, guten Morgen, meine Liebe. Schön, dass ich dich antreffe", hörte sie plötzlich eine Stimme über sich und fuhr erschrocken zusammen.

Eine ältere Dame mit großem dunkelrotem Mantel und Hut war auf dem Weg hinunter vom oberen Stockwerk. Ihr voraus trabte ein mittelgroßer schwarzer Hund die Stufen hinab. Der freundliche Smalltalk Ton der Dame verwirrte Anni und sie fragte sich kurz, ob sie irgendwas verpasst hatte. Womöglich verwechselte die etwas ältere Dame sie aber auch einfach. Direkt vor ihr blieb sie stehen.

„Ich wollte schon die ganze Zeit mal vorbeischauen und mich vorstellen. Ich bin Tordis. Ich wohne in der Wohnung über dir", plauderte die Dame freundlich weiter und streckte Anni die Hand entgegen.

Anni ergriff die ausgestreckte Hand, die in einem dicken Fäustling steckte, und schüttelte sie, noch immer etwas irritiert über diese vertraute Ansprache.

In dem Moment trottete der Hund, der hinter Tordis gestanden hatte, nach vorne auf Anni zu und beschnüffelte interessiert ihre Beine.

„Dagna scheint dich zu mögen. Eigentlich ist sie sehr verhalten bei Fremden."

„Vermutlich rieche ich nach Katze", überlegte Anni, hockte sich zu dem schwarzen Hund hinunter und ließ ihn an ihren Händen schnuppern. „Dagna?", wiederholte sie, während sie sich wieder aufrichtete, „interessanter Name für einen Hund, so schwarz wie die Nacht."

„Naja, so viel anders sehen unsere *Tage* ja aktuell auch nicht aus." Tordis zuckte schmunzelnd mit den Schultern und Anni stimmte ihr lachend zu.

Die beiden Frauen verließen gemeinsam das Gebäude.

„Ach wie schön, es schneit ja wieder", meinte Tordis, als sie zusammen vor die Tür traten.

Der sowieso schon dunkle Himmel war mit Wolken verhangen, doch auf dem Boden hatte sich eine dünne Schneeschicht gebildet, wodurch alles um sie herum ein bisschen heller wirkte. Es war Ende November und so weit oben im Norden hatte die Polarnacht die Welt zu dieser Zeit fest im Griff. Die

Stunden, in denen sowas ähnliches wie Tageslicht vorhanden war, waren rar.

„Hast du ein bestimmtes Ziel, Liebes?", brach Tordis das Schweigen, während sie nebeneinanderher auf die nächste Hausecke zuliefen.

Anni überlegte kurz: „Ich hatte vor runter in die Stadt zu laufen und mich ein bisschen in ein Café zu setzen. Ich suche nach etwas Schreibinspiration." Sie deutete auf ihre Laptoptasche. „Zuhause fiel mir gerade die Decke auf den Kopf."

„Ach du schreibst. Das ist aber interessant. Dann wünsche ich dir viel Erfolg. Oft kommen einem ja die besten Ideen in völlig ungewöhnlichen Momenten." Tordis blieb an der Straßenkreuzung stehen. „Ich muss hier lang. Dagna und ich wollen noch eine alte Freundin besuchen. Alles Gute, Liebes."

Anni fand es äußerst sympathisch, dass die ältere Dame sie die ganze Zeit so herzlich *Liebes* nannte, obwohl sie sich gerade im Hausflur zum ersten Mal über den Weg gelaufen waren. Es löste ein warmes Gefühl in ihrer Brustgegend aus. Auf dem Weg runter in die Stadt überlegte sie mehrfach, ob sie Tordis irgendwie in ihre nächste Geschichte einbauen könnte.

Nachdem sie eine Weile durch die Einkaufsstraße spaziert war und die Einheimischen und unzähligen Touristen beobachtet hatte, machte sie sich auf den Weg zum Hafen. Dort ließ sie sich den rauen Wind um die Nase wehen, während sie die Lichter der Autos auf der Brücke und der Häuser drüben auf dem Festland betrachtete. Als ihre Zehen taub vor Kälte wurden, suchte sie Unterschlupf im Svermeri Café, wo sie einen Tisch am Fenster ergatterte. Draußen war es inzwischen längst wieder vollends dunkel.

Anni bestellte sich einen Früchtetee und eine frische Zimtschnecke und packte dann ihren Laptop vor sich aus.

Es hatte wieder angefangen zu schneien und durch das Fenster des Cafés beobachtete sie, wie die weißen Flocken im Licht der Straßenlaternen tanzten. So saß sie da eine ganze Weile.

Als ihr Handy auf dem Tisch zu vibrieren begann, erwachte sie aus ihrem tranceähnlichen Zustand. Das Bild ihrer Stiefschwester Iben war auf dem Display des Smartphones erschienen.

„Hey Iben", meldete sich Anni.

„Hallo. Wo bist du denn gerade? Stör ich?"

„Nein, gar nicht. Ich bin grade im Svermeri, mich etwas aufwärmen. Was gibt's denn?"

„Ich wollte fragen, ob du Lust hast, heute Abend zum Essen rüberzukommen. Bente hat vorhin seine Fischsuppe angesetzt, die du so gern magst. Und so wie es aussieht, reicht das wieder für eine ganze Woche." Iben lachte und Anni konnte hören, wie ihr Schwager im Hintergrund seine üblichen Rechtfertigungen vorbrachte.

Bei dem Gedanken an Bentes Fischsuppe lief Anni tatsächlich das Wasser im Mund zusammen, obwohl sie gerade erst ihre Zimtschnecke verputzt hatte. „Super, gerne", gab sie zurück.

„Prima! Um halb fünf gibt's Essen. Schaffst du das?"

Ein Blick auf die Uhr auf dem Laptop Bildschirm vor ihr zeigte Anni, dass es bereits zwanzig vor vier war. Sie klappte den Laptop zu. Sie hatte kein einziges Wort getippt, seit sie hier saß, und wenn sie ehrlich war, wusste sie, dass sich das auch nicht mehr ändern würde.

Sie verabschiedete sich von Iben und legte auf. Keine zehn Minuten später stieg sie an der nächsten Haltestelle in den Bus.

Zuhause stellte sie ihre Tasche auf dem Schreibtisch ab und ging ins Schlafzimmer, um sich noch etwas Gemütlicheres für den Abend anzuziehen. An der Haustür überlegte sie, griff dann aber kurzerhand zum Autoschlüssel und verließ die Wohnung.

Ihr Auto, ein kleiner älterer Opel Corsa in mintgrün, parkte an der Straße. Sie fragte sich häufig, für was sie das Auto eigentlich brauchte, da alles wunderbar mit dem Bus erreichbar war. Aber hin und wieder kam es doch mal vor, dass es ganz praktisch war mobil zu sein.

Über die Brücke verließ sie die Insel Tromsøya. In dem kleinen Örtchen Eidkjosen fuhr sie am Eide

Handel, dem örtlichen Supermarkt, rechts ab Richtung Kaldfjord.

Der Ort, der direkt an einem Fjord gelegen war, war sehr idyllisch und die Lichter der Häuser spiegelten sich auf der Meeresoberfläche, die beinahe wie ein Spiegel wirkte, so ruhig lag das Meer in den Fjord eingebettet da.

Bente und Iben hatten vor einem Jahr ein gemütliches kleines Haus gekauft, nachdem ihnen ihre Wohnung mit ihrer kleinen Tochter Malin einfach zu eng geworden war.

Anni mochte, was die beiden aus dem älteren Häuschen gemacht hatten, und als sie in der Auffahrt parkte, konnte sie durchs Küchenfenster die kleine Familie bereits sehen. Bente am Herd, in einem großen Topf rührend. Iben und Malin ihm gegenüber, konzentriert auf etwas auf dem Tisch vor ihnen blickend.

Iben führte in Annis Augen ein richtiges Klischeeleben. Nach der Schule hatte sie Grundschullehramt studiert und im Anschluss an der Schule angefangen, auf die sie selbst früher gegangen war. Mit 23 hatten sie und Bente geheiratet und ein Jahr später war sie schon schwanger gewesen.

Es war nicht so, dass Anni sich auch so ein Leben wünschte. Im Gegenteil, sie liebte ihre Unabhängigkeit und Flexibilität. Doch manchmal beneidete sie Iben dafür, dass ihr Leben scheinbar so nach Plan verlief. Iben hatte ein offensichtliches Talent für Organisation und dafür, Verantwortung zu übernehmen, während Anni immer noch die Tatsache überforderte, dass sie jetzt für sich allein verantwortlich war und niemand den Müll rausbringen würde, wenn sie es mal wieder vergaß.

Der Schnee vom Mittag war schon wieder getaut und so lief Anni um ein paar Pfützen herum zur Veranda, die sich an der vorderen Hausseite entlang zog. Sie klingelte und es dauerte nicht lange, bis ihr Schwager Bente ihr die Tür öffnete.

„Hey Anni, du kommst genau pünktlich. Komm rein", begrüßte Bente sie und trat einen Schritt zur Seite, um Anni vorbeizulassen.

Anni kannte Bente schon seit dem Kindergarten. Sie waren im selben Alter und da der Hof von Bentes Eltern quasi der Nachbarhof ihrer Familie gewesen war, hatten die beiden als Kinder sehr viel Zeit miteinander verbracht. Nach der Schule hatte Bente Veterinärmedizin studiert und weiterhin auf dem Hof seiner Eltern gearbeitet. Inzwischen war er der ortsansässige Tierarzt.

Anni legte Mantel und Schal im Flur ab und folgte ihm dann in die gemütliche Wohnküche, aus der ihr bereits der unverwechselbare Geruch von Bentes Fischsuppe entgegenwehte.

Anni rieb sich den vollen Bauch und lehnte sich in ihrem Stuhl zurück.

„Ich glaube, ich brauche die nächsten drei Tage nichts mehr zu essen."

„Es gibt auch noch Waffeln", berichtete Iben daraufhin.

„Ja, Tante, Tante", quäkte Malin dazwischen. „Ich habe geholfen. Ich habe den Mixer sogar gaaanz alleine gehalten", verkündete die dreijährige stolz.

„Das erzählt ihr mir erst jetzt?", empörte sich Anni und blies mit einem Blick auf ihren Bauch die Backen auf.

„Ach komm, so wie ich dich kenne, hast du auch noch Platz für ein oder zwei Waffeln", schmunzelte Bente, während er die leeren Teller vom Tisch sammelte und in die Küche trug.

Anni lachte, obwohl sie Bentes Kommentar nicht wirklich schmeichelhaft fand. Die Tatsache, dass er sie für verfressen hielt, gefiel ihr nicht wirklich. Unzufrieden warf sie einen erneuten Blick auf ihre Körpermitte. Sie kämpfte schon seit Ewigkeiten damit ein paar Kilo runterzubekommen, doch ihre Leidenschaft für das Essen, besonders für süße Leckereien, machten ihr Vorhaben nicht sonderlich leicht. Aber trotz Bentes Kommentar, der etwas an ihr nagte, sagte sie auch diesmal nicht nein, als Malin ihr, kurze Zeit später, ganz stolz eine warme Waffel mit Braunkäse vorsetzte.

Nach dem Waffelessen verschwanden Bente und Malin im Bad und Iben und Anni verlagerten ihr Gespräch mit zwei Gläsern Wein in die Küche, wo Iben nebenbei die Spülmaschine bestückte.

„Los erzähl, was ist los?", fragte Iben, nachdem ein Moment der Stille entstanden war. Sie schaute Anni durchdringend an, die verwundert von ihrem Weinglas aufblickte.

„Was meinst du?", wollte sie wissen.

„Dich bedrückt doch etwas, das merk ich. Ist mit der neuen Wohnung alles in Ordnung? Hast du dich schon ein bisschen eingelebt? Oder stimmt was an der Arbeit nicht?"

„Nein, es ist alles gut, Iben. Wirklich. Ich habe nur echt schlecht geschlafen letzte Nacht."

Iben zog wenig überzeugt die Augenbrauen nach oben.

„Doch, ehrlich. Ich hatte heute Nacht einen ganz seltsamen Traum", fiel Anni ein. „Von einem Elchkopf, der sich mit mir unterhalten hat. Oder besser gesagt mich beschimpft hat. Und ich bin mir ziemlich sicher, dass er wie Ingvald klang. Er trug auch seine blöde Nickelbrille und der ganze Raum hat nach seinem Rasierwasser gerochen."

„Ingvald war ein Elch? Was hat er denn gesagt?", wollte Iben leicht belustigt wissen.

„Das meine Entscheidungen nichts taugen. Das so nie was aus mir wird und irgendwas davon, dass ich aufpassen und mir meine nächsten Schritte gut überlegen soll. Also quasi das, was auch mein Vater sagen würde. Aber warum träum ich so einen Scheiß?"

„Mh", machte Iben nachdenklich. „Kann es sein, dass es zurzeit nicht so gut mit deinem Buch läuft?", fragte sie dann vorsichtig.

Anni fühlte sich, als hätte sie einen riesigen Stein im Magen. Natürlich hatte Iben gleich eins und eins zusammengezählt und direkt erfasst, was Anni gerade *eigentlich* das Leben schwer machte. Anni vergrub das Gesicht in den Händen und ihr verzweifeltes „Nein" wurde von ihnen gedämpft.

„Ich wette jeder Autor hat mal so eine Phase, in der ihm nicht gefällt, was er schreibt. Sei nicht zu kritisch mit dir." Ibens Aufmunterungsversuche drangen an Annis Ohren und sie hob den Kopf aus den Händen

„Wenn es ja so wäre. Aber es läuft einfach gar nicht. Ich habe ja nicht mal einen blassen Schimmer, was ich überhaupt schreiben will. Ich habe gestern keine einzige verwendbare Idee zustande gebracht. Kannst du alles direkt in die Tonne kloppen." Anni ließ ihren Kopf zurück in die Hände fallen, nur um ihn gleichdarauf wieder zu heben. „Aber das Schlimmste: Ingar hat schon für die nächste Woche ein Termin angesetzt, in dem ich ihr mein neues Exposee vorstellen soll. Wie? Sag mir, wie soll ich in einer Woche ein komplettes Exposee auf die Beine stellen, wenn ich ja nicht mal eine vernünftige Idee habe?", jammerte sie weiter.

Kommentarlos griff Iben zur Weinflasche und füllte Annis Glas erneut. Anni schenkte ihrer Schwester ein schmales Lächeln und nahm einen großen Schluck davon.

„Warum ein Elch?" überlegte Iben laut.

„Was? Keine Ahnung." Anni winkte ab und nahm noch einen weiteren Schluck Wein.

„Hast du nicht gesagt, dass dich dein Opa immer zur Jagd mitnehmen wollte?", überlegte Iben weiter.

„Oh ja, grauselig. Er war immer der Meinung, er müsse mir das Jagen beibringen, so wie meinem Vater."

„Ich find das sehr interessant. Meistens haben so Tiere ja eine bestimmte Bedeutung in Träumen." Iben schloss die Spülmaschine und umrundete die Kücheninsel.

„Ach ja?", fragte Anni, wenn auch eher unbeeindruckt. Sie wollte nicht wissen, warum ihr Vater ihr im Traum als Elch erschienen war, um sie zu kritisieren.

„Komm wir googeln das mal." Iben kletterte auf den Stuhl neben Anni und griff nach ihrem Handy, welches neben Annis auf der Anrichte lag.

Sie tippte ein paar Mal darauf und überflog einige Seiten.

„Hier", meinte sie dann und las laut vor. „*Der Elch als Traumsymbol: Genauso wie in der Realität, steht der Elch auch in Träumen als Zeichen für eigene Kraft, Stärke und Unabhängigkeit des Träumenden.*

Wird das Tier im Traum in der freien Wildbahn gesehen, kann es weiterhin auf ein harmonisches familiäres Zusammenleben hinweisen"

„Pff, genau." Anni lachte sarkastisch. „Das hört sich exakt nach mir und Ingvald an"

„Es geht doch noch weiter." Iben senkte wieder den Blick. „*In naher Zukunft wird die Kommunikation innerhalb der Familie des Träumenden gut funktionieren und es wird weniger zu Streit oder ähnlichem kommen. Einzelne Familienmitglieder werden zueinander finden.*"

Anni warf Iben einen abschätzigen Blick zu, als diese eine verheißungsvolle Pause einlegte.

„*Der Elch als Traumsymbol kann aber auch auf das Knüpfen günstiger neuer Bekanntschaften hindeuten. In naher Zukunft könnten Menschen in das Leben des Träumenden treten, die ihn beruflich und/oder privat voranbringen werden, was ihn zu großen Erfolgen führen wird. Wird der Elch im Traum allerdings in Gefangenschaft gesehen, ist dies eher negativ zu interpretieren. Es könnte für den Träumenden bedeuten, dass es in naher Zukunft zu Streitigkeiten kommen könnte. Der Betroffene eckt möglicherweise mit seiner Meinung oder seinen Handlungen öfter an und gerät dadurch in Konflikte. Der psychologischen Auffassung nach sehnen sich Leute, die von einem Elch träumen, nach Freiheit und Unabhängigkeit. Die unberührte Natur, in der das Krafttier natürlicherweise lebt, spielt hierbei auch eine Rolle. Der Träumende fühlt sich möglicherweise in seinem Alltag stark eingenommen und hat das Gefühl, sich nicht frei entfalten zu können. Er wünscht sich mehr von der Einfachheit und Reduziertheit der unbegrenzten Natur. Der Träumende sollte dies also als Aufforderung sehen sich mehr Ruhe zu gönnen und mehr Zeit an der frischen Luft zu verbringen."*

„Da haben wir's!", platzte es aus Anni heraus, kaum das Iben verstummte. „Das Ding hing quasi tot an der Wand. Mehr Gefangenschaft geht ja gar nicht. Also nichts mit Harmonie."

„Das schon, aber vielleicht solltest du es trotzdem als guten Hinweis sehen. Immerhin kann es ja sein, dass dir der Traum einfach nur sagen will, was du brauchst oder dir im Moment guttun würde."

„Ich war heute den verdammten ganzen Mittag draußen und das hat mir null Komma null gebracht."

„Du bist aber auch echt ungeduldig." Iben lachte.

„Ich habe halt keine Zeit geduldig zu sein", jammerte Anni, worüber sie dann doch beide lachen mussten.

„Komm mal her." Iben stand von ihrem Hocker auf und nahm Anni fest in die Arme, die diese Geste dankend annahm.

„Was hältst du davon, wenn wir uns gleich, wenn ich Malin schlafen gelegt habe, hinsetzen und die Köpfe zusammenstecken. Ich kann zwar nicht behaupten, dass ich gerade mit unzähligen Romanideen in meinem Kopf umherlaufe, aber vielleicht kannst du mir von deinen erzählen und wir können eine etwas ausarbeiten", schlug Iben dann vor und blickte Anni aufmunternd an.

Auch wenn Iben nicht ihre leibliche Schwester war, hätte Anni sich keine bessere wünschen können.

Tromsø, Sonntag 22:33 Uhr

„I was a key that could use a little turning… So tired that I couldn't even sleep. So many secrets I couldn't keep. Promised myself I wouldn't weep. One more promise I couldn't keep…"

Anni drehte das Autoradio noch ein bisschen lauter, während sie die Küstenstraße entlangfuhr und voller Emotionen den Text von *Runaway Train* mitsang.

„It seems no one can help me now. I'm in too deep. There's no way out. This time I have really led myself astray…"

Über eine Stunde hatten sie und Iben zusammengesessen und waren ihre bisherigen Ideen durchgegangen. Iben hatte wirklich versucht konstruktiven Beistand zu leisten, doch Anni konnte nicht behaupten, dass sie einen Schritt weitergekommen wäre.

Trotzdem hatte es sehr gutgetan, einfach mal bei einer anderen Person jammern zu können, und bei Iben wusste sie wenigstens, dass sie ihr nicht irgendwann einen Strick daraus drehen würde.

„…Runaway train never going back. Wrong way on a one way track. Seems like I should be getting somewhere…"

Sie hatte gerade die Lichter der Brücke hinter sich gelassen, als plötzlich links von ihr etwas Großes aus dem Gebüsch auf die Straße preschte.

Anni trat heftig auf die Bremse und im selben Moment erfassten die Scheinwerfer ihres kleinen Corsas die mächtige Gestalt eines ausgewachsenen männlichen Elches. Der Wagen kam direkt vor ihm zum Stehen.

Mit vor Schock weit aufgerissenen Augen blickte Anni das Tier vor ihr an – und das Tier blickte geradewegs zurück. Es hatte sich keinen Zentimeter bewegt. Noch immer angestrahlt stand es mitten auf der Straße, direkt vor der Motorhaube, und hielt Blickkontakt mit Anni.

Es war nichts Ungewöhnliches für Anni einen Elch zu sehen. Auf Kvaløya und selbst direkt auf dem Hof ihrer Mutter war sie schon des Öfteren auf diese imposanten Tiere getroffen. Doch allgemein zählten sie, im Vergleich zu den Rentieren, die sich auf den Inseln ebenfalls tummelten, eher zu den scheueren Lebewesen, die eilig die Flucht ergriffen, wenn sie sich bedroht oder bloß beobachtet fühlten.

Vielleicht hatte das Tier, wie sie, einen Schock erlitten und war genauso unfähig sich zu bewegen.

Anni löste eine Hand vom Lenker, den sie noch immer verkrampft umschlossen gehalten hatte, und schaltete ihre Scheinwerfer aus. Sofort versank die Welt um sie in tiefschwarze Dunkelheit. Ihre Augen brauchten eine Weile, um sich an die neuen Umstände zu gewöhnen und so konnte sie nicht direkt erkennen, ob das Tier noch immer vor ihrem Wagen stand. Als sie das Licht nach einiger Zeit wieder einschaltete, war das Tier jedoch tatsächlich verschwunden. Als wäre es nie da gewesen.

Anni legte den ersten Gang ein und fuhr langsam wieder an. Eine viertel Stunde später parkte sie den Wagen wieder in der Lücke am Bürgersteig vor ihrem Zuhause.

Der Schock von dem Beinah-Zusammenstoß steckte ihr immer noch ein bisschen in den Knochen und der fixierende Blick des Elches wollte ihr nicht aus dem Kopf gehen. Es hatte fast so gewirkt, als hätte er ihr etwas sagen wollen. Fast wie in ihrem Traum.

Anni hielt kurz auf ihrem Weg zur Haustür inne, als ihr dieser Gedanken kam, doch sie vertrieb das komische Gefühl, was in ihr aufgestiegen war, sofort wieder. Es war bloß ein seltsamer Zufall gewesen, dass sie gerade noch mit Iben, bedingt durch ihren Traum, über Elche geredet hatte und dass ihr kurz darauf einer vor das Auto gelaufen war.

Im Treppenhaus drückte Anni den Lichtschalter neben der Tür. Sie stieg die zwei Treppen zu ihrer Etage hinauf und schloss ihre Wohnungstür auf. Als sie ihre Hand zu dem Lichtschalter unter ihrer Klingel ausstreckte, bemerkte sie, dass dort noch ein Aufkleber mit dem Namen des Vormieters klebte. Vorsichtig, ohne die Klingel zu betätigen, pulte sie ihn ab.

Johan Olsen stand dort.

Sie zerknäulte den kleinen Klebestreifen zwischen den Fingern und löschte dann das Flurlicht, bevor sie ihre Wohnung betrat. Nach einem kurzen Stopp im Bad ging sie schnurstracks in ihr Schlafzimmer, schälte sich aus ihren Klamotten und schlüpfte in ihren dicken Schlafanzug. Völlig erschöpft ließ sie sich auf ihr Bett fallen. Sie schaffte es gerade noch so ihren Wecker zu stellen, bevor sie sich umdrehte und einschlief. Der Blick des Elches war das Letzte, was sie vor sich sah.

VIER

„So Leute, Endspurt. Wir haben es fast geschafft. Hier geht heute Abend keiner raus, bevor nicht jeder Punkt perfekt sitzt."

So klang ein echter Redakteur, dachte sich Anni voller Stolz, während sie sich selbst beim Sprechen zuhörte. Das befriedigende Geräusch von Tastaturgeklapper erfüllte den Raum. Anni nahm wieder hinter ihrem Schreibtisch Platz und wandte sich selbst ihrem PC zu, um weiter am Layout der Unizeitung zu arbeiten.

UTOPIA prangte in großen Lettern auf der Titelseite.

Es war ihre erste Ausgabe als Redakteurin und sie durfte nicht weniger als perfekt werden. Der Druck, den Anni sich selbst machte, verhalf ihr dazu auf Hochtouren zu arbeiten, und denselben Einsatz erwartete sie auch von allen anderen Anwesenden, die sich dazu verschrieben hatten, ihre Freizeit der Schülerzeitung zu widmen.

Anni sah von ihrem Bildschirm auf als Edda zu ihr an den Tisch trat.

„Alles gut, Edda? Kann ich dir helfen?

„Ja, ich komme hier nicht weiter. Irgendwas stimmt da nicht. Kannst du mal kurz drüber schauen?"

„Na klar, zeig her." Anni nahm die zwei Seiten, die Edda ihr hinhielt, entgegen.

Statt des erwarteten Artikels erblickte Anni jedoch eine zweiseitige Gehaltsabrechnung des Tourismusbüros. Gerade als sie Edda darauf ansprechen wollte, ertönte aus der hinteren Ecke des Raumes ein schriller Schrei, gefolgt von wildem und aufgebrachtem Schimpfen aus einer anderen Ecke.

Innerhalb von Sekunden brach vor Anni das absolute Chaos aus und dann sah sie, wie ihr eigener PC-Bildschirm plötzlich schwarz wurde.

„Verdammte scheiße", entfuhr es ihr und sie begann wild auf ihrer Tastatur und Maus herumzudrücken, in der Hoffnung, damit etwas zu bewirken. Doch der Bildschirm blieb schwarz.

„Ich habe vergessen, zu speichern."

„Die scheiß Kiste geht ja gar nicht wieder an."

„Mist, ich glaube ich habe auch nicht gespeichert."

„Annike, was machen wir denn jetzt?"

„Annike..."

„Annike…“

Aus allen Ecken drangen verzweifelte Zurufe. Die blanke Panik ergriff Anni. Auch sie hatte ihre Arbeit der letzten Stunde nicht gespeichert. Niemals würden sie jetzt noch ihre Abgabefrist einhalten können.

Anni hatte in ihrer Position als Redakteurin versagt. Sie hatte den Test nicht bestanden. Verzweifelt versuchte sie einen klaren Gedanken zu fassen. Doch zu ihrer Verzweiflung öffnete schon jemand den kleinen roten Kasten an der Wand und betätigte den roten Knopf. Sofort sprang eine Sirene an.

Dieser Knopf war quasi eine offizielle Kundgabe, dass der Redakteur versagt hatte. Eine Ausgabe nicht rechtzeitig fertig zu bekommen, entband einen automatisch von der Position des Redakteurs und es würden Neuwahlen stattfinden.

Anni konnte es nicht fassen, dass ihr nicht einmal *eine* eigene Ausgabe vergönnt gewesen war.

Trotzdem wollte sie noch so viel wie möglich retten, deswegen griff sie nun zu ihrem Handy und wählte Tjores Nummer. Ibens Vater meldete sich nach dem ersten Klingeln.

„Was kann ich für meine Starjournalistin tun?“

Anni wäre am liebsten in Tränen ausgebrochen. „Tjore, ich brauche deine Hilfe, und zwar dringend. Kannst du an die Uni kommen? Hier geht grade alles den Bach runter.“

Sie hoffte inständig, dass ihr Stiefvater das wieder alles grade biegen konnte. Er war schon so oft ihr Helfer in der Not gewesen und der einzige Mann in ihrem Leben, an dessen Schulter sie einfach nur Schutz und Verständnis fand.

Anni hörte, wie die Leute im Raum immer noch versuchten ihre Rechner zum Laufen zu bringen, allerdings vergeblich. Sie konnte sich das nicht weiter mit ansehen. Sie rannte aus dem Raum und den Korridor entlang Richtung Toiletten. Zum Glück war sie dort allein. Sie eilte zu einem der Waschbecken und schaufelte sich erst einmal ein paar Handvoll Wasser in den Mund. Sie hatte gar nicht gemerkt, wie trocken ihr Hals geworden war. Als sie allerdings den Wasserhahn wieder zudrehen wollte, hielt sie plötzlich den Griff in ihrer Hand. Egal, was sie versuchte, sie bekam das Wasser einfach nicht ausgestellt.

Sie wollte los eilen, um den Hausmeister zu holen, doch die Klotür ließ sich plötzlich nicht mehr öffnen. Anni hämmerte mit den Fäusten gegen das Holz, um auf sich aufmerksam zu machen. Plötzlich merkte sie, wie ihre Füße nass wurden, und als sie auf den Boden blickte, stellte sie fest, dass sie knöcheltief in Wasser stand. Panisch drehte sie sich um.

Das Wasser floss inzwischen in Strömen über den Rand des Waschbeckens. Wie konnte das sein? Der

Abfluss war doch gar nicht verschlossen gewesen. Doch die Wassermassen drangen nicht nur aus dem Waschbecken. Auch aus den Toilettenkabinen hörte sie das Rauschen der Klospülung. Anni stapfte durch das Wasser zu einer der Kabinen. Zu ihrem Entsetzen musste sie feststellen, dass auch unter dem Rand der Klodeckel Wasser hervorquoll.

Was ging hier vor?

Das Wasser stieg in beängstigendem Tempo. Anni schrie und hämmerte um ihr Leben, doch es schien sie einfach keiner zu hören. Schon bald blieb ihr nichts anderes übrig, als auf einen der Klodeckel zu klettern, um sich ein bisschen Zeit zu verschaffen. Wenn ihr nicht jemand zu Hilfe kommen würde, würde ihr das Wasser bald bis zum Halse stehen und sie wusste nicht einmal, wie sie überhaupt in diese Situation gekommen war. Sie hatte doch einfach nur eine tolle Ausgabe rausbringen wollen, für die sie gefeiert werden würde und auf die sie stolz hätte sein können.

FÜNF

<u>Tromsø, Montag 08:00 Uhr</u>

Das schrille Klingeln des Weckers riss Anni aus dem Schlaf.

Sie hatte das Gefühl, die erdrückende Enge des Wassers um sich herum noch genaustens zu fühlen, aber als sie sich abtastete, war sie komplett trocken.

Was für ein beklemmender Traum. Sie hatte immer davon geträumt Unizeitungsredakteurin zu sein. Doch auch wenn sie vermutlich sogar das Talent dazu gehabt hätte, war sie einfach nie präsent und beliebt genug gewesen, dass auch nur überhaupt jemand daran gedacht hätte, sie zu fragen. Und sich in den Vordergrund drängen hatte sie schon immer gehasst – oder nicht den Mut gefunden, wenn sie ehrlich zu sich war.

Anni tastete nach dem kleinen Gerät, das noch immer penetrant Geräusche von sich gab, und dann nach dem Schalter der Nachttischlampe.

Auf dem Weg ins Bad schaltete sie alle möglichen Lampen an, um ihrem Körper wenigstens annährend klarzumachen, dass es Tag war, und er nun langsam aktiv werden durfte. Aber vor allem wollte sie das seltsame Gefühl wegen des vergangenen Traumes abschütteln. Schon wieder war es ihr vorgekommen, als wäre es mehr als ein üblicher Traum gewesen. Die Details waren zu deutlich in ihrem Gehirn abgespeichert.

Sie knipste auch das Licht im Badezimmer an und als ihr Blick auf ihr Waschbecken fiel, erstarrte sie kurz. Seit wann tropfte denn der Wasserhahn?

Sie schob den Hahn von einer zur anderen Seite in der Hoffnung, eine Stellung zu finden, in der das Tropfen aufhörte, doch erfolglos. Zumindest hatte sie nicht plötzlich den Griff in der Hand, versuchte sie sich selbst zu beruhigen.

Wasserhahn reparieren. Wieder ein Punkt, den sie auf ihre gedankliche To-do-Liste setzte, die seit den zwei Wochen, die sie hier wohnte, schon ins unermessliche ging. Gleichzeitig versuchte sie sich einzureden, dass ein tropfender Wasserhahn nicht zu einer Badezimmer Überflutung führen würde und es nur schon wieder ein dämlicher Zufall gewesen war.

Nachdem sie sich angezogen und Buscuit gefüttert hatte, warf sie noch einen letzten Kontrollblick in ihr Bad und machte sich dann auf den Weg an die Arbeit.

Draußen war es stockdunkel. Das würde sich bis zum späten Vormittag auch nicht ändern und selbst dann würde sich maximal für ein paar Stunden ein blau violetter Schleier über das Land legen.

Dick eingepackt in ihren alten Mantel und die Bommelmütze tief ins Gesicht gezogen, machte sich Anni auf den Weg zur nächsten Bushaltestelle.

Als sie wenig später unten in der Stadt ausstieg, hatte sich der Himmel noch mehr zugezogen, sodass es noch dunkler wirkte. Kalter Nieselregen fiel auf sie nieder und Anni lief mit gesenktem Blick die Straße entlang. Ihrer alten Gewohnheit folgend bog sie nicht auf den direkten Weg zur Arbeit, sondern machte einen kleinen Umweg, um bei ihrem Lieblingsbäcker noch etwas zum Frühstück zu holen. Von ihrem alten Zuhause aus war sie immer genau an dem Laden ausgestiegen. Doch Anni liebte ihre Rituale und noch dazu die süßen Leckereien, die nirgends so gut schmeckten, sodass sie die extra Meter jeden Morgen in Kauf nahm.

Kaum, dass sie das warme Innere betrat, liefen ihre Brillengläser an und Anni nahm die Brille ab, um sie an ihrem Schal trocken zu putzen.

Die Bäckerei war an diesem Tag recht gut besucht und so stellte Anni sich an das Ende der Schlange. Während sie wartete, betrachtete sie die Titelseite der Zeitung, die neben ihr auf einem Ständer ausgestellt war. Die Schlagzeile erweckte nicht unbedingt Annis

Interesse, doch als sie sich gerade schon wieder abwenden wollte, fiel ihr ein Wort am unteren Rand ins Auge. *Utopia.*

Sie griff zu der Zeitung, riss sie etwas ruckartig aus dem Metallgestell und faltete sie auseinander. Auf der unteren Seite des Titelblattes war ein Bild von einer jungen Frau abgebildet. Die Überschrift lautete: „Studentin der Schülerzeitung Utopia gewinnt alljährlichen nationalen Schreibwettbewerb."

Genau an diesem Wettbewerb hatte Anni Jahre zuvor selbst teilgenommen und gewonnen. Dieser Sieg war damals ihr Sprungbrett zu der Zeitung gewesen, für die sie hin und wieder, neben ihrem Job im Tourismusbüro, schrieb. Meistens nur über touristische Ereignisse in der Region, aber Anni wollte sich nicht beklagen. Es war nicht einfach einen Fuß in die Tür zu bekommen. Und lieber regelmäßig kleine Beiträge, unter die sie ihren Namen setzen durfte, als gar keine. Sie hatte über die letzten drei Jahre jede einzelne Zeitung aufgehoben, in der einer ihrer Artikel erschienen war.

Wieso hatte sie gerade heute von ihrer Zeit in der Schülerzeitung geträumt? Hatte sie unterbewusst mitbekommen, dass der Wettbewerb gerade stattgefunden hatte?

„Entschuldigung, stehen sie auch an?"

Als Anni den Kopf hob, entdeckte sie hinter sich eine junge Frau mit einem kleinen Jungen an der

Hand. Die Schlange vor Anni hatte sich in Luft aufgelöst und die Frau hinter dem Tresen blickte sie schon auffordernd an.

Anni war noch so mit sich selbst beschäftigt, dass sie die Frau kurzerhand vorbeiwinkte. Sie wollte die Zeitung wieder zurückstecken, entschied sich aber gleichdarauf dagegen und klemmte sie sich unter den Arm.

Mit zwei Zimtschnecken, einem belegten Brötchen und der Zeitung verließ sie fünf Minuten später den warmen Bäckerladen.

Als Anni das kleine Tourismusbüro betrat entdeckte sie ihren Kollegen Bjarne schon an einem PC hinter dem Tresen.

„Hey, Anni. Wildes Wochenende hinter dir?", fragte Bjarne nach einem kurzen Blick. „Du siehst aus, als würden dir ein paar Stunden Schlaf fehlen. Nichts für ungut."

Normalerweise schätzte Anni Bjarnes direkte Art. Aber es gab auch Momente, in denen sie sich wünschte, er würde nicht alles kommentieren, was er sah.

„Schlecht geschlafen", erwiderte Anni mit einem Schulterzucken, während sie Mantel und Mütze abnahm und damit in das hintere Büro ging. Sie war etwas überrascht ihre Kollegin Edda, die hauptsächlich für das Backoffice zuständig war, dort anzutreffen. Normalerweise gehörte die 38-jährige morgens selten zu denen, die als Erstes an der Arbeit erschienen. Doch heute war sie schon an ihrem Platz und bereits in die Arbeit vertieft.

Ihr Anblick erinnerte Anni unweigerlich wieder an ihren Traum. Die Tatsache, dass er ihr nach wie vor so präsent im Kopf war, verwirrte sie noch immer. Eigentlich neigte sie dazu, geträumtes direkt wieder vergessen zu haben, sobald sie wach wurde.

„Guten Morgen, Edda. Du bist ja auch schon da", tat Anni ihre Verwunderung kund.

„Guten Morgen. Lilja war das Wochenende bei ihrem Vater und er bringt sie heute direkt in die Schule, da dachte ich, ich fang heute mal pünktlich an." Edda blickte, während sie sprach, nur kurz von ihrem Schreibtisch auf, hob dann aber erneut den Kopf und sah Anni mit besorgtem Ausdruck an. „Ui, schlecht geschlafen? Siehst müde aus."

Anni musste wirklich schlimm aussehen, wenn jeder sie direkt darauf ansprach.

„Ja, habe nicht viel Schlaf bekommen", bestätigte sie salopp, während sie die Bäckertüten auf dem Tisch ablegte, um dann ihre Kleidung an die Garderobe zu hängen.

„Zeig mal deine Hände her."

Verwirrt hielt Anni ihre Hände in die Luft, sodass Edda ihre Handflächen sehen konnte.

„Nein, die sehen ja noch ganz passabel aus. Ich dachte du hättest wieder die halbe Nacht am Computer gesessen und getippt, bis die Finger wund sind", scherzte Edda.

Anni verdrehte die Augen und ließ sich stöhnend gegenüber von Edda auf einen Stuhl fallen.

„Schööön wär's", sagte sie betrübt. „Ich habe eher die ganze Nacht wach gelegen und Löcher in die Luft gestarrt. Und wenn ich geschlafen habe, dann habe ich ganz wirren Mist geträumt."

„Oh, das tut mir leid. Das klingt ja nicht so berauschend."

„Heute Nacht kamst du übrigens auch drin vor", fügte Anni hinzu.

„Ach ja?" Edda zog neugierig die Augenbrauen hoch.

„Ja, Sinn ergeben hat es keinen."

„Naja, wann tun Träume das schon mal?", erwiderte Edda. „Ich hoffe es war kein Albtraum?"

„Doch! Für mich schon, aber naja"

„Auf, jetzt erzähl auch", forderte Edda.

Anni überlegte kurz, wie sie das Geträumte am besten zusammenfassen konnte, bevor sie zu erzählen begann. „Also angefangen hat es eigentlich ganz schön. Ich beziehungsweise wir waren beide in der Schülerzeitung der Uni und ich war Redakteurin. Also eigentlich mega cool. Aber dann ist einfach aaalles schiefgelaufen, was nur ging. Erst ist der Strom ausgefallen und die PCs sind abgestürzt. Das allein war schon ein riesiges Chaos, weil natürlich alles weg war. Ich habe dann meinen Stiefvater Tjore angerufen, auch wenn ich mich frage, wie er als Elektriker die Artikel hätte retten sollen. Naja, auf jeden Fall kam es dazu gar nicht mehr. Ich wurde als Redakteurin gefeuert. Da gab es so eine Sirene, fast wie für einen Feueralarm, die wohl angezeigt hat, wenn wieder jemand versagt hat. Ich habe mich dann nach dieser Blamage auf der Unitoilette versteckt. Und dann wurde es richtig gruselig, weil überall plötzlich das Wasser anfing überzulaufen, sogar aus den Klos, und ich war eingesperrt. Das Wasser stand mir wortwörtlich bis zum Halse, als ich dann endlich aufgewacht bin.“

„Okay, das klingt auf jeden Fall nach einem intensiven Traum. Aber cool wie detailliert du dich noch erinnerst. Ist das immer so bei dir?“, fragte Edda nach.

„Nein, eigentlich nicht. Aber die letzten beiden Nächte konnte ich sie mir irgendwie ziemlich gut einprägen.“

„Ach, das war nicht der erste verrückte Traum?“, schlussfolgerte Edda und Anni schüttelte den Kopf.

„Oha, das erklärt, warum du so fertig aussiehst.“

„Eigentlich war das ja ein richtig alberner Traum“, warf Anni ein. „Das Ding ist nur, nach dem Traum vorletzte Nacht, hatte ich ein ganz seltsames Erlebnis. Echt komischer Zufall, aber irgendwie auch ein bisschen gruselig. Und heute Morgen, als ich ins Bad bin, hat einfach mein Wasserhahn getropft. Ich bin mir sicher, dass er das vorher nicht gemacht hat. Und dann auch noch das hier." Anni hob die Zeitung an und warf sie so vor Edda auf den Tisch, dass sie den Artikel über den Schreibwettbewerb überfliegen konnte.

„Okay, das ist schon ein witziger Zufall." Edda lachte und schob die Zeitung von sich weg. „Aber es war halt trotzdem nur ein Traum", fügte sie dann beschwichtigend hinzu. Sie schien Annis besorgten Blick richtig gedeutet zu haben.

„Ja, ich weiß", erwiderte Anni. Doch irgendwie war sie davon nicht vollkommen überzeugt. Sie wollte vor ihrer Kollegin allerdings auch nicht einen auf abergläubisch machen. Vermutlich hatte sie wirklich nur ein bisschen Schlafmangel.

„Sorry, dass ich euer Pläuschchen unterbrechen muss." Bjarne war ins Büro gekommen. „Wisst ihr, ob Kristoff Freitag noch irgendwas am System gemacht hat. Update oder so. Irgendwie stürzt es ständig ab, sobald ich mich einlogge."

Annis Kopf schnellte herum. Edda, der Annis Reaktion nicht entgangen war, fing an zu lachen. Bjarne schaute verständnislos von Edda zu Anni.

„Was daran ist jetzt bitte witzig? Habe ich was verpasst?"

„Nein, alles gut Bjarne. Anni hat nur schlecht geträumt und ist jetzt etwas paranoid", erklärte Edda und erhob sich von ihrem Drehstuhl. „Hast du schon mal einen Neustart versucht?"

Bjarne verneinte und folgte Edda dann aus dem Büro. Anni blieb mit einer Mischung aus Verärgerung und einem Rest Beunruhigung zurück. Sie schüttelte kurz den Kopf, um ihre Gedanken zu sortieren, dann folgte sie den beiden.

„…super, auf die Idee hätte ich auch selbst kommen können", sagte Bjarne gerade, als Anni zu ihnen trat.

„Ich bin ja froh, dass ich euch jungen Leuten auch noch was zeigen kann", scherzte Edda und boxte Bjarne neckend gegen die Schulter.

„Also mir fallen spontan noch ein paar Sachen ein, die ich mir gern von dir zeigen lassen würde." Bjarne grinste Edda schelmisch an.

Es gab so gut wie keine Gelegenheit, die sich der 26-jährige entgehen ließ, um mit seiner Kollegin zu flirten, und Anni hatte sich schon des Öfteren gefragt, ob sich dahinter ernsthaftes Interesse verbarg oder ob es Bjarne bloß Spaß machte und er genau wusste, dass sich Edda niemals auf einen Mann in seinem Alter einlassen würde.

Edda verdrehte bloß die Augen, konnte sich aber auf dem Weg zurück einen Konter nicht verkneifen. „Ach Bjarne, manche Dinge sollte man lieber langsam angehen, sonst überfordert es einen schnell. Ich bin mir nicht sicher, ob du dem Ganzen schon gewachsen bist."

Anni fand die Frotzeleien zwischen ihren Kollegen meist sehr amüsant. Schmunzelnd lief sie an Bjarne vorbei, richtete sich dann an dem Arbeitsplatz neben ihm ein und schaltete ebenfalls den Rechner an.

Tromsø, Montag 16:51 Uhr

„Ich werde dann mal meinem Schweinehund den wöchentlichen Kampf ansagen", meinte Anni zu Edda, als sie am Nachmittag ihre Sachen zusammenpackten.

Anni hatte sich angewöhnt gleich montags ins Fitnessstudio zu gehen, damit sie direkt zum Wochenbeginn einen Haken daran setzen konnte. Obwohl sie wusste, dass sie eigentlich so schnell wie möglich heim sollte, um zu schreiben, wurde ihr bei dem Gedanken direkt ein bisschen übel. Außerdem war sie auf paranoide Art nicht gerade erpicht an diesem Tag ihren PC anzumachen. Auch wenn sie sich traurigerweise eingestehen musste, dass da quasi Nichts war, was verloren gehen könnte.

„Ach Mist, ich habe meine Sporttasche ja gar nicht dabei. Das muss ich heute Morgen bei dem ganzen Durcheinander ganz vergessen haben", fiel Anni auf.

„Dann geh doch einfach morgen und wir beiden gehen zusammen was essen. Lilja ist bei ihren Großeltern und im *Full Steam* hat so ein süßer neuer Kellner angefangen", schlug Edda vor und schlüpfte in ihren Mantel.

Anni konnte nicht anders als bei Eddas Worten zu lachen.

„Lach nicht. Ich werde halt auch nicht jünger", erwiderte sie leicht gequält. „Bald ist mein Zug abgefahren."

„So ein Quatsch, Edda. Aber was hältst du denn dann davon, wenn wir beide unsere Sporttaschen holen und zusammen ins Fitnessstudio fahren?" Anni zwinkerte, auch wenn sie Eddas Antwort schon kannte.

„Nene du, lass mal. So nötig habe ich es ja dann doch noch nicht."

Die beiden Frauen verabschiedeten sich auf dem Weg nach draußen von Bjarne, der an dem Tag fürs Abschließen verantwortlich war, und liefen dann gemeinsam noch ein Stück die Straße entlang.

„Sicher, dass ich dich nicht noch überzeugen kann?", fragte Edda an der nächsten Kreuzung.

„Edda, du weißt, wie schwach meine Motivation ist. Bitte bring nicht noch das letzte bisschen ins Wanken."

„Okay, dann geh ich mir eben allein hübsche Männer anschauen. Viel Spaß beim Schwitzen. Bis morgen."

Trotz der angenehmen Vorstellung sich nach der Arbeit einfach ins Bett zu legen und zu schlafen, nahm Anni sich fest vor, nur kurz nach Hause zu fahren und ihre Sportsachen zu holen.

Keine zwanzig Minuten später trat Anni vom Hausflur in ihre dunkle Wohnung. Sie betätigte den Lichtschalter neben der Wohnungstür, während sie gleichzeitig die Tür ins Schloss fallen ließ. Auf einmal stand sie in völliger Dunkelheit da. Auch nach mehrmaligem Drücken des Lichtschalters änderte sich daran nichts. Anni zog ihr Handy aus der Tasche und schaltete die Taschenlampe ein, um sich den Weg zu leuchten.

Sie stellte ihre Tasche neben dem Schuhregal ab und leuchtete dann die Wand im Flur ab, bis sie fand, wonach sie suchte. Sie öffnete den kleinen Sicherungskasten in der Wand und leuchtete hinein. Ein kurzer Blick genügte, um festzustellen, dass alle Sicherungen an Ort und Stelle waren. Grübelnd schloss sie den Kasten wieder. Im Hausflur hatte das Licht funktioniert also konnte der Strom nicht im ganzen Haus ausgefallen sein. Sie beschloss trotzdem, sich auf die Suche nach dem Hauptkasten im Keller zu machen, bevor sie jemanden verständigen würde. Immerhin hatte sie durch Tjore, der gelernter Elektriker war, ein bisschen Ahnung was Stromkästen und Sicherungen anging.

Anni öffnete die Wohnungstür und fuhr erschrocken zusammen, als jemand direkt davorstand.

Ein Mann mittleren Alters, relativ klein und in Handwerkerkluft, stand vor ihr, die Hand wie zum Klopfen ausgestreckt. Mitten in der Bewegung hielt er inne, wohl ebenso überrascht wie Anni.

„Eh, hallo", sagte Anni verwundert. „Kann ich Ihnen helfen?"

Der Mann richtete sich vor ihr auf. „Hallo, ja ich wurde gerufen. Ich soll hier nach dem Strom schauen. Es sind wohl ein paar Sicherungen rausgeflogen und ihre Wohnung scheint auch betroffen zu sein. Dürfte ich reinkommen?"

„Ich habe die Sicherungen gerade gecheckt. Die sind alle drin. Ich glaube, wir müssen in den Keller nach der Hauptsicherung schauen. Da wollte ich gerade hin", erklärte Anni, zog ihre Wohnungstür hinter sich zu und trat an dem Mann vorbei. Am Treppenabsatz drehte sie sich verwundert nach ihm um, da er ihr nicht folgte. „Kommen Sie nicht mit?", wollte sie wissen.

Jetzt erst setzte der Mann sich zögerlich in Bewegung. „Ja, doch, natürlich."

Anni brauchte nicht lange, um den Hauptsicherungskasten im Keller zu finden. Während sie Ausschau nach der richtigen Sicherung hielt, blieb der Elektriker im Hintergrund und ließ sie allein suchen, was Anni etwas seltsam fand. Schließlich war er doch derjenige vom Fach.

„Ah, da haben wir sie ja. Seltsam, scheint, als wäre nur die Sicherung für meine Wohnung rausgeflogen", stellte Anni nach einem weiteren Blick auf die Schaltreihen überrascht fest. Dann kam ihr ein anderer Gedanke. „Sagen Sie mal, wer hat sie denn eigentlich gerufen? Wer wusste denn noch von dem Stromausfall, wenn es ja scheinbar nur meine Wohnung betroffen hat?" Anni drehte sich zu dem Elektriker um, doch dieser stand nicht mehr hinter ihr. Verwirrt blickte Anni sich um. Doch er schien einfach verschwunden zu sein, ohne ein Wort zu sagen.

Was war denn das?, dachte Anni.

Wieder oben in ihrer Wohnung stellte sie fest, dass sie das Problem erfolgreich behoben hatte, und versuchte die Sache mit dem mysteriösen Handwerker beiseitezuschieben.

Die letzten beiden Nächte hingen ihr etwas nach und die Versuchung sich einfach ins Bett fallen zu lassen, welches sehnsüchtig nach ihr zu rufen schien, war riesig. Trotzdem raffte sie sich auf und packte

Sportsachen und frische Klamotten in ihre Sporttasche.

Ihre Motivation hielt sich zwar schwer in Grenzen,
doch sie wusste, wenn sie erst mal dort war, würde
sich das schon geben.

Umgezogen und in dem Maße motiviert, dass sie
zumindest nicht direkt wieder nach Hause fuhr,
betrat Anni den Trainingsbereich. Zu ihrer Enttäuschung musste sie jedoch feststellen, dass der
Trainingszirkel, den sie für gewöhnlich nutze, abge-
sperrt und außer Betrieb genommen war.

Na toll, dachte Anni und machte einen Schlenker
Richtung Crosstrainer. Gerade heute war sie so überhaupt nicht motiviert, Neues auszuprobieren. Sie
wollte ihre gewöhnlichen Übungen machen und sich
dann eventuell noch etwas in der Sauna entspannen.
Fünf Minuten auf dem Crosstrainer brachten sie
schon außer Atem und frustriert stellte sie die Watt-
zahl runter.

Zwei Frauen gingen laut quasselnd an ihr vorbei in
Richtung des Kursraumes. Durch die offene Tür
konnte Anni sehen, wie einige Kursteilnehmer

Matten auf den Boden gelegt und darauf Platz genommen hatten. Anni stellte ihre Bewegung ein und kam kurz darauf zum Stillstand. Mit sich hadernd blickte sie in den abgedunkelten Raum.

Vielleicht sollte sie öfter aus ihrer Komfortzone treten. Vielleicht würde sie das auf neue Ideen bringen. Obwohl sie bezweifelte, dass ein Yoga-Kurs den Teil des Hirns ansprach, der für kreatives Denken zuständig war.

Halbentschlossen stieg sie von dem Trainingsgerät und bewegte sich in den Kursraum. Sie nahm sich eine Matte vom Stapel und verzog sich damit in eine der hinteren Ecken des Raumes. Wenn sie etwas nicht leiden konnte, dann die Blicke anderer Leute im Rücken.

Als sie gerade auf ihrer Matte Platz genommen hatte, betrat die Kursleiterin den Raum, eine leicht füllige Frau in den Mittvierzigern.

Die ersten Übungen waren noch gut machbar, doch mit der Zeit steigerte Ilka, die Kursleiterin, den Schwierigkeitsgrad und Anni musste frustriert feststellen, dass sie ganz schön ungelenkig war. Trotzdem war es eine schöne Abwechslung zu dem, was sie gewöhnlich machte.

Gegen Ende des Kurses kündigte Ilka noch eine kleine Traumreise an und teilte Decken aus. Auf dem Rücken liegend und in eine dünne Wolldecke gehüllt lagen sie alle nebeneinander in dem leicht abgedunkelten Raum, während Ilka mit ruhiger Stimme, und überaus detailliert, Fantasieorte beschrieb.

Entgegen ihrer Erwartung gelang es Anni recht schnell, sich auf die Ausführungen von Ilka zu konzentrieren und ihnen zu folgen. Vielleicht war auch der schlechte Schlaf der letzten zwei Nächte nicht unschuldig daran, dass Anni nur kurze Zeit später tief in die Entspannung und somit in die Welt, die Ilka für sie bastelte, eintauchte…

Ein greller Schrei ließ Anni zusammenzucken. Schlagartig öffnete sie die Augen und das Grün, dass kurz zuvor noch alles um sie herum einzunehmen schien, war verschwunden.

Es war nach wie vor ruhig in dem Raum, nur Ilkas Stimme drang leise an Annis Ohr.

Wer hatte da geschrien?

Scheinbar hatte keiner sonst den Schrei wahrgenommen, denn alle lagen entspannt in ihre Decken eingewickelt da. Anni merkte jedoch, dass ihr Körper sich inzwischen so gar nicht mehr im Entspannungsmodus befand. Ihr Herz schlug schnell und trotz der Decke lief ihr ein kalter Schauer über den ganzen Körper. Sie versuchte wieder einzusteigen und sich auf Ilkas Worte zu konzentrieren, doch der Zug war abgefahren.

Eine viertel Stunde später verließ Anni, im Gegensatz zu allen anderen, den Raum angespannter, als sie ihn betreten hatte. Umso mehr freute sie sich nun darauf gleich in der Wärme der Sauna wieder etwas runterzukommen.

In ihr großes weißes Handtuch gewickelt betrat Anni die kleine Holzsauna. Außer einer etwas älteren Dame war sie leer und so hatte Anni genügend Platz, um in einer Ecke ihre Beine etwas auszustrecken.

Sie atmete die trockene warme Luft ein und versuchte, ihren Puls bewusst runterzufahren, der noch immer etwas schneller schlug. Der Gedanke, dass sie eigentlich an ihrem PC sitzen müsste, um zu schreiben, quälte sie schon den ganzen Tag. Doch die Tatsache, dass in ihrem Kopf zu diesem Thema einfach völlige Leere herrschte, bestätigte ihren Realismus in der Annahme, dass das rein gar nichts bringen würde und dass es gut war, *„dass sie mal rauskam"*, wie ihre Mutter es ausdrücken würde.

Sylka hatte Anni, entgegen ihrem Vater, zwar immer in ihren Entscheidungen und Träumen unterstützt, aber verstanden, wie Anni so viel Zeit drinnen, allein mit Büchern oder vor dem PC verbringen konnte, hatte sie nie.

Anni hatte ihre etwas eigenbrötlerische Art immer liebevoll als eine typische Autoreneigenschaft betitelt. Und sie hatte auch nie etwas vermisst. Solange sie nur

genügend Inspiration zum Schreiben hatte, hatten
ihre Geschichten sie vollkommen eingenommen und
erfüllt. Doch aktuell fühlte Anni eine gewisse Leere
und sie wusste nicht, womit sie sie füllen sollte.

SECHS

Es klingelte an der Tür. Einmal. Zweimal.

Anni drehte sich im Bett nochmal um. Wer immer das war, sollte später wieder kommen.

Der Besucher schien das anders zu sehen. Das nächste Klingeln dauerte dreimal so lang und ihm folgten 3 kurze energische Klingler, als wolle man drei Ausrufezeichen ans Ende eines Satzes setzen.

Murrend schälte sich Anni aus der Wärme ihrer Decke und schlurfte Richtung Tür. Sie hatte die Klinke nur ein Stück runtergedrückt, da wurde die Tür von außen aufgestoßen, sodass sie ein gutes Stück zurücktaumelte.

Ingar platzte in Annis Flur. „Anni verdammt, wo bleibst du denn? Wir müssen in einer guten Stunde am Flughafen sein."

Verwirrt blickte Anni Ingar an.

„Du meine Güte, du bist ja nicht mal angezogen. Willst du etwa so dein neues Buch präsentieren? Ein Glück, dass ich Linea gebeten habe mitzukommen."

Anni folgte Ingars Blick zurück ins Treppenhaus. Dort stand Linea in einem figurbetonten dunklen Kostüm und knielangem Mantel. Sie war von Kopf bis Fuß perfekt gestylt und eine teuer aussehende Sonnenbrille verbarg ihre Augen.

Anni wurde übel.

Linea nahm die Sonnenbrille ab und musterte Anni von oben bis unten mit abschätzigem Blick. „Wie lang habe ich Zeit?", wollte sie an Ingar gewandt wissen. Diese warf einen Blick auf ihre Armbanduhr.

„Eine halbe Stunde. Höchstens."

„Ich werde sehen, was ich in der kurzen Zeit tun kann. Aber auch ich kann keine Wunder vollbringen."

Die Spitze in ihren Worten war Anni nicht entgangen, doch sie versuchte, sich nicht anmerken zu lassen, wie sehr es sie ärgerte.

„So, jetzt müssen wir aber los", Ingar klopfte ungeduldig mit dem Zeigefinger auf ihre Uhr.

Eine schwarze Limousine wartete vor dem Haus. Anni blieb keine Zeit zu fragen, was hier eigentlich vor sich ging, da wurde sie schon von Ingar etwas unsanft ins Wageninnere bugsiert.

„Wo fahren wir hin?", wollte sie wissen, als der Fahrer der Limousine den Wagen startete.

„Zum Flughafen", erklärte Ingar.

„Zum Flughafen? Aber wohin wollen wir denn?"

„Sag mal Anni, hast du Amnesie oder was ist mit dir los? Wir fliegen zur Buchmesse nach London. Du stellst dort heute dein neues Buch vor."

„Mein neues Buch? Aber ich habe doch noch gar kein neues Buch." Panik stieg in Anni auf. Welches Buch sollte sie vorstellen?

Doch Ingar lachte nur. „Also jetzt wird es aber albern, Anni."

Anni war gar nicht zum Albern zumute. Ihr war schlecht und das kam nicht vom Fahrstil.

Nach kurzer Zeit hielten sie schon direkt vor dem Flughafengebäude. Wie mechanisch stieg Anni aus und folgte Ingar und Linea ins Innere. Statt sich an den Schaltern anzustellen, hielten sie auf eine Tür zu, die Anni noch nie wirklich aufgefallen war. Ein Mann in Anzug und Sonnenbrille stand davor. Linea zeigte ihm irgendeine Karte und der Security-Mann trat zur Seite, um ihnen Eintritt zu gewähren.

Hinter der Tür befand sich eine Art wendeltreppenähnliches Rollband, das sie bequem nach unten beförderte und dann eine ganze Weile einfach nur geradeaus fuhr.

Auf diesem Weg hatte Anni den Flughafen noch nie betreten und sie fragte sich, ob es sich um den VIP-Eingang handelte.

Das Rollband endete und sie standen nun in einer Art gläsernem Raum. Ehe Anni begriff um was es sich handelte, schlossen sich die Türen des Aufzuges hinter ihr. Es war, als hätte er gewusst, dass sie da waren. Im nächsten Moment setzte er sich geschmeidig in Bewegung und glitt nach oben. Alles hier schien vollautomatisch zu funktionieren, was Linea und Ingar jedoch kein bisschen zu beeindrucken schien.

Plötzlich drang Tageslicht durch die gläsernen Wände hinein und als der Fahrstuhl zum Stehen kam, befanden sie sich mitten auf dem Rollfeld.

„Was zum..." Anni stockte der Atem, als direkt über ihnen ein Flugzeug in die Luft stieg. Die Glastüren öffneten sich und die drei Frauen traten aus.

Während Anni einen Moment brauchte, um die neue Situation zu verarbeiten, stöckelte Linea schon selbstbewusst los. Anni wandte sich nochmal um und konnte gerade noch beobachten, wie sich der Boden wieder über dem gläsernen Aufzug schloss. Auch bei genauerem Hinsehen verriet nun nichts mehr die Existenz eines geheimen Ganges.

„Anni?"

Bei dem Klang ihres Namens riss Anni den Blick vom Boden los.

Ingar schaute sie abwartend an. Linea war nun schon ein gutes Stück entfernt und schien auf so etwas wie eine kleine Plattform zuzuhalten. Die

Plattform stellte sich beim Näherkommen als ein weiterer gläserner Raum heraus. Drinnen wartete ein monströses Sofa mit Flachbildschirm an der Wand davor und eine Bar mit Kühlschrank.

Nicht weit entfernt konnte Anni durch die Scheiben eine Maschine starten sehen. Doch der erwartete Lärm blieb im Inneren aus.

Ingar nahm auf dem Sofa Platz und packte ihre E-Zigarette aus. Kurz darauf erfüllte der Duft von Erdbeere-Vanille den Raum.

Anni beobachtete Linea, wie sie in ihre Handtasche griff und einen kleinen goldenen Gegenstand herausholte. Erst als sie ihn an ihren Mund führte, erkannte Anni was es war. Eine kleine Trillerpfeife. Linea blies fest hinein, doch es erklang kein Ton. Trotzdem steckte sie die Pfeife wieder kommentarlos in ihre Tasche zurück und wandte sich dann Ingar zu.

„Ich habe Fridtjof erst letzte Woche komplett aufpolieren lassen. Er glänzt nun wunderschön im Sonnenschein", berichtete Linea und Anni fragte sich, wer Fridtjof war. War das vielleicht der Name ihres Privatjets. Es würde Anni nicht wundern, wenn Linea auch noch einen Privatjet hätte.

Ein paar Minuten vergingen. Linea warf einen Blick auf ihr Handy und meinte dann, sie sollten ihr wieder nach draußen folgen.

Sie liefen bis zu einem auf dem Boden markierten Kreis und warteten dort. Aus der Ferne drang plötzlich ein neues Geräusch an Annis Ohren. Es hörte sich an wie Flügelschlagen, das immer lauter und lauter wurde. Linea blickte an Anni vorbei gen Himmel und Anni drehte sich um, um ihrem Blick zu folgen. Gleichdarauf wurden ihre Augen groß. Ein riesiger Vogel war am Himmel hinter ihr erschienen und wurde immer größer, je näher er auf sie zuflog.

Panik erfasste Anni und hastig wandte sie sich wieder den beiden Frauen zu. Diese schienen jedoch die Ruhe selbst zu sein. Anni heftete ihre Aufmerksamkeit wieder auf den Vogel, der nun auch noch zur Landung anzusetzen schien. Gerade mal fünfzig Meter entfernt landete das monströse Tier auf der Landebahn und klappte seine Flügel weg. Das Gefieder strahlte im Sonnenlicht und Anni kniff geblendet die Augen zusammen.

„Wirklich sehr schön geworden", meinte Ingar bewundernd. Anni sah, dass nun auch sie eine Sonnenbrille trug und den riesigen Vogel, der gewaltige Ähnlichkeit mit einer Möwe hatte, anerkennend betrachtete.

Linea klatschte in die Hände und der Vogel reagierte sofort. Er stakste mit zwei großen Schritten auf sie zu und neigte dann seinen Hals hinab, sodass seine Schnabelspitze den Boden berührte. Dann öffnete er langsam den Schnabel.

Mit offenem Mund beobachte Anni das Schauspiel. Im Inneren des Schnabels kam eine Art Treppe zum Vorschein, die in das Innere des Vogels zu führen schien.

„Anni? Kommst du?"

Zum wiederholten Male musste Anni aufgefordert werden. Ingar und Linea hatten den Beginn der Treppe schon fast erreicht, während Anni immer noch wie versteinert dort stand. Es kostete sie einiges an Überwindung einen Fuß vor den anderen zu setzen.

Mit zittrigem Atem folgte sie den Frauen die Treppe hinauf, deren Stufen von innen heraus goldgelb zu leuchten schienen und ihnen den Weg erhellten. Über die Mitte der Stufen zog sich ein pelziger roter Teppichläufer. Am Ende der Treppe befand sich eine dunkle Tür, die automatisch aufschwang, als sie sich näherten. Erst als die Tür wieder zu glitt, begriff Anni, dass sie sich schon wieder in einem Aufzug befanden.

Die Vorstellung, dass sie sich gerade in der Kehle einer überdimensional großen Möwe befand, ließ sie noch immer nicht klar denken.

Sie hatte gar nicht gemerkt, dass sie sich bewegt hatten, da öffnete sich der Aufzug schon wieder und zu ihrer Überraschung erblickte Anni Tageslicht.

Vor ihnen eröffnete sich ein großer, heller Raum. In einer Ecke befand sich eine Bar und eine Sitzgruppe aus dickgepolsterten Sofas. In einer anderen Ecke stand ein großer Konzertflügel. Und geradeaus fiel der Blick auf eine riesige Fensterscheibe, die den Blick auf die Landebahn freigab, auf der sie eben noch gestanden hatten.

Anni konnte nicht begreifen, was hier gerade passierte.

Linea trat an ihr vorbei, nahm ihren Mantel ab und hängte ihn an eine Garderobe rechts von ihnen. Dann hielt sie geradewegs auf die Bar zu, hinter der, wie Anni jetzt erst bemerkte, ein Mann in Kellner-klamotten stand. Vorsichtig folgte Anni Ingar aus dem Inneren des Aufzuges.

„Ist alles gut bei dir?", wollte Ingar wissen. „Bist du etwa noch nie mit einem Metalbird geflogen?", wollte sie belustigt wissen, zog dann aber über-rascht die Augenbrauen hoch, als Anni sie nur verwirrt anblickte.

„Du wirst es lieben. Es ist die angenehmste Art zu reisen, die es gibt", sagte Ingar dann nur lächelnd und ging ebenfalls Richtung Bar davon.

Metalbird? Befanden sie sich tatsächlich im Inneren eines metallenen Vogels? Zögerlich ging Anni auf die Fensterfront zu. Sie hob eine Hand und legte sie an die Glasscheibe. Sie fühlte sich dick und warm an. Annis Puls hatte gerade angefangen sich etwas zu normalisieren, da setzte sich das Ding in Bewegung. Zumindest war das die einzige Erklärung, warum sich die Welt vor ihren Augen plötzlich bewegte. Physisch konnte Anni keine andere Veränderung feststellen. Immer schneller schoss die Umgebung an ihr vorbei, als würde der Vogel rennen. Anni stand noch immer mit ihrer Hand an der Scheibe da. Dann plötzlich schien die Welt sich zu neigen. Instinktiv streckte Anni auch noch ihren zweiten Arm aus und übte Druck aus, wie um sich abzustützen. Doch nichts geschah. Ungläubig schaute Anni dabei zu, wie sie plötzlich waagrecht zum Boden stand – oder lag? Den Blick geradewegs auf das Grau der Landebahn gerichtet, während ihre Füße noch immer senkrecht auf dem Boden standen. Dann wurde die Landebahn immer kleiner und kleiner, als der Vogel an Höhe gewann.

Anni wurde schlecht und gleichzeitig war es ein unglaubliches Gefühl. Denn es war, als würde sie selbst fliegen. Ganz langsam und vorsichtig löste sie eine Hand von der Scheibe. Sie rechnete fast damit nach vorne zu fallen, doch nichts geschah. Sie löste auch noch ihre zweite Hand. Es trennte sie bloß eine Glasscheibe vom freien Fall. Anni breitete die Arme zur Seite aus, als würde sie fliegen. Die Welt unter ihr war inzwischen so klein, dass die Inseln rund um Tromsø wie kleine Punkte im Meer zu schwimmen schienen. In dem Vogel schien eine eigene Schwerkraft zu herrschen.

Anni kam es vor, als wären sie gerade erst abgehoben, da sah sie durch die Glasfront wie unter ihnen wieder Land zu sehen war, welches immer größer und größer zu werden schien, bis Anni sogar einzelne Gebäude der Großstadt zu erahnen meinte.

Der Vogel schwebte über die Straßen von London und Anni konnte winzig kleine Autos durch die Straßen brausen sehen wie Ameisen, die geschäftig von einem Ort zum anderen rannten.

Plötzlich tauchte das Dach eines Hochhauses direkt vor Annis Augen auf und etwas erschrocken wich sie einen Schritt zurück. Gleichdarauf sah sie Himmel. Der Vogel schien gelandet zu sein.

Als sie sich umdrehte, sah sie, dass Linea und Ingar bereits an der Garderobe standen und in ihre Mäntel schlüpften.

Immer noch überwältigt folgte Anni ihnen zurück in den Aufzug und durch die Schnabeltreppe an die frische Luft. Kaum hatten sie den Vogel verlassen, breitete dieser wieder seine Flügel aus und hob ab.

„Wo fliegt er denn jetzt hin?", wollte Anni wissen.

„Na in sein Nest natürlich", antwortete Linea leicht abschätzig, als wäre Anni ein kleines dummes Kind.

Sie hatte keine Zeit die Aussicht zu genießen, da wurde sie von Ingar schon durch eine Glastür ins Innere des Gebäudes geschoben. Zum X-ten Mal betraten sie an diesem Tag einen Aufzug.

„Und, was macht die Aufregung?", wollte Ingar wissen und riss Anni damit aus ihren Gedanken.

„Aufregung?", fragte Anni verwirrt.

„Vorgestern meintest du noch, dass du deine Rede noch nicht ganz fertig hast und wirktest sehr aufgeregt. Ich habe mich ehrlich gesagt ein bisschen gewundert, dass du nicht den gesamten Flug über deine Rede geübt hast."

„Rede?", wiederholte Anni mechanisch.

„Bist du ein Papagei? Was ist los mit dir?", warf Linea genervt ein und wandte sich dann wieder dem Spiegel in dem Aufzug zu, um ihren dunkelroten Lippenstift nachzuziehen.

Ein *Ping* signalisierte ihnen, dass der Aufzug sein Ziel erreicht hatte.

Anni merkte, wie ihr die Kehle trocken wurde und sie Mühe hatte zu schlucken. Sie war so von dem Flug abgelenkt gewesen, dass sie völlig vergessen hatte zu erfragen, was es alles mit ihrem Ausflug auf sich hatte. Von welchem Buch Ingar ständig sprach. Und warum verdammt noch mal sie nichts von einer Rede wusste?

„So, los geht's", meinte Ingar freudig und stieg aus dem Fahrstuhl.

„Ingar, warte!", rief Anni. Doch sie war zu spät. Direkt vor dem Aufzug wurden die Frauen von zwei weiteren Damen empfangen.

„Wer von Ihnen ist Annike Sølversen?", wollte die linke Frau wissen.

Ingar drehte sich um und deutete auf Anni. Gleichdarauf war die Frau an ihrer Seite und legte ihr eine Hand auf den Rücken.

„So, sie kommen mit mir in die Maske. Wobei wir da gar nicht viel machen müssen, bei dem wunderschönen Makeup. Höchstens ein bisschen abpudern – und vielleicht etwas Rouge. Sie sehen etwas blass aus."

In der Maske ging es bereits geschäftig zu.

Die Frau manövrierte sie zu einem leeren Drehstuhl und drückte sie darauf nieder. „So, kurz hier warten. Sie sind gleich an der Reihe."

Anni schaute sich durch den Spiegel vor sich in dem Raum um. An mehreren Tischen saßen Leute und wurden von Stylisten auf ihren Auftritt vorbereitet. Als Annis Blick nach links schweifte, stockte ihr der Atem. Direkt neben ihr saß Mats Strandberg, ihr absoluter Lieblings Thriller-Autor.

Anni musste sich daran erinnern weiter zu atmen, während sie das Profil des Mannes anstarrte.

„Na, nervös? Kann ich verstehen. Anspruchsvolles Publikum heute.", hörte sie ihn plötzlich sagen. Obwohl er weiterhin auf das Display seines Handys blickte, musste er wohl gemerkt haben, dass Anni ihn mit offenem Mund angaffte.

Annis Hirn schien vergessen zu haben wie man sprach, doch zum Glück trat in diesem Moment ein Mann zwischen sie und Mats.

„Sie sind die Nächste", meinte der Mann. Er hatte ein Klemmbrett in der Hand und einen Knopf im Ohr.

Von der anderen Seite drückte eine Frau Anni ein Buch in die Hand, dessen Einband sie noch nie gesehen hatte. Man führte sie zu einem dunklen Vorhang und im nächsten Moment bekam sie einen Schubs von hinten und stolperte auf die Mitte einer Bühne zu. Das Scheinwerferlicht blendete sie, sodass sie nicht sehen konnte, wie viele Menschen, geschweige denn wer genau im Publikum saß. Mit wackligen Beinen lief sie zu dem kleinen Rednerpult. Das Gefühl von tausend Augen, die jeden ihrer Schritte beobachteten, konnte sie nicht abschütteln. Sie merkte, wie aus jeder Pore ihres Körpers Schweiß drang – dieser Verräter. Ihr Make-up würde in wenigen Minuten ruiniert sein. Trotzdem schaffte sie es irgendwie an das Pult und legte das

74

Buch darauf ab. Nun hatte sie zum ersten Mal selbst die Möglichkeit, Cover und Titel zu betrachten.

Ein Orca und ein kleiner Junge im Boot zierten den Umschlag. Darüber der Titel eines typischen Kinderbuches. Eine Kindergeschichte. Sie hatte tatsächlich eine Kindergeschichte geschrieben?

Eine Totenstille schwebte in dem Raum und so überging Anni das Gefühl im falschen Film zu sein und schlug das Buch auf. Sie hatte nicht mal den Klappentext gelesen. Sie hatte keinen Plan, von was es handelte, geschweige denn, wie die Charaktere hießen. Deswegen fing sie ohne große Umschweife einfach an vorzulesen - auf Seite eins.

Sie kam gerade mal einen halben Absatz weit, da vernahm sie das Weinen eines Babys.

Etwas abgelenkt versuchte sie dem Text zu folgen, doch sie verstand selbst nicht, was sie da las. Dann gesellte sich ein weiteres Jammern zu dem Ersten. Anni blickte auf und versuchte, entgegen dem Scheinwerferlicht etwas zu erkennen. Doch alles vor dem Bühnenrand blieb im Dunklen verborgen.

Gestresst suchte Anni nach dem Anschluss im Text, doch sie konnte sich nicht mal an ihr letztes Wort erinnern. Ihr Gehirn schien nicht mehr funktionsfähig.

Sie kam gar nicht dazu weiterzulesen, da setzte noch mehr Kindergeschrei ein.

Anni hätte nicht gedacht, dass es möglich war, dass sie sich noch unwohler auf der Bühne hätte fühlen können, doch just in diesem Moment wurde sie eines Besseren belehrt. Der ganze Raum war von dem Weinen von Kindern erfüllt und es fühlte sich an, als würden sie sie damit ausbuhen wollen.

Plötzlich sah Anni, wie etwas durch die Lichtwand vor ihr auf sie zuflog. Im letzten Moment wich sie ein Stück zurück und es verfehlte sie nur um Haaresbreite. Der Gegenstand klatschte neben ihr auf die Bühne. Sie hätte nicht hinschauen brauchen, der Geruch, der ihr in die Nase stieg, verriet ihr auch so, um was es sich handeln musste. Ihr Blick fiel auf den schwarzen engen Rock, in den Linea sie gezwängt hatte, und sie sah, dass ein paar Spritzer des Inhaltes durch den Aufprall auf den dunklen Stoff gelangt waren.

Sie musste einen erbärmlichen Anblick abgeben. Wie sie da mit Kinderscheiße bespritzt auf der Bühne stand, während eine Horde von Kleinkindern ihr neues Buch *ausbuhte*.

Als sie einen hilfesuchenden Blick zur Seite warf, sah sie Linea, deren Miene aussah, als hätte sie nichts anderes von Annis großem Auftritt erwartet, als dass er eine Blamage werden würde. Neben ihr stand Ingar mit einer etwas zerknautschten Miene. Aber als würde das noch nicht reichen, entdeckte Anni hinter den beiden Frauen Mats Strandberg, der sie neugierig, aber auch ein wenig mitleidig anschaute.

Das durfte doch wohl nicht wahr sein. In diesem Moment wollte Anni nur noch flüchten. Zu ihrem Entsetzen war ihr der Weg links aber durch ein Jury-Pult versperrt, dass sie vorher gar nicht wahrgenommen hatte. Vier Menschen schauten sie von oben herab an und schienen allesamt schon ihr vernichtendes Urteil gefällt zu haben. Nach vorne bot sich Anni auch kein Fluchtweg. Nie und nimmer würde sie durch diese windelschmeißende Meute laufen. Es blieb ihr also nichts anderes übrig, als geradewegs an Ingar und Linea und leider auch an Mats vorbeizulaufen.

Sie kam gerade mal zwei Schritte weit, da merkte sie, wie sie einen der schwarzen Pumps und gleichdarauf die Balance verlor, als ihr Bein den Höhenunterschied nicht ausgleichen konnte und ihr nackter Fuß auf den polierten Bühnenboden traf.

Nicht auch das noch. Sie hatte gewusst, warum sie es nicht gut gefunden hatte, dass Linea sie in diese Dinger gezwängt hatte, auch wenn sie ihr zustimmen musste, dass sie ihre Problemzonen etwas kaschierten.

Sie versuchte mit einem Schuh weiterzulaufen, doch schon im nächsten Moment hatte sie das Gefühl, am Boden festzukleben. Ihr Oberkörper klappte nach vorne um und gerade noch konnte sie sich wieder fangen, um nicht auf allen vieren zu landen. Dabei fiel ihr Blick auf den Boden unter ihr. Ihre Füße waren bis zu den Knöcheln im Boden verschwunden, der sich wie flüssiger Beton anfühlte. Anni versuchte sich zu befreien, doch je mehr sie sich bewegte und an ihren Beinen zog, desto tiefer schien sie in der treibsandähnlichen Substanz zu versinken.

Panisch schaute sie sich um, ob ihr jemand zu Hilfe eilen könnte, doch die Welt um sie herum schien plötzlich wie eingefroren. Sie sah Linea vor sich mit demselben abschätzigen Gesichtsausdruck wie zuvor, Ingar mit dem Handy am Ohr, Anni nicht einmal mal mehr anschauend, und klein im Hintergrund sah sie Mats, wie er den Backstagebereich verlies.

Keiner konnte oder wollte ihr helfen. Sie war allein...

Die Lampen waren ausgegangen. Sie stand nicht länger im Scheinwerferlicht. Während sie unhaltbar im Boden versank, konnte sie nun endlich ihr Publikum sehen.

Reihe um Reihe war besetzt von lauter kleinen Kindern. Vom Säugling bis zum Grundschulkind war alles dabei. Ihre eingefrorenen Mienen zeugten von wenig Begeisterung und als Anni den Blick hob, konnte sie über sich schon die nächste Stinkbombe sehen, die unweigerlich auf sie zuflog.

Nicht einmal diese kleinen Wesen hatte sie von sich überzeugen können.

SIEBEN

Tromsø, Dienstag 08:00 Uhr

Auch in dieser Nacht war Anni nicht von den merkwürdigen Träumen verschont worden. Und der letzte schien die vorherigen sogar noch zu toppen. Fliegende Metallmöwen, Buchvorlesungen vor weinenden Babys, ihre Blamage vor ihrem Idol Mats Strandberg und dann auch noch Linea.

Warum träumte sie ausgerechnet jetzt von Linea Moreno? Allein ihr Name ließ schon einen riesigen Klumpen in ihrem Magen entstehen.

Die beiden Frauen hatten zusammen an der Universität von Tromsø studiert. Abgesehen davon hatten sie allerdings kaum Gemeinsamkeiten.

Die gebürtige Spanierin war zum Studieren nach Tromsø gekommen und hatte währenddessen so einige Männerherzen oberhalb des Polarkreises zum Schmelzen gebracht.

Jeder in ihrem Studienjahr kannte sie.

Anni hingegen genoss eher ein Leben am Rande der Aufmerksamkeit und meist hatte sie sich damit auch sehr wohl gefühlt. Trotzdem gab es immer wieder Momente, in denen sie sich doch wünschte, dass es ihr leichter fiele soziale Kontakte zu knüpfen und mehr aus sich rauszukommen.

Lineas Art und Präsenz hatte auch bei Anni hin und wieder das unschöne Gefühl des Neides hervorgebracht, was sehr paradox war, denn eigentlich repräsentierte Linea in vielen Punkten alles, was Anni nicht sein wollte. Und trotzdem beneidete sie sie für ihr komplettes Sein.

Die eigentliche Problematik zwischen den beiden Frauen war allerdings erst entstanden, als Anni und Noah im vorletzten Studienjahr ein Paar geworden waren.

Noah zählte ebenfalls zu den Männern, mit denen Linea schon eine gemeinsame Vergangenheit teilte. Das Wissen, dass Noah zuvor ein Verhältnis mit einer Frau wie Linea gehabt hatte, hatte nicht selten an Anni genagt und sie war unweigerlich noch stärker in das Vergleiche ziehen abgerutscht. Dass sie aber scheinbar nicht die einzige gewesen war, die ein Problem damit gehabt hatte, die Nachfolgerin von Linea zu sein, hatte sich schnell gezeigt. Offenbar war Anni auf Lineas Radar erschienen und Anni durfte daraufhin die weniger nette und charmante Seite der Latina kennenlernen, denn diese hatte ab jenem Tag keine

Situation verstreichen lassen, um Anni nicht in ihren Selbstzweifeln zu bestärken - sehr subtil und für manche kaum merkbar, für Anni allerdings deutlich spürbar.

Sie hatte sich oft die Stärke und das Selbstvertrauen gewünscht, Linea und ihre Bemerkungen links liegen zu lassen, aber leider landeten sie zu oft auf fruchtbarem Boden.

Linea hatte nach dem Studium umgehend ein paar Job-angebote bekommen und Norwegen wieder verlassen, worüber Anni sehr dankbar war. Inzwischen arbeitete sie für irgendeine Agentur, jettete um die Welt als Hotel und Gastrotesterin und postete dabei fleißig auf ihrem Instagram-Profil.

Anni hatte sich schon oft geschworen sie einfach zu entfolgen, damit sie sich dieses perfekte Leben nicht weiter anschauen musste und ihr Elend nicht noch zu vergrößern. Aber irgendeine selbstzerstörerische Ader in ihr ließ sie ganz bewusst immer wieder die Reels von ihr anklicken, in denen sie mal wieder ihr perfektes Lächeln oder ihren perfekten Hintern an einem atemberaubenden Fleckchen Erde präsentierte.

Zu träumen, dass gerade Linea sie bei so einem Event begleitete, und auch noch zusah, wie Anni scheiterte, bereitete ihr Magenschmerzen. Und das, obwohl sie wusste, dass es nur ein Traum gewesen war. Das würde noch fehlen, dass Linea sich jetzt auch noch in der Autorenbranche breit machen würde.

Einer undefinierbaren Anziehung folgend griff Anni zu ihrem Handy und öffnete Lineas Seite. Sie war sich nicht sicher, was sie da tat, aber ein kürzlich gepostetes Bild von ihr, irgendwo an der spanischen Küste, beruhigte sie zumindest in der Hinsicht, dass sie nicht in der Nähe war. Unweigerlich scrollte sie ein bisschen weiter und verlor sich mal wieder in ihren trüben Gedanken und in der Frage, warum ihr ihr eigenes Leben im Moment so trist und trostlos vorkam im Vergleich zu allen anderen.

Auch der Morgen an der Arbeit schaffte es nicht, Annis Laune wieder auf ein erträgliches Maß zu verbessern, und sie musste sich nicht nur einen dummen Spruch von Bjarne anhören, dass ihre Vibes nicht zum Aushalten wären, und sie entweder mal wieder ordentlich feiern gehen oder sich flachlegen lassen sollte.

„Beides wäre natürlich noch besser." Bjarne zwinkerte ihr zu, doch Anni drehte sich nur entnervt von ihm weg.

Weder ein Vollrausch noch ein Mann würden es schaffen, ihr aktuelles Problem zu lösen. Da war sie sich sicher.

In der Mittagspause holte sie sich mit Edda zusammen in der Stadt was zu Essen. Als sich die beiden Frauen auf dem Rückweg befanden, klingelte Annis Handy.

„Hey An", meldete sich Beret am anderen Ende der Leitung. „Ich wollte mal hören, wie deine Abendplanung so aussieht. Falls du noch nichts vorhast, würde ich ein paar Sachen besorgen und wir kochen uns heut Abend was Schönes bei dir. Warte schon die ganze Zeit, dass du mich mal in die neue Wohnung einlädst, aber da du das nicht machst, dachte ich, ich tu es selbst." Beret lachte.

In Anni stiegen zwei Gefühle gleichermaßen auf: Freude und Panik. Berets Vorschlag klang wirklich schön. Sie hatten in den letzten paar Wochen nach dem Auszug nicht sonderlich viel Kontakt gehabt, da Beret oft lange Schichten im Krankenhaus arbeitete. Doch der Gedanke ihre Freundin in dieses Chaos einzuladen, behagte ihr überhaupt nicht. Beret sollte nicht sehen, wie aufgeschmissen sie ohne sie war, und dass sie es nicht mal hinbekam, in zwei Wochen ein paar Kartons auszuräumen. Trotzdem brachte sie es nicht über sich, Berets Vorschlag abzulehnen. Umso eiliger hatte es Anni aber, die Arbeit pünktlich zu verlassen, um zuhause zumindest das Gröbste in Ordnung zu bringen

Anni warf ihre Tasche in die Ecke und hängte ihren Mantel und Schal an die Garderobe. Dann schaute sie sich in ihrem Flur um. Sie hatte noch eine gute Stunde, bis Beret vor der Tür stehen würde. Was machte am meisten Sinn? Nach kurzem Überlegen ging sie ins Wohnzimmer. Bis auf die paar wenigen Kochutensilien, die sie genutzt hatte, war noch alles in Kartons verpackt, die zum größten Teil auf und um den Esstisch verteilt standen. Recht schnell hatte Anni ihre Priorisierung getroffen. Sie öffnete den ersten Karton mit Geschirr und begann die Tassen aus dem Zeitungspapier, in das Beret sie so liebevoll gewickelt hatte, auszupacken und in einen Küchenschrank zu räumen.

Als es klingelte, hatte Anni es zumindest geschafft, den Esstisch freizuräumen, die restlichen Kartons in einer Zimmerecke zu stapeln und nebenbei noch einen Kuchen aufzutauen, den sie von ihrem letzten Besuch bei ihrer Mutter mitgenommen hatte.

Mit einem etwas gehetzten letzten Blick über die Schulter verließ sie das Wohnzimmer Richtung Wohnungstür.

Beret war seit Jahren ihre beste Freundin, trotzdem hätte sie ihr doch gerne bewiesen, dass sie allein gut klarkam.

Anni öffnete die Wohnungstür und wie erwartet stand dort ihre Freundin mit einem kleinen Einkaufskorb.

Sie verstauten gemeinsam die Zutaten fürs Abendessen im Kühlschrank und setzten sich dann erst mal an den Küchentisch, auf dem Anni schon den Schoko-Blaubeerkuchen ihrer Mutter bereitgestellt hatte.

„Du siehst müde aus", bemerkte Beret mit besorgtem Unterton und Anni merkte, wie ihre Freundin sie eingehend musterte, während sie sich konzentrierte den Kuchen in einigermaßen gleichgroße Stücke zu schneiden.

Sie konnte schon nicht mehr an beiden Händen abzählen, wie oft sie diesen Spruch in den letzten Tagen gehört hatte.

„Ist alles okay? Fühlst du dich wohl hier?"

Anni blickte auf und sah, wie sich eine tiefe Falte der Besorgnis in Berets Stirn gegraben hatte.

„Jaa, alles gut. Die Wohnung ist wunderbar", beeilte sich Anni zu sagen.

„Wirklich? Ich habe irgendwie das Gefühl, dass ich dich sehr gedrängt habe hier einzuziehen. Ich wollte nicht, dass es so rüberkommt, als wollten wir dich loswerden."

„Mach dir keine Sorgen, ja. Es war wirklich an der Zeit, dass ich mir mal was Eigenes suche. Ich hatte euren Tritt echt nötig." Anni holte tief Luft. „Ich komm nur momentan einfach nicht dazu, es mir hier ein bisschen wohnlicher zu machen. Die Frist für das neue Buch sitzt mir sehr im Nacken."

„Oh ach so. Läuft es denn nicht gut mit dem neuen Buch?", hakte Beret überrascht nach.

Zum dritten Mal in zwei Tagen musste Anni diese Frage verneinen. Die Überraschung der anderen darüber, dass Anni Schwierigkeiten damit hatte, in kürzester Zeit eine neue Romanidee zu Papier zu bringen, half nicht gerade dabei, dass sie sich mit ihrer derzeitigen Situation wohler fühlte.

„Kann ich dir irgendwie helfen? Mit der Wohnung zum Beispiel? Oder würden dir vielleicht einfach ein paar Tage Abstand und 'ne ordentliche Mütze Schlaf helfen? Es bringt ja auch nichts, wenn du dir die Nächte um die Ohren haust und es versuchst zu erzwingen."

„Das tu ich ja nicht mal. Ich habe die letzten Abende meinen PC nicht mal angemacht."

„Aber du kannst nicht abschalten?", hakte Beret nach.

„Nein, nicht wirklich. Ich bin eigentlich hundemüde. Aber ich schlaf keine Nacht durch."

„Soll ich dir mal ein paar Sachen aufschreiben, die beim Einschlafen helfen können?", bot Beret an.

„Vielleicht keine schlechte Idee. Hilft das auch gegen schlechte Träume?"

„Möglich, aber das kann ich dir nicht versprechen. Aber apropos Träume. Vielleicht kannst du dir ja deine Träume zunutze machen? Ich habe erst letztens von einem Autor gelesen, der meinte, dass ihm seine Träume immer die besten Ideen für neue Storys bringen und er sie deshalb immer direkt nach dem Aufwachen aufschreibt. Vielleicht würde das für dich ja auch funktionieren?" Berets Worte klangen euphorisch, doch Anni blickte nur skeptisch drein.

„Nein, das Einzige, was mir meine Träume mitteilen wollen, ist wie unfähig ich bin."

„Ach komm schon…"

„Nein, ich mein das Ernst. In letzter Zeit ist das wie ein roter Faden. In einem Traum musste ich mir quasi von meinem Vater anhören, wie inkompetent ich bin. Dann habe ich davon geträumt, wie ich die Ausgabe der Unizeitung vermassele, weil wir einen Stromausfall hatten, und noch dazu wäre ich beinah ertrunken. Und letzte Nacht habe ich davon geträumt, wie ich mit meinem neuen Buch zu einer Büchermesse oder Vorlesung eingeladen wurde. Ich habe ein Kinderbuch geschrieben und das gesamte Publikum bestand aus kleinen Babys, die allesamt angefangen haben zu weinen, als ich begonnen hab vorzulesen. Ich habe einen Saal voller Babys mit meiner Geschichte zum Weinen gebracht. Deprimierender geht es ja gar nicht. Ach, und das Beste: weißt du, wer während des gesamten Traumes anwesend war? Linea!", beantwortete Anni direkt ihre eigene Frage. „Und sie ist sich sogar in meinem Traum treu geblieben und hat mich die ganze Zeit unterschwellig beleidigt."

„Mir war gar nicht bewusst, dass die Sache mit Noah und Linea noch immer in dir arbeitet", meinte Beret leicht überrascht.

„Tut sie nicht." Anni war sich nicht sicher, ob das eine Lüge war. Sie dachte noch öfter an Noah. Aber sie war sich sicher, dass sie inzwischen mit ihren Entscheidungen im Reinen war. Und seit Linea am anderen Ende des Planeten unterwegs war, konnte sie auch mit diesem Kapitel gut abschließen, was aber natürlich ihre Abneigung ihrer Person gegenüber nicht geschmälert hatte.

„Ich bin nur froh, dass heute nicht wieder sowas seltsames passiert ist wie die letzten beiden Tage", versuchte Anni ein bisschen von der Thematik abzulenken.

„Was meinst du?"

„Naja, ich habe ja gesagt ich hätte von meinem Vater geträumt. Allerdings war er in meinem Traum ein Elchkopf, der an der Wand hing und mich von oben herab nieder gemacht hat. Am nächsten Abend war ich bei Iben und schwups läuft mir auf der Heimfahrt so ein Vieh vors Auto. Und gestern nach dem Traum mit der Schülerzeitung fiel der Strom in meiner Wohnung aus und so ein seltsamer Elektriker kam kurzdarauf vorbei. Das war richtig mysteriös. Der stand plötzlich vor meiner Tür und wusste, dass es in meiner Wohnung keinen Strom mehr gab, obwohl scheinbar nur in meiner Wohnung die Sicherung rausgeflogen war. Und dann war er genauso schnell wieder weg, wie er gekommen ist. Edda meint schon ich würde paranoid werden. Wahrscheinlich wegen dem Druck und dem Schlafmangel. Aber heute ist zum Glück noch nichts passiert. Ich habe weder Babys zum Weinen gebracht noch ist Linea irgendwo aufgetaucht." Anni beobachtete, wie Berets Gesichtsausdruck sich leicht veränderte. Ihre Freundin wirkte nachdenklich.

„Was ist?", wollte Anni wissen.

„Mh. Eigentlich wollte ich ja noch gar nichts sagen. Weil eigentlich noch zu früh…aber dein Traum…"

„Was ist los? Hau schon raus", drängte Anni.

Beret holte nochmal tief Luft. Bevor sie sprach, breitete sich ein verlegenes Lächeln auf ihrem Gesicht aus. „Ich bin schwanger."

Anni war sprachlos. Als ihr bewusst wurde, dass sie ihre Freundin bloß mit großen Augen anstarrte, berappelte sie sich schnell. „Oh mein Gott, sorry. Damit habe ich grad null gerechnet. Wow, das ist ja großartig." Anni sprang auf, umrundete den Tisch und drückte Beret fest an sich. „Wie weit bist du?"

„Sechste Woche. Ich weiß es quasi auch erst seit gestern." Berets Lächeln hatte sich inzwischen in ein Strahlen verwandelt.

Anni setzte sich wieder auf ihren Stuhl. „Aber hey, das sind mega schöne Neuigkeiten und irgendwie auch eher ein witziger Zufall, dass ich von Babys geträumt habe. Weniger gruselig wie die letzten beiden Tage. Damit kann ich…" Während sie sprach, zog ihr Handy ihre Aufmerksamkeit auf sich, welches neben ihr auf dem Tisch zu vibrieren begonnen hatte. Anni verstummte.

„Alles gut?", wollte Beret wissen.

„Unbekannte Nummer." Anni zuckte die Achseln. „Bestimmt wieder irgendein Scamversuch", sagte sie und nahm das Handy dennoch in die Hand, um den Anruf entgegenzunehmen. „Hallo?"

„Guten Tag, spreche ich mit Annike Sølversen?", meldete sich eine junge Männerstimme am andern Ende.

„Ja", antwortete Anni etwas zögerlich.

„Wunderbar. Schön, dass ich sie direkt erreiche. Mein Name ist Jonte Eriksen. Ich bin von der Nordlys. Wir planen ein neues Format mit einem wöchentlichen Beitrag über lokale Berühmtheiten und ich würde gerne für eine Ausgabe ein Interview mit ihnen einbauen."

Annis Gesichtszüge mussten ihr entglitten sein, denn Beret sah sie gleichermaßen neugierig und besorgt an.

„Hätten Sie vielleicht Zeit für ein persönliches Treffen und ein kleines Interview?", fuhr der Mann fort.

Anni war nicht direkt in der Lage zu antworten.

„Frau Sølverson sind sie noch dran?"

„Ja…äh. Ja." Anni musste sich räuspern, da ihre Stimme versagte. „Ja, ich hätte Zeit für ein Interview.", wiederholte sie leicht ungläubig. Auch Berets Augen wurden plötzlich tellerrund.

„Hervorragend. Das freut mich zu hören", erklang Eriksens Stimme am anderen Ende. „Ich bin noch bis morgen Abend in der Stadt. Können Sie sich das so kurzfristig einplanen?"

Anni überlegte kurz. Das war allerdings kurzfristig. Aber die Möglichkeit wollte sie sich auch nicht nehmen lassen.

„Das bekomme ich hin. Wo soll das Ganze stattfinden?"

„Wenn Sie mir Ihre Adresse mitteilen, komme ich gerne einfach bei Ihnen zuhause vorbei."

Anni schaute sich hektisch in ihrer Wohnung um.

„Ehm, also mir wäre es lieber, wenn wir das Treffen auf einen neutraleren Ort verlegen könnten. Kennen sie das Art Café? Ich arbeite direkt in der Nähe. Wäre das für Sie in Ordnung?" Anni versuchte möglichst professionell zu klingen.

Sie merkte, wie Eriksen offensichtlich zögerte, dann aber doch zustimmte. Sie vereinbarten eine Uhrzeit und legten auf.

„Was war das denn bitte?", fragte Beret gleichdarauf.

„Das weiß ich auch nicht genau." Anni starrte noch kurz auf das schwarze Display, bis ihr bewusstwurde, dass Beret sie immer noch abwartend anschaute.

„Ein Herr Eriksen von der Nordlys möchte morgen ein Interview mit mir", erzählte sie dann, wobei ihre Stimme leicht mechanisch klang.

„Das ist ja geil. Und um was soll es gehen? Um dein nächstes Buch?"

Noch während Beret sprach, riss Anni den Kopf hoch. Verdammt. Das hatte sie ihn gar nicht gefragt. Was, wenn er wirklich mit ihr über ihre neusten Ideen reden wollte? Was sollte sie ihm groß erzählen?

„Fuck. Ich hoffe nicht." Anni merkte, wie ihr die Farbe aus dem Gesicht wich.

„Warte doch erst mal ab. Vielleicht möchte er ja ganz andere Dinge wissen oder über dein erstes Buch reden. Und wenn nicht, sag ihm doch einfach, dass du da aktuell noch nicht drüber reden kannst", versuchte Beret sie zu beruhigen, was tatsächlich fruchtete.

„Stimmt, ich kann ja einfach sagen, dass ich zu diesem Zeitpunkt noch keine Details bekanntgeben darf oder sowas in die Richtung. Danke."

Beret zwinkerte ihr aufmunternd zu. „Aber hey, jetzt freu dich doch erst mal. Wie cool ist das bitte. Ein Interview für die Nordlys. Darauf müssen wir anstoßen."

Anni ließ sich von Berets Euphorie anstecken und sprang auf. Ich glaube ich habe noch eine Flasche

Wein von Iben irgendwo." Anni schaute sich etwas planlos in ihrer Wohnung um.

„Du brauchst nicht suchen. Was Alkoholfreies wäre mir lieber." Beret lachte.

Anni schaute sie mit großen Augen an. Schockiert über ihre eigene Vergesslichkeit. „Fuck, sorry. Das habe ich noch nicht so ganz verarbeitet", gestand sie dann.

„Ich auch nicht. Mach dir keinen Kopf."

„Sorry" Anni konnte das Gähnen zum wiederholten Male nicht unterdrücken.

„Alles gut. Es ist ja auch schon spät. Du solltest mal ins Bett", stellte Beret gleich darauf fest. „Ich muss auch los. Nicht das Len sich noch Gedanken um uns macht." Liebevoll strich sie über ihren noch flachen Bauch.

Inzwischen freute sich Anni ernsthaft für ihre Freunde. Der anfängliche Beigeschmack, den sie hatte, als Beret es verkündet hatte, war im Laufe des Abends verschwunden.

Anni brachte ihre Freundin noch an die Tür, wo sie sich fest in den Arm nahmen.

„So und ich bitte ab jetzt um regelmäßige Einladungen, verstanden?", foppte Beret sie und Anni hob wie zum Schwur die Hand.

„Versprochen. Und ich bitte um regelmäßige Little-Ben-Updates"

Beret stutze bei Annis Worten. „Ben Van Wijk"

„Klingt fast wie das Original." Anni lachte. „Weiß Lens Familie eigentlich schon von ihrem Glück, dass Enkel Nummer - wieviel?" Anni stockte.

„Das müsste dann Nummer sieben sein. Aber nein, du bist quasi die Erste, die es weiß. Wir wollten es ihnen gerne persönlich sagen. Aber der nächste Besuch in Den Haag steht erst in gut einem Monat an, zur Hochzeit von Lens Cousin."

„Oh wow, jetzt fühl ich mich aber geehrt."

„Das kannst du. Ich weiß ja, dass bei dir gut aufgehoben ist. Und den Namen behalte ich mal im Hinterkopf, falls es ein Bub werden sollte." Beret grinste, rückte ihren Korb zurecht und wandte sich zum Gehen. „So, jetzt muss ich aber wirklich los. Ich wünsch dir eine ruhige Nacht. Hoffentlich wirst du nicht wieder von wilden Träumen heimgesucht."

Anni hatte es schon fast wieder verdrängt, doch Berets Worte erinnerten sie direkt an das unwohle Gefühl, das bei dem Gedanken, gleich schlafen zu gehen, in ihr aufkam.

Sie hatte das Thema vorher nicht nochmal angeschnitten, da sie nicht wollte, dass Beret sie auch noch für paranoid hielt, aber die Tatsache, dass der Reporter sie gerade heute angerufen und für einem Interview anfragt hatte, beunruhigte sie etwas nach dem letzten Traum.

Nachdem Beret aufgebrochen war, ging Anni geradewegs Richtung Schlafzimmer, blieb aber in der Tür stehen. Als sie ihr Bett so anschaute, fühlte sie sich unwohl, und die Sehnsucht nach Schlafengehen war gar nicht mehr so groß. Anni machte kehrt und ging zurück ins Wohnzimmer. Sie beschloss, das Geschirr und die Kochtöpfe vom Abend direkt zu waschen, und als sie damit fertig war, griff sie kurzerhand noch zu einem Karton in der Ecke. Wenn sie sich schon vor dem Schlafengehen drückte, konnte sie wenigstens was Sinnvolles tun.

Sie hatte einen der Bücherkartons erwischt und so fing sie an ihre gesammelten Schätze in das Wandregal, ein weiteres Überbleibsel des Vormieters, einzusortieren.

Circa bei der Hälfte fielen ihr zwei Bücher in die Hand, die sie als nicht die ihren erkannte. Als sie sie umdrehte, bewahrheitete sich ihre Befürchtung. Sie hatte sie vor einiger Zeit aus der Bücherei ausgeliehen und vor lauter Umzugsstress vergessen zurückzubringen. Die Ausleihfrist war inzwischen vermutlich überzogen.

Von sich selbst genervt legte sie die Bücher zur Seite und setzte sich innerlich das Vorhaben auf ihre

To-do-Liste sie am nächsten Morgen mit in die Stadt zu nehmen.

Als sie es irgendwann nicht mehr länger hinauszögern konnte, legte sie sich doch ins Bett. Sie wälzte sich allerdings noch eine Weile von links nach rechts, ehe sie endlich in einen unruhigen Schlaf glitt.

ACHT

Sie setzte sich auf einen Platz nahe dem Hinterausgang, weil sie es hasste, wenn sie sich, bevor sie aussteigen wollte, noch durch Menschenmassen zwängen musste. Immer wieder bemerkte sie, wie die anderen Leute im Bus ihr merkwürdige Blicke zuwarfen. Sie sah, wie eine junge Frau etwas zu indiskret auf sie zeigte und etwas zu ihrer Sitznachbarin sagte.

Anni versuchte den Blick abzuwenden, aber sie fühlte sich unglaublich unwohl in ihrer Haut. Hatte sie was im Gesicht? Sie holte ihr Handy raus und stellte die Frontkamera ein. Bis auf die Tatsache, dass ihr Gesicht aus dem Winkel von unten extrem unvorteilhaft aussah, sah es völlig normal aus. Kein Popel an der Nase oder Krümel am Mund. Was war es dann?

Um den Blicken der anderen etwas zu entgehen, rutschte sie ein bisschen in ihrem Sitz runter und schaute aus dem Fenster.

Da es draußen noch stockduster war spiegelte sich ihr Gesicht in der Fensterscheibe. Ihr Blick verfing sich in ihren eigenen Augen, wie sie ihr unglücklich entgegenblickten. Es fehlte der Glanz darin. Das Funkeln des Lebens. Während sie sich so selbst beobachtete, bekam sie das Gefühl, dass sie damit nicht allein war. Ihr Blick schweifte zur Seite und sie bemerkte, wie ein Mann ebenfalls ihr Spiegelbild anstarrte. Er hatte blonde Locken und seine blauen Augen durchbohrten Anni beinah.

Erschrocken wandte sie sich ihm zu, doch auf dem Sitz auf der anderen Seite saß kein junger Mann, sondern eine ältere Dame, die ihre übergroße Handtasche auf ihrem Schoß fest umklammert hielt. Anni atmete heftig aus. Mit angehaltenem Atem drehte sie sich wieder Richtung Fensterscheibe. Panisch rückte sie von der Scheibe weg als ihr erneut der durchdringende Blick aus tiefliegenden Augenhöhlen begegnete. Hastig blickte sie hin und her. Mit weit aufgerissenen Augen behielt sie das Spiegelbild im Blick.

Der Mann im Fenster öffnete die Lippen und obwohl sie ihn nicht hören konnte, verstand sie seine Worte ganz klar. „Steig aus!"

Erst jetzt bemerkte Anni, wie schnell der Bus unterwegs war. Sie versuchte, etwas außerhalb des Busses in der Dunkelheit auszumachen, und meinte, die schemenhaften Umrisse eines Waldes zu erkennen, der in beängstigendem Tempo an ihr vorbeirauschte.

Anni sprang auf und rannte Richtung Tür. Sie drückte den Stopp-Knopf, doch sie hatte das Gefühl, dass der Bus sogar noch an Tempo zunahm. Sie drückte den Knopf erneut. Doch auch nach mehrfachen Wiederholungen geschah einfach nichts. Sie mussten doch inzwischen mehrere Haltestellen passiert haben. Warum hielt der Bus nicht an?

Anni sah sich nach Hilfe um. Keiner um sie herum schien wahrzunehmen, was hier gerade vor sich ging. Die Insassen des Busses starrten plötzlich alle unbeteiligt wie Zombies geradeaus. Ihre Blicke wirkten irgendwie leer.

Anni ging auf den Mann direkt neben der Tür zu, wobei sie sich an den Sitzen festhalten musste, da der Bus inzwischen unnatürliche Geschwindigkeiten angenommen hatte. Als sie ihn erreichte, schüttelte sie den Mann an den Schultern, doch er hob nicht mal den Blick - als würde sie nicht existieren. Anni richtete sich wieder auf.

„STOPP! HALTEN SIE AN!", brüllte sie in Richtung Busfahrer. Die schwache Innenbeleuchtung des Busses ermöglichte ihr den Fahrer im Rückspiegel zu erkennen. Auch er starrte wie hypnotisiert aus dem Fenster und schien ihren Ruf nicht zu hören. Anni kämpfte sich nach vorne zu ihm, vorbei an all den Leuten, die eben noch fleißig damit beschäftigt gewesen waren, sich ihre Mäuler über sie zu zerreißen. Jetzt kam es ihr so vor, als würden sie sie alle nicht mal bemerken. Sie war Luft für sie.

Anni erreichte den Fahrer und berührte ihn am Arm. „Entschuldigung. Sie fahren viel zu schnell. Können sie bitte anhalten. Ich…" Anni fuhr erschrocken zurück, als sich der Busfahrer plötzlich zu ihr umdrehte. Dieselben blauen Augen wie in der Fensterscheibe starrten sie nun an.

„Du bist die Nächste." Diesmal hörte sie seine Worte klar und deutlich. Doch das Gesagte machte es nicht weniger gruselig.

„Die Nächste?" Angst und Verwirrung waren aus Annis Stimme zu vernehmen.

Im nächsten Moment verlor sie die Balance, als der Bus eine scharfe Vollbremsung machte. Sie stolperte zunächst nach vorne, um dann rückwärts auf einen Sitz geschleudert zu werden. Bei ihrer Landung stieß sie unsanft mit einem Mann zusammen. Reflexartig entschuldigte sie sich, doch der Kerl reagierte nicht mal. Sein blondes Haar hing ihm in Strähnen ins Gesicht. Er schien völlig unbeeindruckt von der wilden Fahrt. Anni konnte es nicht fassen.

„Sind hier alle irre?", fragte sich Anni laut. Da hob der Mann den Kopf und Anni sprang panisch auf. Wie konnte das sein?

„Du bist als nächstes dran", wiederholte der Mann die Drohung. Doch gleichzeitig kam bei Anni das Gefühl hoch, dass er sie eigentlich nur warnen wollte.

Unfähig sich zu rühren, beobachtete Anni wie er aufstand, Richtung Tür ging und den Knopf betätigte. Problemlos schwangen die Bustüren auf und der blonde Mann verschwand.

Plötzlich begriff Anni, dass der Bus vielleicht nicht ewig halten würde. Sie sprang auf und aus dem Bus heraus, um das Weite zu suchen, doch die Welt, die sie außerhalb des Busses vorfand, war nicht wie erwartet.

•

Tannen, die so weit in den Himmel ragten, dass Anni ihr Ende nicht ausmachen konnte. Über dem Boden waberte eine dichte Nebelschicht und alles um sie herum wirkte trist und farblos, wie in einem alten Schwarz-Weiß-Film. Es kam ihr vor, als wäre sie in eine andere Welt gereist - oder in eine andere Zeit...

Rechts von sich nahm sie eine Bewegung wahr. Es war der blonde Mann. Er blickte sie bedeutungsvoll an, ehe er sich umdrehte und zielgerichtet in den Wald lief. Annis Beine waren bleischwer, doch sie wollte dem Mann nachrufen, als er plötzlich einfach vor ihren Augen verblasste, als wäre er ein Geist.

Anni blinzelte mehrfach, doch der Mann blieb verschwunden. Panisch zuckte sie zusammen, als sich die Türen des Busses hinter ihr schlossen und gleichdarauf der Bus mit quietschenden Reifen davonraste und wendig wie ein Sportwagen um die nächste Kurve fuhr. Mit einem Mal war Anni allein. Mitten in einem dunklen Wald, von dem sie keine Ahnung hatte, wo er sich überhaupt befand.

Der Nebel schien ihre Beine hochzukriechen und unter ihre Klamotten zu schlüpfen, denn eine Eiseskälte breitete sich auf ihrer Haut aus. Der kalte Nebel schien aus den Tiefen des Waldes zu kommen. Es fühlte sich an, als würden kalte Hände nach Anni greifen.

Ihr Gefühl sagte ihr, dass sie hier weg musste. Ohne einen Plan schlug sie den Weg ein, aus dem der Bus gekommen war. Sie hatte kein Zeitgefühl mehr. Sie wusste weder, wie spät es war, noch, wie lange sie unterwegs gewesen waren. Da der Nebel die Sicht erschwerte und sie nicht mal bis zum nächsten Leuchtpfosten schauen konnte, kam sie nur langsam voran. Es kam Anni vor, als ob sie schon seit Stunden lief, als endlich ein Licht durch den Nebelschleier brach. Sie hatte auf Zivilisation gehofft, doch die Lichtquelle wurde zu schnell größer und heller und schon bald erkannte Anni zwei kegelförmige Lichter, die zu einem Fahrzeug gehören mussten.

Eine Mischung aus Erleichterung und Angst kam in ihr hoch. Was, wenn es sich bei dem Fahrzeug wieder um so einen irren Bus handelte oder Schlimmeres? Trotzdem fing sie wie wild an zu winken, als die Lichter sie erfassten. Tatsächlich blieb das Auto, eine längere schwarze Limousine, auch neben ihr stehen. Es hatte getönte Scheiben, sodass ein Blick in das Innere des Fahrzeugs völlig unmöglich war. Wie in Zeitlupe glitt die Scheibe hinunter und Annis Herz klopfte wie wild.

„Pfarrer Jørgensen? Was machen Sie denn hier?", entfuhr es Anni überrascht.

„Oh hallo Annike, wie erfreulich, dich hier zu sehen. Willst du auch zu der Beerdigung, mein Kind? Soll ich dich ein Stück mitnehmen?"

„Was für eine Beerdigung? Nein, ich möchte zurück in die Stadt. Ich weiß gar nicht wie ich hierhergekommen bin", erklärte Anni dem bereits stark ergrauten Mann.

„Ich bin in der Tat ein bisschen früh dran." Pfarrer Jørgensen warf einen Blick auf seine Kreuztaschenuhr, die ihm um den Hals baumelte. „Ich kann dich gerne zurück in die Stadt fahren. Steig ein."

Dankbar kletterte Anni in die tiefergelegte Limousine. Die Sitze waren dick gepolstert und

Anni versank beinah darin. Im Inneren war es mollig warm, ganz anders, als sie es bei einem Leichenwagen erwartet hatte. Bei dem Gedanken warf sie einen Blick in den hinteren Teil des Wagens, welcher zu ihrer Erleichterung leer war.

„Was machst du überhaupt hier mitten im Wald, wenn es nicht die Beerdigung ist, auf die du gehen willst?"

„Ich bin wohl in den falschen Bus eingestiegen." Anni war nicht sonderlich erpicht, Pfarrer Jørgensen von ihrem abenteuerlichen Ritt mit dem Bus zu erzählen. Sie selbst war sich nicht mal sicher, ob das alles gerade wirklich passiert war oder ob ihr ihre Einbildung und Fantasie einen bösen Streich gespielt hatten.

„Oh schade, und ich hatte gehofft, du könntest mir ein paar Details über die Beerdigung verraten. Ich wurde gestern gebeten, dieser äußerst besonderen Beerdigung beizuwohnen und eine Grabrede zu halten. Der Anrufer hat allerdings nicht mal verlauten lassen, um wen es sich handelt. Stell dir das mal vor. Wie soll ich denn ein paar persönliche Worte einfließen lassen, wenn ich nicht mal weiß, um wen es sich handelt? Und dann diese außergewöhnliche Location im Wald. Sie haben mir nur die Koordinaten zugesendet. Ich habe ja inzwischen schon allerlei erlebt, aber das ist tatsächlich die Krönung. Es ist für mich natürlich eine Selbstverständlichkeit, jeden auf seiner Reise zu begleiten, und das wissen die Leute. Deswegen buchen sie mich. Aber ich möchte doch nicht ganz im Dunklen gelassen werden, wem ich jetzt Zutritt gewähre. Das kannst du doch sicher nachvollziehen, mein Kind?"

Da Anni nicht recht wusste, was sie dazu sagen sollte, nickte sie bloß.

„Ach, da fällt mir ein, deiner Oma geht es übrigens sehr gut. Sie hatte eine sehr schöne und sanfte Reise ohne Komplikationen. Die liebe Jonna fühlt sich seitdem nur ein bisschen einsam. Ich glaube sie würde sich über mehr Besuch sehr freuen." Pfarrer Jørgensen warf Anni einen bedeutungsvollen Blick zu und Anni wusste sofort, worauf er hinauswollte.

Eine Welle von Schuldgefühlen kam in ihr hoch und sie schaute betrübt seitlich aus dem Fenster in die absolute Dunkelheit.

Es war nicht so, als wäre Anni dieser Gedanke nicht schon selbst gekommen, aber es fühlte sich an, als wäre da eine Blockade in ihr, die es ihr unmöglich machte. Allein der Gedanke daran war noch immer zu schmerzlich, weshalb sie ihn viel zu oft beiseiteschob. Wenn sie zu ihr ginge, müsste sie sich ein für alle Mal bewusst machen, dass es tatsächlich Realität war. Sie wusste nicht, warum ihr dieser Schritt so schwerfiel, warum sie nicht loslassen konnte.

„Kann ich dich hier rauslassen?"

Anni schreckte aus ihren Gedanken und schaute verwirrt zu Pfarrer Jørgensen

Sie hatte nicht mitbekommen, dass sie inzwischen schon in der Stadt angekommen waren.

„Eine Reise mit mir ist nie von langer Dauer", erklärte der Pfarrer, da ihm Annis Verwirrung anscheinend nicht entgangen war.

Als Anni sich jetzt genauer umschaute erkannte sie, dass sie sich ganz in der Nähe vom Hafen befanden. Sie bedankte sich und stieg aus.

•

Die Farbe war zurückgekehrt und mit ihr das Gefühl wieder in ihrer Welt zu sein. Da aber auch hier der Morgennebel tief über dem Boden hing, war Annis Sichtfeld trotz allem begrenzt.

Eilig lief Anni den Pier entlang, der völlig menschenleer wirkte. Die Wellen spülten gegen die Hafenmauer, sonst konnte sie keine Geräusche vernehmen. Nicht mal das Brummen von Motoren war zu hören.

Wie spät war es? Sie hatte völlig das Zeitgefühl verloren. Als sie an ihrem Mantelärmel rumfummelte, um einen Blick auf ihre Armbanduhr zu werfen, blieben ihre Füße an etwas hängen und Anni verlor das Gleichgewicht, konnte sich aber noch rechtzeitig wieder fangen. Sie drehte sich um, um nachzuschauen, worüber sie gestolpert war. Mitten auf dem Pier lag eine schwarze Damenhandtasche. Anni blickte sich um, doch konnte weit und breit niemanden entdecken. Sie bückte sich und hob die Tasche vom Boden auf. Erneut ließ sie den Blick durch den diesigen Morgennebel wandern, auf der Suche nach einer möglichen Besitzerin. Auch ein Blick ins Innere entpuppte sich als Sackgasse, da die Tasche so gut wie leer war und Anni keinen Geldbeutel oder ähnliches entdecken konnte.

Kurzerhand entschloss sie sich, die Tasche bei der Polizei abzugeben. Sie kehrte um und machte sich auf den Weg Richtung Norden, die Handtasche unter dem Arm.

Am Empfangstresen der städtischen Polizeistelle saß ein älterer Mann mit Halbglatze.

Anni stellte die Tasche auf den Holztresen. Gelangweilt hob der Polizist den Kopf.

„Guten Morgen, die habe ich gerade am Hafen gefunden und wollte sie gerne hier abgeben. Vielleicht meldet sich der Besitzer ja." Anni lächelte freundlich.

Der Polizist betrachtete kurz die Handtasche und fing dann, ohne ein Wort zu sagen, an, etwas in seinen PC zu tippen. Anni konnte beobachten, wie seine Augenbrauen plötzlich in die Höhe schossen.

Er sprang auf grabschte nach der Tasche und riss sie auf. Er wühlte kurz darin herum, dann hob er den Blick und fixierte Anni mit zusammengekniffenen Augen.

„Soso, die haben Sie also gerade eben gefunden?"

„Ja", bestätigte Anni etwas irritiert. Das hatte sie doch gerade eben erklärt.

„Und Sie sind sicher, dass Ihnen unterwegs nichts rausgefallen ist?", fragte der Beamte weiter.

Anni fragte sich, warum er ständig die Worte so stark betonte, als meinte er nicht ernst, was er sagte. Obwohl sie sich nicht gerade nett behandelt fühlte, blieb Anni höflich. „Ja, da bin ich mir ganz sicher."

„Diese Tasche wurde heute Morgen gestohlen gemeldet", berichtete der Polizist.

„Das ist doch wunderbar. Dann können Sie sie ja jetzt an ihren Besitzer zurückgeben", meinte Anni erfreut und wollte sich schon abwenden.

„Ja, das könnte ich, wenn nicht etwas Wichtiges darin fehlen würde. Ich muss Sie bitten mich zu begleiten."

Als Anni sich erstaunt umwandte, war der Beamte bereits um seinen Tresen herumgeeilt und zog seine Handschellen aus der Gürteltasche. Ehe Anni sich versah, schloss sich das kühle Metall um ihre Handgelenke.

„Hey, was soll denn das?", empörte sie sich. „Ich wollte doch bloß die Tasche abgeben."

Anni wurde in einen Verhörraum gebracht, wo der Beamte sie aufforderte auf einem Stuhl Platz zu nehmen. Ihre Hände sicherte er mit einer Metallkette am Tisch. Anni kam sich vor wie eine Schwerverbrecherin.

„Keine Fluchtversuche, ich bin sofort wieder da", meinte der Beamte und verließ den Raum.

Anni hätte am liebsten laut gelacht bei seinen Worten. Was zur Hölle traute er ihr zu?

Es vergingen tatsächlich nur wenige Minuten, bis die Tür wieder schwungvoll geöffnet wurde. Der Polizist kam zurück. Vor sich schob er nun allerdings einen kleinen metallenen Rolltisch dessen Rollen quietschend über den Boden glitten. Auf dem Tisch erkannte Anni einen PC, sowie ein seltsames Gerät mit unzähligen Knöpfen und Reglern. Anni hatte so etwas schon einmal in alten Filmen gesehen. Es überraschte sie allerdings, dass die Tromsøer Polizei so etwas in ihrem Besitz hatte und es scheinbar sehr selbstverständlich einzusetzen schien.

„So Frau Sølversen, ich hätte da einige Fragen an Sie." Mit diesen Worten klatschte der Beamte eine Mappe auf den Tisch, auf dessen Vorderseite ein Bild von Anni angeheftet war. „Vorher müssen wir aber noch ein paar Vorkehrungen treffen", meinte er und umrundete den Tisch. Er begann damit die Elektroden und Klammern an dem Gerät auszupacken und an Anni zu befestigen, die noch immer nicht verstand, in was sie hier hineingeraten war.

„Haben Sie nicht auch noch einen Kollegen da? Ist das überhaupt rechtens, was Sie hier tun? Brauchen Sie nicht ein bisschen mehr Beweise…?"

„Genau die werde ich mir ja jetzt holen, Frau Sølversen."

Da Anni keine Möglichkeiten hatte sich zur Wehr zu setzen, musste sie mit ansehen, wie der Mann alle möglichen Elektroden an ihrem Körper anbrachte. Immerhin löste er ihre Hände vom Tisch und nahm ihr die Handschellen ab, sodass Anni sich in ihrem Stuhl zurücklehnen konnte.

„So, wir starten erst mal mit ein paar einfachen Fragen", meinte der Mann und schlug demonstrativ die Mappe vor sich auf. Anni konnte allerdings nicht erkennen was ihren Inhalt darstellte. Sie fand die Situation gleichermaßen mysteriös wie gruselig. Andererseits hatte sie sich ja nichts zu Schulden kommen lassen, was der Test auch gleich zeigen würde.

„Ich bitte Sie, die nächsten Fragen nur mit Ja oder Nein zu beantworten. Haben sie das verstanden?"

Anni nickte zögerlich.

„Ist ihr Name Annike Sølversen?", fragte der Beamte.

„Ja", antwortete Anni mit leichtem Zittern in der Stimme, obwohl das ja ganz offensichtlich keine Lüge war.

„Sie wohnen hier in Tromsø in Rudivegen, im dritten Stock eines Mehrfamilienhauses, richtig?"

„Nein, im zweiten."

„Nur Ja und Nein bitte", wiederholte der Mann. „Sie sind 1,66 groß, wiegen 73 Kilo und haben braune Augen?"

Anni fand es zwar etwas unverschämt, antwortete jedoch brav mit „Ja."

„Ihr Vater ist Herr Ingvald Ludge, Professor an der Universität Bergen?"

„Ja."

„Sie haben einen Masterabschluss in Journalismus?"

„Nein."

„Sie hatten bereits fünf Geschlechtspartner?"

Anni errötete und sie war sich selbst nicht sicher, ob aus Wut oder Scham. Standen solch intime Details tatsächlich in ihrer Akte?

„Ja."

Der Beamte schaute, während Anni antwortete, immer wieder auf den Detektor und machte sich Notizen auf einem Block. Dann warf er einen Blick in eine Akte, die aufgeschlagen neben ihm lag, richtete sich dann auf und drückte den Rücken durch, sodass er gleich ein paar Zentimeter höher vor Anni aufragte. Jetzt schien er wohl zum Punkt kommen zu wollen, dachte Anni. Sie hoffte, dass sich das Missverständnis gleich klären würde.

„Annike. Darf ich Sie Annike nennen?", hakte er kurz nach. Doch auch wenn die Frage zunächst sehr nett erschien, hatte Anni plötzlich ein ungutes Gefühl. Trotzdem nickte sie.

„Annike, haben Sie in ihrem Leben schon mal etwas genommen, das nicht Ihnen gehört?"

„Nein", erwiderte Anni empört. „Ich bin keine Diebin.

„Nur mit Ja und Nein antworten", forderte der Mann nun leicht gereizt. Er blickte auf die Auswertungen, dann wieder in die Akte. „Und was ist mit der Schokolade, die sie mit fünf Jahren genommen haben, obwohl ihre Mutter es Ihnen verboten hat?" Seine Stimme war ganz ruhig.

Entgeistert blickte Anni den Mann an. Sollte das ein Witz sein? Und woher zur Hölle wusste er das? „Das ist doch nicht vergleichbar. Die habe ich doch nicht gestohlen", verteidigte sie sich, nachdem die erste Verwirrung sich gelegt hatte.

„Also war es Ihre Schokolade?", hakte er nach.

„Eh nein, aber…"

„Nein? Also haben Sie die Schokolade dem norwegischen Gesetzestext nach gestohlen.

Anni blieb jegliche Erwiderung im Hals stecken.

„Sie haben also schon einmal gestohlen. Wer sagt, dass Sie es nicht nochmal tun würden?" schlussfolgerte der Mann

„Das ist doch nicht Ihr Ernst? Sie können doch nicht eine Tafel Schokolade mit – was? Um was geht es hier denn überhaupt? Ich habe nichts verbrochen."

„Laut meiner Akte ist das nicht ihr einziges Vergehen." Der Mann blätterte in einem für Annis Geschmack etwas zu dicken Papierhefter herum. „Stimmt es nicht auch, dass Sie zu ihrer Schulzeit regelmäßig den Schulsport geschwänzt haben, obwohl Sie gar nicht krank waren, nur um in dieser Zeit lesen zu können?"

„Ich sag dazu nichts, das ist doch lächerlich", empörte sich Anni.

„Beantworten Sie die Frage Annike. Ihr Schweigen wird als Geständnis gewertet.

„Ja, verdammt! Ich habe den Schulsport hin und wieder geschwänzt, na und? Das macht mich noch lange nicht zu einer Verbrecherin."

Der Beamte schaute erneut auf die Auswertungen des Gerätes neben sich und machte sich Notizen. „Wir sind erst am Anfang. Aber sollte sich herausstellen, dass Sie all das hier getan haben, was auf meiner Liste steht, stehen ihre Chancen sehr schlecht, wieder aus der Nummer rauszukommen."

Anni ließ sich in ihrem Stuhl zurückfallen und verschränkte ihre Arme vor der Brust, um ihren Standpunkt zu unterstreichen. Doch so selbstbewusst wie sie tat, fühlte sie sich lange nicht.

Der Beamte fuhr unbeeindruckt fort. „Was haben Sie zu dem Punkt mit der Lüge ihrem Vater gegenüber zu sagen? Dass Sie ihn nicht an die Uni begleiten könnten, da es Ihnen nicht gut ginge, obwohl Sie nur viel lieber bei Ihrer Oma bleiben wollten, um Bücher zu lesen.

Anni schwieg mit zusammengepressten Lippen. Sie hatte vor, das hier einfach auszusitzen.

„Oder wie sieht es hiermit aus? Haben Sie inzwischen Ihrer Stiefschwester gegenüber ein Geständnis bezüglich der Affäre mit Ihrem Schwager gemacht?"

„Affäre???", platze es aus Anni heraus.

Das kleine Glitzern in den Augen des Beamten entging ihr nicht und sie ärgerte sich sofort, dass sie zusammengebrochen war. Doch die ganze Situation war einfach zu lächerlich.

„Ja die Affäre, Annike. Ich habe hier eine Notiz, dass Sie und Herr Solheim am 31.12.2007 intim gewesen sind."

„Das war nur ein Kuss und außerdem..."

„Weiß Frau Solheim von diesem Vorkommnis?", unterbrach der Beamte sie.

„Ich war da vierzehn. VIER-ZEHN!“, wiederholte Anni betont langsam.

„Ihr Alter tut nichts zur Sache. Haben Sie Ihre Stiefschwester darüber aufgeklärt oder nicht?“ Der Mann starrte sie an und es schien, als würde er nicht lockerlassen. Doch Anni würde ihm kein weiteres Geständnis machen. Auch wenn alles, was in dieser Akte stand der Wahrheit entsprach, stellte es sie in einem völlig falschen Licht dar.

„Ich wiederhole Frau Sølversen…“, dass Anni nicht kooperierte, schien sie offenbar in der Beliebtheit des Beamten sinken zu lassen, da er sie wieder nur beim Nachnamen nannte. „…es wäre wirklich besser für Sie, wenn Sie hier etwas mehr mitmachen würden. Ihr Schweigen wird Ihnen nicht helfen. Im Gegenteil.“

Ein lautes Geräusch auf dem Flur ließ Anni ihre Erwiderung vergessen. Kurz darauf stürzte ein junger Mann mit schwarzem, vollem Haar und grauem Trenchcoat in den Vernehmungsraum. Ein Blick genügte ihr, um ihn zu erkennen.

Es handelte sich um Kommissar Endi Haugland. Mit großen Augen starrte Anni den Mann an, wie er um den Tisch rum auf sie zukam. Er war so schön, wie sie ihn sich immer vorgestellt hatte. Und sein Auftritt war bühnenreif. Mit einer Bewegung riss er alle Kabel von ihr los und griff zu ihrer Hand.

„Was tun Sie da?", fragte der Beamte ihnen gegenüber aufgebracht. „Sie ist eine Verdächtige und wir sind gerade mitten in einer Vernehmung. Was bilden Sie sich ein. Wer sind Sie überhaupt?"

„Endi Haugland, Sir."

Der Beamte wurde plötzlich kreidebleich und stammelte eine Entschuldigung.

„Und wenn Sie mich jetzt bitte entschuldigen würden. Ich werde mich dem Fall nun selbst annehmen und den wahren Täter finden. Diese Frau hier ist nämlich unschuldig."

„Ich habe mehr als einen Beweis ihr gegenüber vorliegen", versuchte der Beamte es noch ein letztes Mal.

„Haben Sie mir nicht zugehört? Diese Frau kommt nun mit mir." Endi Haugland zog Anni an ihrer Hand auf die Füße und dann aus dem Raum.

„Wo gehen wir hin? Was geht hier vor? Ich habe nichts getan", meinte Anni aufgebracht, während sie hinter Endi Haugland her durch einen engen langen Korridor stolperte.

Endi Haugland wandte sich ruckartig zu ihr um. „Ich weiß, Baby. Ich weiß." Liebevoll strich er ihr über die Wange und schaute ihr dabei tief in die Augen.

Anni schluckte schwer.

„Aber wir dürfen jetzt keine Zeit verlieren. Wir müssen weg bevor sie dich finden. Sie wollen zurück, was Ihnen gehört…" Ohne eine weitere Erklärung drehte er sich wieder um und eilte weiter durch den dunklen Gang.

„Wer?", keuchte Anni, doch sie bekam keine Antwort.

Sie liefen um mehrere Ecken und hin und wieder teilte sich der Korridor in mehrere Gänge auf.

Egal wo Haugland sie hinbrachte, eins war sicher, sie würde allein nie wieder aus diesem Labyrinth herausfinden.

Er zog sie um eine Linkskurve und dann standen sie plötzlich in einer scheinbaren Sackgasse.

„Halt das mal", sagte Endi und drückte Anni eine kleine Taschenlampe in die Hand. Er selbst trat an die steinerne Wand vor ihnen. „So, jetzt drück auf den Knopf. Du musst ihn gedrückt halten und leuchte die Wand ab."

Anni tat wie ihr geheißen und ein blauer Lichtstrahl traf auf die Wand.

„Nein, es muss weiter hier links sein…Ah da."

Anni wusste nicht gleich von was Endi sprach, doch als er direkt vor einen Stein trat, der angeleuchtet wurde, sah sie, dass dieser im Licht der Taschenlampe eine andere Oberflächenstruktur zeigte im Vergleich zu den umliegenden Steinen.

Sie beobachtete wie Endi Haugland ein paar Linien mit dem Zeigefinger nachfuhr und gleichdarauf hörte sie ein knarrendes Geräusch direkt über sich. Vor Schreck ließ Anni die Taschenlampe fallen. Der dämmrige Schein der Wandleuchten reichte allerdings aus, sodass sie sehen konnte, dass sich über ihnen eine Art Dachbodenluke geöffnet hatte.

„Wo führt die hin?", wollte Anni wissen.

„Tu nicht so, als wüsstest du das nicht? Oder was hast du gedacht, wie ich nachts immer unbemerkt in deine Wohnung komme?"

Anni schaute Endi Haugland nur mit großen Augen an, während dieser aus seinem Mantel einen Stift zückte, den er vor ihren Augen begann auszuziehen wie einen Teleskopstab. An einem Ende befand sich ein kleiner Haken, den er nun an dem Ende der Klappe einhakte und langsam eine Treppe zu ihnen hinunterzog.

„Nach dir", meinte er dann gentleman-like und wartete darauf, dass Anni die Holzsprossen vor ihr hinaufstieg, an einen Ort, den sie angeblich kennen sollte.

Oben angekommen krabbelte Anni auf eine Art Dielenboden. Durch einen kleinen Spalt am Boden drang Licht. Sie vermutete, dass sich dort eine Tür befand. Ansonsten war es dunkel und Anni konnte nicht sagen, wie groß der Raum war, in dem sie sich befand, aber sie hatte das Gefühl, dass die Wände nicht allzu weit entfernt waren. Bei dem Versuch, Endi Platz zu machen, der sich direkt hinter ihr befand, berührte sie etwas Weiches, Großes an Kopf und Schultern. Panisch wich Anni zur Seite, stieß dabei aber gegen einen kleinen am Boden liegenden Gegenstand und gleichdarauf war ein dumpfes Poltern zu hören.

„Wo sind wir zur Hölle? Was war das grade?" Anni hörte nur Endis tiefes Lachen, dann wurde der Lichtspalt plötzlich größer, als er scheinbar die Tür öffnete. Fahles Licht drang ins Innere des Raumes und Anni musste feststellen, dass sie sich in keinem Raum befand, sondern in einem Schrank. Einem sehr großen Schrank. Überall über ihrem Kopf hingen Klamotten von einer Stange hinunter.

Sie sah auf den Boden neben sich und entdeckte einen Schuhkarton, den sie bei ihrer hastigen Bewegung von einem Stapel geworfen hatte. Allerdings stellte sich auf den zweiten Blick heraus, dass es sich da nicht um irgendeinen Karton handelte, sondern um die alte Schuhbox, in der Anni die Schuhe aufbewahrte, welche sie an ihrem Abschlussball getragen hatte. Was machten ihre Schuhe an diesem Ort?

„Kommst du?"

Anni blickte auf und sah Endis Hand vor sich, die er ihr auffordernd entgegenstreckte. Endi selbst stand inzwischen aufrecht vor der Schranktür.

„Was haben die bloß mit dir angestellt. Du wirkst richtig verstreut mein Engel." In Endis Miene lag volles Mitgefühl und als Anni wackelig auf ihre Beine vor ihn trat, zog er sie an seine Brust.

Anni genoss das Gefühl von Endi Haugland umarmt zu werden. Genauso hatte sie es sich immer vorgestellt – warm und sicher.

Mit geschlossenen Augen lauschte sie seinem Herzschlag durch den Stoff seines Kaschmirpullovers. Als sie träge wieder die Augen öffnete, sah sie zum ersten Mal bewusst den Ort, an dem sie sich nun befanden.

Anni stand mitten in ihrem Schlafzimmer, fest umschlossen von Endi Hauglands Armen, nichtwissend, wie sie in diese Situation gekommen war.

„So, jetzt müssen wir uns aber beeilen. Wir müssen hier weg sein, bevor sie dich finden. Ich hoffe du hast es gut versteckt", meinte Endi Haugland.

In diesem Moment platze es aus Anni heraus. Sie wollte endlich verstehen, was hier vor sich ging. „Was? Was verdammt noch mal soll ich versteckt haben? Und warum ist die Polizei hinter mir her?"

Anni fühlte sich wie im falschen Film. Doch Endis Antwort war nicht zufriedenstellend. Eher im Gegenteil. Sie warf nur noch mehr Fragen auf.

„Die Polizei ist nicht hinter dir her, mein Stern. Sondern *sie*", antwortete Endi Haugland geheimnisvoll.

Im nächsten Moment hörte Anni das Bersten von Holz, als hätte jemand eine Tür eingeschlagen.

„Wir sind zu spät. *Sie* sind schon da.“

NEUN

Tromsø, Mittwoch 9:51 Uhr

Ein Ruck ging durch Annis Körper und sie riss die Augen auf. Das Gefühl, oder nein, viel mehr das Wissen verschlafen zu haben, kam in ihr hoch und ein Blick auf ihren Radiowecker bestätigte ihre Befürchtung.

So schnell hatte sich Anni schon lange nicht mehr hellwach gefühlt nach dem Aufstehen.

In Windeseile zog sie sich an und hastete ins Bad. Während sie versuchte, ihre vom Schlaf zotteligen Haare in einem Zopf zu bändigen, ließ sie auf Lautsprecher gestellt bereits die interne Nummer vom Büro wählen. Zu ihrem Unmut und gleichzeitiger Verwunderung meldete sich ausgerechnet ihr Chef Kristoff am anderen Ende.

„Hi, Kristoff, hier ist Anni. Ich wollte nur Bescheid geben, dass ich gleich komme. Ich habe leider mächtig verschlafen."

„Verschlafen? Anni es ist Mittwoch", kam Kristoffs verwirrt klingende Reaktion. „Also ich sitz gerade in Pyjamahosen am Frühstückstisch und trink meinen zweiten Kaffee. Von mir aus kannst du dir gerne noch etwas Zeit lassen."

Anni hätte sich am liebsten mit der flachen Hand gegen die Stirn gehauen. Wie hatte sie vergessen können, welcher Wochentag war. Mittwochs öffneten sie immer erst um die Mittagszeit. Also hatte Anni noch gute zwei Stunden Zeit, bevor sie an der Arbeit sein musste. Sie wünschte ihrem Chef noch einen entspannten Morgen und legte dann wieder auf.

Etwas unschlüssig stand sie nun halbfertig in ihrem Bad und betrachtete ihr eigenes Spiegelbild. Die dunklen Augenringe, die inzwischen ihr Gesicht zeichneten, hätte selbst der beste Visagist nicht überschminkt bekommen. Wie konnte es sein, dass so ein paar blöde Träume ihre Akkus so extrem entluden? Allerdings graute es ihr vor dem Gedanken, sich jetzt, wo sie noch etwas Zeit hatte, nochmal ins Bett zu legen.

Das einzig Positive, was sie der ganzen Situation abgewinnen konnte, war, dass sie dadurch etwas in ihrer Wohnung tun konnte. Statt sich nochmal in ihr Bett zu kuscheln, entschied Anni sich dazu ihre Klamottenkisten etwas zu sortieren und auszupacken. Doch selbst so etwas Banales wie ihre Klamotten in den Schrank zu hängen, erinnerte sie wieder an ihre aufwühlenden Nächte.

Der Part ihres Traumes, bei dem sie mit Endi Haugland durch ihren Kleiderschrank in ihre Wohnung gekommen war, war zwar der Teil gewesen, den sie alles andere als unheimlich und beängstigend fand, deswegen aber nicht mindestens genauso seltsam. Die Tatsache, dass sie sich in ihren Träumen eine heimliche Liebschaft mit dem Protagonisten ihres eigenen Romanes ausmalte, war schon etwas ungewöhnlich. Auch wenn sie natürlich nicht abstreiten konnte, dass sie sich bei der Erstellung ihres Romancharakters sehr viel Zeit für Details genommen hatte und ihr der Kriminalkommissar Endi Haugland sehr ans Herz gewachsen war, ging ihre Fantasie da doch ein Stück zu weit.

Der Endi Haugland in ihren Büchern neigte auch nicht zu solcher Art bühnenreifer Auftritte und schon gar nicht besaß er irgendwelches Wissen über Geheimgänge unter der Stadt.

Der ihr bekannte Kommissar hatte eher das Talent auf den letzten Drücker zu erscheinen, immer einen Schritt hinterher zu hinken und ganz offensichtliche Indizien zu übersehen oder fehlzuinterpretieren.

Ohne seinen Assistenten wäre er wahrscheinlich schon längst seinen guten Ruf los gewesen. Aber genau diese Tatsache machte aus Haugland für Anni einen so interessanten Charakter.

Anni musste an Berets Worte vom Vorabend denken. Hatte sie vielleicht von Haugland geträumt, weil Beret meinte, sie sollte sich ihre Träume zunutze machen?

Wollte ihr Haugland sagen, dass er ein weiteres Abenteuer wollte, diesmal als fähiger und heldenhafter Kommissar? Während Anni ihren eigenen Gedanken lauschte, musste sie beinah lachen. Genau – ihr Protagonist erschien ihr im Traum, um Anni Botschaften zu übermitteln. Das klang ganz normal und als wäre Anni bei völliger geistiger Gesundheit.

Trotzdem nahm sie sich Block und Stift in dem Versuch ihren Traum zu protokollieren.

Zuerst dieses seltsame Verhalten der Menschen im Bus. Dann war da dieser Mann gewesen, der sie durch die Scheibe beobachtet hatte, aber zunächst nicht wirklich da gewesen war. Erst später hatte er eine physische Gestalt angenommen. Anni kannte ihn wissentlich nicht persönlich. Er schien aber eine wichtige Botschaft für sie gehabt zu haben. Sie war sich allerdings nicht sicher, ob er sie bedrohen oder warnen wollte.

Anni schrieb alles so detailliert wie möglich auf. Dabei fiel ihr eine Sache auf, die sie besonders zum Nachdenken brachte. War es nur ein weiteres kleines Detail oder hatte es mehr damit auf sich?

Die Welt hatte sich im Wald so anders angefühlt. Es war plötzlich alles ohne Farbe gewesen und es erinnerte Anni an Filme, in denen man das Ändern oder Wegnehmen von Farbe nutzte, um dem Zuschauer einen Zeitsprung deutlich zu machen.

Der Bus hatte sie dort hingebracht und er war unnatürlich schnell gewesen. War er vielleicht eine Zeitmaschine gewesen? War Anni in ihrem Traum in die Vergangenheit gereist?

Pfarrer Jørgensen hatte sie mitten im Wald aufgegabelt und wieder zurückgebracht. Die Reise war Anni sehr kurz vorgekommen und als sie ausgestiegen war, war da plötzlich wieder Farbe um sie herum gewesen. Hatte Jørgensen sie womöglich wieder zurück in ihre Zeit gebracht?

Er hatte in ihrem Traum viel über Reisen gesprochen, auch wenn Anni davon ausging, dass er eine andere Art von Grenzüberschreitung meinte.

Als sie länger über Pfarrer Jørgensens Worte nachdachte, wurde Anni plötzlich klar, dass nicht nur Haugland eine Botschaft an Anni gehabt hatte…

Dieser Gedanke überflutete Anni mit einer riesigen Welle von Kummer und Traurigkeit. Sie legte den Stift beiseite und schloss die Augen, um die aufsteigenden Tränen zurückzuhalten.

Anni beschloss, schon einen Bus früher in die Stadt zu fahren, da sie zuhause plötzlich das Gefühl hatte, die Decke würde ihr auf den Kopf fallen.

Als Anni um eine Straßenecke bog, sah sie, wie sich gerade ihre Buslinie der Haltestelle näherte.

Perfektes Timing.

Sie verschnellerte ihren Schritt und kam genau rechtzeitig an der Haltestelle an, um sich hinter ein paar Leuten einzureihen, die ebenfalls in den Bus einsteigen wollten.

Annis Blick wanderte den Bus entlang und sie sah einige müde Gesichter, die nah am Fenster saßen und nach draußen blickten. Wie ein kalter Schauer krochen ihr erneut die Erinnerungen an den vergangenen Traum den Rücken hinauf und Anni versteifte sich.

„Wollen Sie noch einsteigen?"

Der Busfahrer riss Anni aus ihren Gedanken und ihr wurde bewusst, dass sie noch immer bewegungslos auf dem Bürgersteig stand und die offene Bustür anstarrte.

„Äh ja, sorry." Anni löste sich aus ihrer Starre und versuchte die letzten Zweifel beiseitezuwischen. Sie atmete tief ein und ließ die Luft gleichdarauf wieder hörbar aus ihren Lungen entweichen, ehe sie in den Bus einstieg.

Keiner tuschelte, während sie den Gang nach hinten durchlief. Die meisten starrten bloß auf ihr Handy oder aus dem Fenster. Keiner interessierte sich für Anni. Sie ließ sich auf einem freien Platz nahe dem Hinterausgang nieder.

Die Fahrt in die Stadt verlief ereignislos, trotzdem fiel es Anni schwer sich zu entspannen und sie beobachtete die Menschen um sie herum wachsam.

Als sich am Marktplatz die Bustüren öffneten, griff sie hastig zu ihrer Tasche und ließ sich von der Menschenmasse mit nach draußen in die Morgenkälte treiben. Dort verstreute sich die Gruppe in Sekunden in alle Himmelsrichtungen und ließ Anni allein am Rand des Bürgersteiges zurück.

Obwohl ihr Traum sie diesmal noch nicht in die Wirklichkeit verfolgt hatte, spürte sie die Anspannung ganz deutlich in jeder Zelle ihres Körpers. Es war, wie wenn man einen Horrorfilm schaute und nicht wusste, wann der Axtmörder aus der Hecke sprang.

Anni legte einen kleinen Umweg durch die Stadt ein, mit dem Vorhaben sich noch etwas zu Essen zu holen. Als sie allerdings vor ihrem Lieblingsasiaten stand, musste sie feststellen, dass sich ihr Appetit sehr in Grenzen hielt. Ein Blick auf ihre Uhr zeigte ihr zwar, dass sie noch etwas früh dran war, aber sie entschied sich trotzdem dafür, sich auf den Weg an die Arbeit zu machen.

Hinter den mit Bildern beklebten Scheiben des Tourismusbüros brannte noch kein Licht als Anni dort ankam. Es war selten der Fall, dass sie die Erste an der Arbeit war.

Sie kramte ihren Schlüssel aus ihrer Handtasche und betrat das Büro. Ihr fiel direkt auf, dass die Wand hinter dem Tresen von einem seltsam bläulichen Licht erhellt wurde. Anni schaltete das Licht ein und umrundete dann etwas irritiert den Holztresen.

Bjarne musste vergessen haben seinen Bildschirm auszuschalten. Anni trat näher, um das geöffnete Programm darauf zu schließen. Es war eine Internetseite mit Nachrichten, wie Anni auf den ersten Blick erkannte. Gerade als sie das kleine X in der Ecke anklicken wollte, hielt sie inne, weil sie beim Überfliegen des Artikels an dem Namen eines Ortes hängen geblieben war. Dieser war nicht weit von dort, wo der Bus in ihrem Traum gehalten hatte.

Mit gewecktem Interesse ließ sich Anni auf Bjarnes Stuhl nieder und fing an, den Artikel von Anfang an zu lesen. Ein Schauer lief ihr kalt den Rücken runter. Angeblich hatte man dort verkohlte Leichenteile gefunden. Die Überreste reichten aber derzeit nicht aus, um festzustellen, um wen es sich bei dem Opfer handeln könnte.

„Guten Mooorgen", ertönte plötzlich eine laute Stimme durch den Raum. Anni schreckte zusammen und ihr entwich ein kleiner Schrei. Dann sah sie Bjarne, wie er lachend den Tresen umrundete, und ihr Körper entspannte sich wieder. Ihr Puls brauchte allerdings ein bisschen länger, um sich wieder zu regulieren.

„Was bist du denn so schreckhaft? Und warte mal, warum sitzt du auf meinem Platz?", wollte Bjarne wissen und trat neben Anni.

„Dein PC war noch an und der Artikel hier war offen."

Bjarne beugte sich runter und überflog die Internetseite. „Oh ja, das hat mir ein Kumpel gestern Abend noch geschickt. Das fand ich echt krass und bissi gruselig. Wer fackelt hier bitte Leute ab? Das ist ja echt nicht weit von hier. Aber kann mich nicht erinnern, dass ich meinen PC nicht ausgemacht habe…", Bjarne runzelte die Stirn.

Anni verkniff sich, zu erwähnen, was ihr in diesem Moment noch viel größere Gänsehaut bereitete. Nämlich die Tatsache, dass der Bus in ihrem Traum nicht weit von diesem Ort aus dem Artikel gehalten hatte und sie genau dort Pfarrer Jørgensen getroffen hatte, der auf eine Beerdigung wollte. Ganz zu schweigen von dem unheimlichen Mann aus dem Bus mit den blonden Haaren, der plötzlich einfach verschwunden war.

Zu Annis Glück führte es den restlichen Tag über einige Kunden in das Büro, wodurch sie die meiste Zeit in irgendwelche Gespräche und Buchungen vertieft war und ihren Gedanken nicht allzu viel Raum geben konnte. Sie erwischte sich jedoch dabei, wie sie dafür nicht nur einmal zu oft in das Süßigkeitenglas auf dem Tresen griff, um sich ein bisschen Nervennahrung zu genehmigen. Vielleicht hätte sie das Mittagessen doch nicht auslassen sollen.

Zwischendurch schaute Kristoff, ihr Chef, nochmal vorbei, verschwand allerdings nur für zwei Stunden im hinteren Büro und verabschiedete sich dann wieder, da er zu einem Außentermin musste. Ansonsten waren Bjarne und Anni an diesem Tag allein im Büro.

Als Anni um kurz vor fünf einen Blick auf die Uhr warf, fiel ihr siedend heiß ihr Termin mit dem Mann von der Zeitung ein.

„Oh fuck. Ich muss ja los. Das hätte ich ja fast vergessen. Ist es okay, wenn ich mich schon mal losmache? Ich habe noch einen wichtigen Termin." Anni sprang auf und packte eilig ihre Sachen zusammen.

„Mit deinem Verlag?", wollte Bjarne wissen.

„Nein, aber das erzähl ich morgen. Muss mich jetzt echt beeilen. Scheiße, das macht bestimmt keinen guten Eindruck", schimpfte sie mit sich selbst.

Sie spurtete zur Garderobe, riss ihren Mantel vom Haken und im nächsten Moment war sie mit einem lauten „Bye und danke" die Tür draußen. Draußen musste sie allerdings nochmal innehalten, um in ihren Mantel zu schlüpfen, da zu dem Schneefall inzwischen auch noch ein starker Wind aufgekommen war und ihr die dicken Schneeflocken mit großer Geschwindigkeit entgegenwehten.

Zum Glück war es bis zu dem Café, in dem sie mit dem Zeitungskerl verabredet war, nicht weit und so eilte Anni mit gesenktem Kopf den Gehweg entlang.

<u>Tromsø, Mittwoch 17:06 Uhr</u>

Sie betrat das kleine warme Café und gleichdarauf liefen ihre Brillengläser an. Anni klopfte sich den Schnee von der Jacke und versuchte dann über den Rand ihrer Brille hinweg etwas zu erkennen. Ein Mann in der hinteren Ecke hob seinen Arm. Erleichtert steuerte Anni auf ihn zu. Der Mann erhob sich und streckte ihr die Hand entgegen, kaum dass sie in die Nähe des Tisches trat.

„Guten Tag Frau Sølversen. Schön, dass das so spontan geklappt hat. Mein Name ist Eriksen. Wir hatten telefoniert."

Der Mann war Mitte dreißig, hatte einen dunklen Bart und war ziemlich casual gekleidet, was Anni sofort etwas beruhigte. Sie mochte diese offiziellen Termine meist nicht, weil sie sich dann wie ein graues Mäuschen vorkam.

Anni entschuldigte sich für ihre kleine Verspätung und nahm dann gegenüber von Herrn Eriksen Platz.

Der Termin verlief sehr angenehm. Eriksen stellte zunächst einige Fragen zu ihrer Person selbst. Familie, Beruf, Hobbys und ging dann über zu ihren Inspirationsquellen und ihrem ersten Buch. Fragen zu neuen Ideen und Plänen blieben aus, worüber Anni extrem erleichtert war. Sie konnte zwar nicht behaupten, dass sie es angenehm fand, so ausgefragt zu werden, doch die Fragen waren alle nicht zu persönlich.

„So, Frau Sølversen, vielen Dank für ihre Zeit. Jetzt fehlt mir eigentlich nur noch ein Foto für das Portrait.“

„Ich kann Ihnen gerne eins zumailen, wenn Sie wollen.“

„Nein, nein lassen Sie uns das doch einfach direkt erledigen. Ich habe meine Kamera dabei. Außerdem hätte ich gern ein Bild von der Autorin an dem Platz, an dem ihr Werk auch entstanden ist. Die Leser sehen sowas gerne.“

„Wie? Sie meinen an meinem Schreibtisch?“

„Ja, genau. So realistisch wie möglich. Wohnen Sie weit von hier? Ich bin mit dem Auto da.“

„Sie wollen zu mir nach Hause? Jetzt?"

„Nur für einen kurzen Schnappschuss. Keine Sorge, das dauert nicht lange."

In Annis Kopf schossen nur die Bilder des aktuellen Chaos in ihrer Wohnung hoch und sie schüttelte den Kopf.

„Das geht leider nicht. Ich bin gerade umgezogen und mein Arbeitsplatz ist noch gar nicht eingerichtet", flunkerte Anni.

„Das ist sehr schade." Eriksen wirkte tatsächlich ,erstaunlich enttäuscht.

„Können wir es nicht auch einfach hier machen oder ich sende Ihnen das Bild in den nächsten Tage nach?", bot Anni an.

Eriksen presste die Lippen zusammen. „Ja, dann senden Sie es mir bis nächsten Montag zu", sagte er schließlich und stand auf. „Entschuldigen Sie mich kurz, ich muss mal telefonieren." Sein freundlicher Tonfall war verschwunden und ohne ein weiteres Wort entfernte er sich aus Annis Hörweite.

Das Gespräch dauerte nicht lange. Als er wieder zu ihr an den Tisch trat, wirkte er wieder etwas positiver gestimmt. „Möchten Sie noch etwas trinken?" fragte er mit einem Deut auf Annis leere Teetasse.

„Ach nein, danke." Anni warf einen Blick auf ihre Handyuhr. „Wenn Sie sonst alles haben, müsste ich jetzt auch los."

„Sind Sie sicher? Ich lade Sie ein", bot Eriksen an. Doch sein Angebot klang keinesfalls freundlich. Anni meinte eher eine Spur von Aggression in seiner Stimme zu hören.

„Das ist sehr nett, aber ich muss wirklich los. Hätten Sie noch eine Karte für mich? Wegen der E-Mail-Adresse." Sie versuchte ihren freundlichen Plauderton beizubehalten, doch irgendwie fühlte sich Anni in diesem Moment äußerst unwohl.

Eriksen begann in seiner Tasche zu kramen und holte dann seinen Geldbeutel heraus. „Oh, das ist mir jetzt aber unangenehm. Ich habe wohl keine Visitenkarten mehr."

„An welche Adresse soll ich es denn senden?"

„Warten Sie, ich schreib es Ihnen auf."

Anni sah zu, wie der Mann vor ihr wieder anfing in seiner Tasche zu kramen und sich dabei alle Zeit der Welt zu lassen. In ihren Augen hatte Jonte Eriksen inzwischen jegliche Professionalität verloren und noch dazu Annis Sympathie.

Es dauerte eine gefühlte Ewigkeit, bis er ihr endlich einen kleinen Zettel mit einer dahin gekrakelten Adresse in die Hand drückte. Anni verstaute ihn nach einem kurzen Blick darauf in ihrer Tasche und stand dann auf, um in ihren Mantel zu schlüpfen. Eriksen machte sich nicht mal die Mühe aufzustehen, um sie zu verabschieden.

Anni konnte es nicht wirklich erklären, doch sie war sehr erleichtert, als die Tür des Cafés hinter ihr ins Schloss fiel.

Auf dem Weg zur nächsten Haltestelle dachte Anni über den seltsamen Stimmungswechsel seitens Eriksen nach, doch sie konnte es sich nicht wirklich erklären. Ihre Gedanken schweiften zu ihrem Traum der letzten Nacht. Auch wenn die Sache mit Eriksen etwas merkwürdig gewesen war, konnte sie diesmal keine wirklichen Parallelen zu ihrem Traum finden.

Es war bereits nach sechs Uhr abends und bisher war nichts aus ihrem Traum passiert, bis auf den Artikel von Bjarne, der sie etwas beunruhigt hatte. Konnte es möglich sein, dass sie die letzten Tage doch einfach nur überreagiert und zu viel in die Zufälle reininterpretiert hatte?

Anni hob den Blick und sah, dass etwa hundert Meter weiter gerade ihre Buslinie rechts ranfuhr und an der Haltestelle anhielt. Wie am Morgen brauchte sie nur ein wenig ihren Schritt beschleunigen und konnte bequem einsteigen. Auch diesmal verlief die Busfahrt ruhig und unauffällig und als Anni in ihrem Wohnviertel den Stoppknopf betätigte, drosselte der Bus an ihrer Haltestelle das Tempo.

Anni musste über ihre eigene Paranoia schmunzeln. Ihr wurde bewusst, dass sie fast den ganzen Tag in der Annahme umhergelaufen war, dass bald noch etwas Seltsames passieren würde.

Dann schoss ihr plötzlich ein Gedanke in den Kopf. Sie hatte heute niemandem von ihrem Traum erzählt. Nicht Iben, nicht Edda oder Beret und auch Bjarne gegenüber hatte sie am Mittag ihre Bedenken für sich behalten. Es klang absurd, doch Fakt war, dass immer erst, nachdem sie jemanden von ihrem Traum erzählt hatte, etwas Merkwürdiges passiert war.

Anni stolperte einen Schritt nach vorne, als der Bus an der Haltestelle hielt und kurz darauf mit einem Quietschen die Türen aufschwangen. Der Bus hatte direkt neben einem riesigen Schneehaufen geparkt, den der Schneepflug im Laufe des Tages zusammengeschoben hatte, und Anni blieb keine andere Möglichkeit als mittendurch zu steigen. Sie merkte, wie der Schnee in den Bund ihrer Schuhe drang, als ihre Füße tief im Schnee versanken.

„Ah Mist", schimpfte sie laut. Sie ärgerte sich, am Morgen nicht ihre hohen Winterstiefel angezogen zu haben. Auf dem Gehweg trat sie mehrfach fest auf, um den restlichen Schnee abzuklopfen, doch sie merkte, wie die Nässe bereits ihre dicken Wollsocken durchweichte. Sie rutschte ihre Tasche zurecht und wollte gerade los, als ihr der Mann auffiel, der ebenfalls mit ihr an der Haltestelle ausgestiegen war und sie zu beobachten schien. Als sie sich zu ihm umwandte, senkte dieser schnell den Blick zurück auf sein Handy.

Anni runzelte etwas die Stirn und lief auf die nächste Hausecke zu. Als sie abbog, erhaschte sie aus dem Augenwinkel noch einen Blick auf den Mann, der inzwischen nicht mehr an der Bushaltestelle stand, sondern sich ebenfalls in Bewegung gesetzt hatte – und ihr folgte.

Anni versuchte sich einzureden, dass auch das bestimmt bloß ein Zufall war. Sie wechselte mit einem Seitenblick die Straßenseite, auch wenn das nicht unbedingt nötig gewesen wäre.

Der Mann tat es ihr nach.

Annis Puls beschleunigte sich. War das nur Zufall? Sie beschleunigte ihr Tempo, um den Abstand zu vergrößern, was ihr auch erst mal gelang. Trotzdem spürte sie regelrecht, wie ihr Verfolger sie im Auge behielt.

Sollte sie auf direktem Weg nach Hause laufen? Sie wusste nicht, was der Mann von ihr wollte. Wollte er nur ihr Geld oder war Anni in ernsthafter Gefahr? Sie entschied sich für den direkten Weg. Sie wollte von der Straße runter. Als sie endlich ihr Haus erblickte, verfiel Anni in einen eiligen Laufschritt und die letzten drei Meter zur Tür rannte sie sogar. Ihre Hand zitterte als sie den Schlüssel ins Schloss steckte. In dem Moment wurde die Tür von innen geöffnet und Anni verlor beinah den Halt.

Erleichtert atmete sie aus, als sie Tordis vor sich erblickte. Die Dame trug wie immer ihren schweren dunkelroten Mantel.

„Ach, du bist es ja doch. Sag mal, warum siehst du denn so gehetzt aus, Liebes? Ist etwas passiert?" Ein Blick auf Anni hatte ihr anscheinend genügt, um festzustellen, dass etwas nicht in Ordnung war.

Anni warf einen hastigen Blick über die Schulter, doch die Straße vor dem Haus war leer. Dann drängte sie sich an Tordis vorbei in den Hausflur. „Nein. Es ist alles gut. Glaube ich. Ich hatte nur das seltsame Gefühl, dass mich jemand nach Hause verfolgt hat. Aber vermutlich habe ich mir das nur eingebildet."

„Also warst du noch nicht in deiner Wohnung?" fragte Tordis überrascht wirkend und Anni runzelte verwirrt die Stirn.

„Nein, ich bin gerade heimgekommen. Wieso?" Tordis plötzlich wechselnde Gesichtsausdruck beunruhigte Anni.

„Okay, ich will dir ja keine Angst machen, Liebes, aber als ich gerade aus meiner Wohnungstür raus bin, habe ich gehört, wie jemand an deiner Tür war. Ich konnte nicht sehen, wer es war. Ich dachte natürlich, du wärst es selbst, aber als ich nach dir gerufen habe, habe ich gehört, wie jemand eilig die Treppe runtergerannt ist."

Anni lief ein kalter Schauer den Rücken hinunter. Das hatte sich Tordis sicherlich nur eingebildet, oder

140

vielleicht war es auch nur ein anderer Hausbewohner gewesen, versuchte sie sich gleichdarauf selbst zu beruhigen, denn die Bilder ihres Traumes drangen unweigerlich in ihre Gedanken.

„Komm meine Liebe, wir gehen hoch und trinken erst mal etwas Warmes. Was hältst du davon?" Tordis hatte sich schon umgewandt und stieg langsam die Treppe hinauf. Da Anni in diesem Moment tatsächlich keine große Lust hatte allein zu sein, nahm sie das Angebot dankend an. An ihrer Wohnungstür legte sie jedoch einen kleinen Zwischenstopp ein.

„Ich wechsle nur eben meine Socken, dann komme ich nach," ließ sie Tordis wissen.

Ein mulmiges Gefühl packte sie, als sie ihre Wohnungstür aufschloss. An der Tür selbst war jedoch nichts Ungewöhnliches zu sehen. Sie wirkte völlig unversehrt und so betrat Anni ihre Wohnung. Sie betätigte hastig den Lichtschalter, um die Dunkelheit im Inneren zu vertreiben. Das tat sie in jedem Raum, bevor sie einen Blick hineinwarf. Erst als sie sicher war, dass sich niemand Zugang zu ihrer Wohnung verschafft hatte, kam Anni ihrem Vorhaben nach und schlüpfte in ein Paar trockene, dicke Socken. Dann machte sie sich auf den Weg in den oberen Stock.

Tordis hatte die Tür zu ihrer Wohnung einen Spalt offengelassen und als Anni sie betrat, hörte sie aus der Küche schon das Klappern von Geschirr.

„Setz dich, Liebes. Wie magst du denn deinen Tee?"

Die Dame hatte sie wohl kommen hören und streckte nun den Kopf aus der Küchentür.

„Ein bisschen Zucker bitte."

Tordis nickte und verschwand wieder.

Anni schaute sich in Tordis Wohnung um, während sie auf einen kleinen runden Tisch unter dem Dachfenster zuhielt. Die Wohnung war ähnlich geschnitten wie ihre eigene. Anni hatte erwartet auf eine typische ältere-Dame-Wohnung zu stoßen, mit viel Nippes und alten Möbeln. Doch Tordis schien einen anderen Wohnstil zu bevorzugen. Es wirkte alles sehr minimalistisch und aufgeräumt, aber trotzdem gemütlich.

Anni umrundete den Tisch, stellte sich unter das Dachfenster und schaute in den dunklen Nachthimmel. Wobei sie das, was sich hinter der Fensterscheibe befand, nur erahnen konnte, da sich das Innere der Wohnung und somit auch sie selbst sich in der Scheibe spiegelte. Sie merkte, dass das Adrenalin ihren Körper noch nicht ganz verlassen hatte. Eine innere Unruhe hatte sich in ihr breit gemacht. Auch wenn sie nicht zu hundert Prozent sicher war, ob der Mann von der Bushaltestelle sie wirklich verfolgt hatte, so machte ihr das, was Tordis ihr erzählt hatte, Angst.

In ihrem Traum war sie vor irgendjemandem auf der Flucht gewesen. Zumindest hatte das ihr Kommissar behauptet. Und kurz bevor sie wach geworden war, war jemand gewaltsam in ihre Wohnung eingebrochen. Und nun behauptete Tordis sie hätte jemanden an ihrer Tür gehört. Auch wenn sie versuchte für alles, was die letzten Tage passiert war, eine logische Erklärung zu finden, glaubte Anni langsam wirklich nicht mehr an Zufälle.

„Ist in deiner Wohnung alles in Ordnung? Ist dir irgendwas merkwürdiges aufgefallen?" Tordis trat mit einem Tablett mit zwei Tassen darauf zu Anni.

„Nein, mir ist nichts aufgefallen. Scheint alles ganz normal zu sein. Vielleicht war es auch nur eins der Nachbarskinder aus dem Erdgeschoss, das du gehört hast", sagte Anni ruhiger als sie sich innerlich fühlte. Sie wandte sich von ihrem Spiegelbild ab. Dadurch fiel ihr die gegenüberliegende Zimmerwand ins Auge.

Diese war übersäht von kleinen Bilderrahmen, die alle bloß ein einzelnes Blatt verschiedenster Bäume rahmten. Anni trat ein paar Schritte näher und betrachtete die gut dreißig Laubblätter. Bei näherem Hinsehen fiel ihr auf, dass unter jedes Blatt eine Jahreszahl geschrieben stand.

„Jedes Jahr zu unserem Hochzeittag haben wir ein Blatt gesammelt, dort wo wir gerade waren. Über die Jahre ist eine schöne Sammlung entstanden und jedes

Blatt erinnert mich an schöne Momente." Tordis hatte ihr Tun nicht unterbrochen und setzte sich nun an den gedeckten Kaffeetisch. Sogar ein paar Kekse standen dort parat.

„Das ist aber eine schöne Tradition", bemerkte Anni und setzte sich zu ihr an den Tisch. „Wo ist dein Mann? Ich habe ihn glaub ich noch gar nicht getroffen."

„Mein Ivar ist schon länger nicht bei mir. Er ist früh von mir gegangen."

„Oh, das tut mir leid" Anni schaute etwas zerknautscht zurück zu den Blättern und es fiel ihr auf, dass die letzten Blätter alle von einer Birke stammten und sich nur leicht in ihren Nuancierungen unterschieden. Anni schlussfolgerte, dass sie von einem Baum, der auf dem Friedhof wuchs, stammten. Denn dort verbrachte Tordis inzwischen vermutlich jeden Jahrestag.

Bei dem Gedanken daran, wann sie zuletzt auf dem Friedhof gewesen war, trübte sich Annis Stimmung schlagartig.

Als Anni später die Treppe zu ihrer Wohnung runterging, stieg erneut dieses mulmige Gefühl in ihr auf. Das Wissen oder zumindest die Vermutung, dass sich jemand sowohl in ihrem Traum, als auch in der Realität Zutritt zu ihrer Wohnung verschaffen wollte, bereitete ihr Sorgen. Anni schloss ihre Wohnungstür von innen ab und stand dann einen Augenblick unschlüssig in ihrem Flur. Sollte sie jemanden anrufen oder sogar die Polizei verständigen?

Aber welche Indizien hatte sie, bis auf die Tatsache, dass Tordis etwas gehört hatte? Von ihrem Traum konnte sie ja unmöglich jemandem erzählen.

Anni kam sich vor wie in einem schlechten Film, als sie kurzerhand ihr Schuhregal vor die Tür schob und eins von Buscuits herumliegenden Quietschespielzeugen dazwischen steckte. Sie hatte nicht die Hoffnung, dass das jemanden davon abhalten würde in ihre Wohnung zu kommen. Aber vielleicht würde es sie wenigstens warnen und ihr ein bisschen Zeit verschaffen.

Anni fühlte sich trotzdem alles andere als sicher, als sie wenig später in ihr Bett schlüpfte.

ZEHN

Felsige Klippen. Meeresrauschen. Eine alte Steinkirche an der Küste. Glocken läuteten und schallten durch das weite Land. Die Sonne glitzerte auf der Meeresoberfläche.

Es war eine kleine Kirche. Doch ihre Lage machte sie zu einem beliebten Ort für Tage wie diese. Sie war nur zu Fuß zu erreichen und lag umgeben von nichts als Natur. Ein großer Laubbaum stand direkt vor ihren Pforten. Sein Blätterkleid erstrahlte in einem saftigen Grün und er stand bereits in voller Blüte. Als ein Windstoß durch seine Äste wehte, fielen einige der Blüten herab und wurden vom Wind davongetragen, bis ins Innere der Kirche, deren große massive Türen weit offenstanden. Die Menschen im Inneren schenkten den Blüten, die nun langsam zu Boden segelten, jedoch keine Beachtung. Ihre Aufmerksamkeit richtete sich nach vorne zum Altar. Die Damen trugen feine Kleider und hatten ihre Haare ordentlich hochgesteckt und auch die Herren steckten in feinsten Klamotten. Sie hatten sich alle für einen schönen Anlass hier versammelt, denn sie feierten die Vereinigung zweier Liebenden.

Hand in Hand stand das Paar vor dem Altar.

Ein Teil ihrer grauen Haare wurde von einer Spange am Hinterkopf zusammengehalten, an der auch der Schleier befestigt war. Der Rest der Haare fiel ihr in großen eleganten Locken über die Schultern. Ihr Kleid war schlicht und ihrem Alter angemessen.

Ihr Blick glitt über die Köpfe ihrer Gäste. Alle waren sie da, ihre Mutter mit ihrem Mann, ihre Schwester mit ihrer Familie, Beret und Len mit ihren fünf Kindern und sogar ihren Vater erblickte sie in einer Bankreihe. Doch es gab eine Person, von der sie sich wünschte, dass sie heute auch hier sein würde. An ihrem großen Tag.

Sie blickte hinab auf ihre ineinander verschränkten Hände und dann wieder hinauf in sein Gesicht. Er sah aus wie immer: jung und attraktiv.

Sie blickten sich innig an und in dem Strahlen seiner Augen konnte sie eine Zukunft sehen. Eine gute und glückliche Zukunft - doch es war nicht ihre.

Plötzlich packte sie die Panik, überrollte sie mit einem Mal und als sie sich umschaute, sah sie, wie die Wände der Kirche Risse bekamen und die

Blumen auf dem Altar verwelkten. Über alles legte sich ein grauer Schleier.

Sein Gesicht erstarrte, als sie ihm ihre Hände entzog. Innerhalb von Sekunden kippte die märchenhafte Szene.

Sie raffte den Rock ihres Kleides und rannte den Gang entlang.

„Nicht schon wieder."

„Das war ja zu erwarten."

Die Stimmen erklangen aus allen Ecken, hallten beinah höhnisch von den kalten Mauern zurück.

Sie versuchte sie zu verdrängen.

Sie rannte aus der Kirche. Der Schnee auf der Treppe knirschte unter ihren Füßen und am Ende der Stufen versank sie bis zu den Knien im Weiß. Sie schaute sich um. Der Baum stand nun nicht mehr in seiner vollen Blüte. Er hatte einige Blätter verloren, doch jene, die verbittert an den dürren Ästen festhielten, waren von einer dicken Eisschicht überzogen.

Sie hörte ein Rumpeln hinter sich. Ein eisiger Windstoß fegte aus dem Inneren der Kirche und zerzauste ihre Haare. Der Wind erreichte den Baum und es ertönte ein lautes Klirren, als die Eisblätter von ihm aneinander getrieben wurden. Ein Blatt löste sich dadurch und fiel geradewegs zu Boden. Der Bereich um den Baum war kreisrund vom Schnee befreit worden. Trotz seiner vermeintlichen

Schwere segelte das Blatt gemächlich hinab. Wie gebannt beobachtete sie es dabei. Als es den kalten Grund berührte, zersprang es plötzlich in tausend Teile und hinterließ einen kleinen Scherbenhaufen. Es war, als spürte sie das Echo in ihrem Inneren. Auch dort war etwas zersprungen.

Eine Bewegung im Augenwinkel erregte ihre Aufmerksamkeit und als sie sich umwandte, entdeckte sie einen Hundeschlitten, der dort auf sie gewartet hatte. Der Schnee machte das Vorankommen schwierig und als sie ihn endlich erreicht hatte, stellte sie je ein Bein auf eine Kufe. Sie hörte ein mächtiges Krachen und als sie einen Blick zurück zur Kirche warf, sah sie wie diese mit einem Mal in sich zusammenbrach und damit ein Leben unter sich begrub, für das sie nicht bereit gewesen war.

Es gab kein Zurück mehr. Mit einem Ruf gab sie den Hunden den Befehl loszulaufen. Mit einem Affenzahn schossen sie davon und ließen bloß einen Haufen Trümmer zurück.

Weite Ebenen lagen vor ihr und in der Ferne erkannte sie grüne Schimmer am dunklen Firmament. Als sie näherkam, konnte sie auch die Lichter der Stadt sehen, doch sie wirkten winzig klein und schwach im Vergleich zu denen am Himmel. Je näher sie kam, desto heller leuchteten sie und wurden vom Weiß, das das Land überzog, reflektiert.

Mitten auf dem Marktplatz hielten die Hunde an, als hätte sie ihnen ein Zeichen gegeben. Sie blickten sie auffordernd an, sodass sie vorsichtig von den Schlittenkufen abstieg. Kaum berührten ihre Füße den Boden, schossen die Hunde davon. Zu ihrem nächsten Auftrag.

Sie hielt geradewegs auf ein kleines Café zu. Ehe sie die Türklinke herunterdrücken konnte, wurde die Tür vom Ladeninneren her aufgestoßen. Ein älterer Mann mit Musher-Mütze auf dem Kopf und wildem grauen Bart kam ihr entgegen. Beinahe wären sie zusammengestoßen.

Als er Anni vor sich erblickte, blieb er wie angewurzelt stehen. Stahlblaue Augen funkelten in seinem faltigen Gesicht und wurden vor Erschrecken groß, während er sie noch immer anstarrte. Langsam begann er den Kopf hin und her zu bewegen und Anni verstand zunächst nicht, was er da tat, bis ihr klar wurde, dass er den Kopf schüttelte, wobei er sie jedoch keine Sekunde aus den Augen ließ. Verwirrt schüttelte nun auch Anni den Kopf, drückte sich aber an ihm vorbei in das Innere des warmen Cafés. Dort fand sie jedoch nicht vor, was sie erwartet hatte.

Statt in einem urigen Café, stand sie inmitten eines Diners, dessen Tische beinah alle besetzt waren. Auf dem Weg zum Tresen rempelte sie mit

150

einer jungen Frau zusammen, die sich empört zu ihr umdrehte. Ihr Gesichtsausdruck wechselte in der nächsten Sekunde von Empörung zu Entsetzen, als auch sie Anni anstarrte und dann langsam den Kopf schüttelte. Ihr Blick wirkte dabei eindringlich und beinah warnend. Anni merkte jedoch ihre Hände und Füße schon fast nicht mehr, weshalb sie sich weiter zum Tresen vorkämpfte. Dort angekommen schaute sie sich nach Personal um, bei dem sie ihre Bestellung aufgeben konnte.

Ihr Blick schweifte durch den Laden und dann plötzlich blickte sie sich selbst ins Gesicht.

Dort an einem Tisch am anderen Ende des Diners saß sie selbst. Beziehungsweise eine jüngere Variante ihrer selbst. Nicht in einem Brautkleid, sondern in einen dicken grauen Pullover gekleidet.

Sie war nicht allein.

Ihr gegenüber saß ein Mann. Mehr konnte sie nicht sagen, da sie bloß auf seinen Hinterkopf blicken konnte, welcher noch dazu unter einer Mütze versteckt war. Verwirrt beobachtete sie sich dabei, wie sie einen Schluck aus einer großen Tasse nahm, wobei sie ihr Gegenüber nicht aus den Augen ließ. Sie stellte die Tasse ab, immer noch auf ihre Begleitung fixiert. Dann lachte sie plötzlich so laut, dass Anni sich selbst bis rüber an die Theke hören konnte.

Wer war das?

Als Anni aufstand und auf das Pärchen an dem Tisch zuhielt, wandte ihr anderes Ich sich plötzlich von ihrem Gegenüber ab und ihre Blicke trafen sich.

Anni lief ein eiskalter Schauer über den Rücken, als sie sich selbst in die Augen blickte. Ihr anderes Ich regte keine Miene, starrte sie bloß eindringlich an, sodass Anni sich nicht traute auch nur einen weiteren Schritt in ihre Richtung zu tun.

Und als sie es doch wagte, schüttelte auch ihr anderes Ich plötzlich warnend den Kopf.

ELF

<u>Tromsø, Donnerstag 06:48 Uhr</u>

Noah.

Sein Gesicht war das Erste, das Anni vor sich sah, als sie aufwachte. Dieser hoffnungsvolle Ausdruck, mit dem er sie in ihrem Traum angeschaut hatte, war Anni unglaublich bekannt. Die Hoffnung auf ein gemeinsames Leben, die Anni ihm auch im echten Leben genommen hatte.

Hatte das Gespräch mit Beret über ihren Traum mit Linea diese Erinnerung wieder aufgefrischt, oder warum tauchte nun auch noch Noah in ihren Träumen auf?

Anni spielte die Bilder des Traumes noch einmal von Anfang an vor ihrem inneren Auge ab und versuchte sich einen Reim darauf zu machen. Vielleicht half es ihr ja, die Träume ein bisschen zu analysieren, denn sie mussten ja unweigerlich etwas mit ihrer inneren Gefühlswelt zu tun haben. Ein paar Details brachten sie tatsächlich sehr ins Grübeln. Zum

Beispiel ihr Alter. Sie war eindeutig viel älter gewesen in ihrem Traum, während alle anderen noch in der Blüte ihres Lebens standen. Was hatte das zu bedeuten? Vielleicht, dass sie manchmal das Gefühl hatte hinterherzuhinken? Dass alle schon so viel weiter waren? Oder dass sie Angst hatte, allein zu sterben?

Sie hatte sich nicht nur einmal gefragt, wie ihr Leben verlaufen wäre, wenn sie vor gut einem Jahr eine andere Entscheidung getroffen hätte und mit Noah nach Oslo gegangen wäre. Wäre sie dann inzwischen verheiratet und schwanger, so wie Beret?

Sie hatte erst nach Noahs Umzug erfahren, dass er wohl schon einen Ring gekauft hatte. Er hatte allerdings nicht damit gerechnet, dass Anni nicht bereit sein würde ihm nach Oslo zu folgen, wo er ein super Jobangebot bekommen hatte. Diese Entscheidung hatte unweigerlich auch zu dem Aus ihrer Beziehung geführt.

Die Beziehung mit Noah war die ernsthafteste und langfristigste Beziehung gewesen, die Anni bisher geführt hatte. Alles davor und danach war nicht von langer Dauer gewesen.

Sie hatten sich während des Studiums in der Unizeitung kennengelernt. Es war damals keine Liebe auf den ersten Blick gewesen, sondern etwas, das sehr langsam, aber stetig gewachsen war. Zunächst von einfachen Kommilitonen zu guten Bekannten, die ab und zu mit ein paar Leuten freitagabends mal einen trinken gegangen waren, hin zu engen Freunden, die irgendwann im Bett gelandet waren. Irgendwann gestand Noah ihr dann, dass er mehr für sie empfand, und Anni war froh gewesen, dass er den Mut dazu gefunden hatte ihr seine Gefühle preiszugeben, denn sie hatte ihn nicht gehabt.

Die Zeit nach der Trennung war sehr schmerzhaft gewesen, denn sie hatte ihren engsten Vertrauten verloren. Und trotzdem hatte es Anni nicht dazu bewogen ihre Zelte abzubrechen. Vielleicht weil sie feige war. Vielleicht aber auch, weil sie tief im Inneren gespürt hatte, dass es nicht ihre Zukunft war, die Noah für sie geplant hatte.

Doch war das hier wirklich besser? War das Leben, das sie hier in Tromsø lebte, wirklich so erfüllend, dass sie daran festhalten wollte?

Ihr Traum hatte ihr aber gleichzeitig auch allzu deutlich dargestellt, dass es kein Zurück gab, denn alles, was hinter ihr lag, lag quasi in Trümmern. Machte es also Sinn sich mit der Frage zu quälen, ob sie die richtige Entscheidung getroffen hatte? Und was wäre, wenn sie zu dem Schluss kommen würde, dass sie sich tatsächlich falsch entschieden hatte? Wäre das nicht noch schmerzlicher?

Ihre Gedanken hingen sich kurz bei dem Detail mit dem Eisbaum auf. Es hatte sich wie ein schmerzhaftes Stechen in der Brust angefühlt, als das Blatt am Boden zersprungen war. Was hatte es damit auf sich? War in ihr ebenfalls etwas kaputtgegangen, das durch das Blatt dargestellt wurde?

Irgendwie hatte sie das Gefühl, dass sie keine ihrer Fragen beantworten konnte und dass all ihr Grübeln nur zu noch mehr Fragen führte. Das größte Fragezeichen für Anni war aber auf jeden Fall die Sache im Diner und warum sie alle scheinbar vor etwas warnen wollten - sogar sie selbst.

Erst als sie nach dem Aufstehen ihren Flur betrat und ihre amateurhaft verbarrikadierte Tür sah, fielen Anni die Ereignisse des vergangenen Tages wieder ein. Sie war erstaunt, dass es nicht das Erste gewesen war, an das sie gedacht hatte nach dem Aufwachen. Doch anscheinend hatte der neue Traum es geschafft ihre Gedanken ganz in Beschlag zu nehmen.

Anni räumte ihre Tür frei und machte sich dann fertig für die Arbeit.

Tromsø, Donnerstag 12:05 Uhr

An der Arbeit fiel es Anni schwer sich zu konzentrieren. Immer wieder verfiel sie ins Grübeln. Der letzte Traum hatte so viele Komponenten, die ihre Gedanken gefangen hielten. Donnerstags war das

Reisebüro allerdings immer recht stark besucht, da die Leute zum Wochenende hin noch ein paar Touren buchen wollten. Deswegen waren sie heute auch in voller Besetzung vor Ort. Bis auf Kristoff, der öfter erst gegen Nachmittag eintrudelte.

Tromsø, Donnerstag 15:21 Uhr

„Super, dann hätte ich hier noch eine Ausfertigung für Sie. Alle wichtigen Details habe ich nochmal angemarkert. Denken Sie an warme Klamotten, der Rest wird gestellt…"

Anni bekam nur am Rande mit, wie Bjarne die letzten Buchungsdetails mit dem jungen Pärchen durchsprach, das vor gut einer Stunde etwas planlos in das Reisebüro gestolpert war.

Anni hatte den Tag über den Telefondienst übernommen und Onlinebuchungen abgewickelt, während Bjarne sich um die Laufkundschaft kümmerte. Bjarne verabschiedete das Paar und kehrte an seinen Platz zurück.

„Chef ist im Anmarsch", verkündete er.

Anni hob den Blick von ihrem Bildschirm und tatsächlich erblickte sie die bekannte Gestalt ihres

Chefs, die sich dem Reisebüro vom Parkhaus kommend näherte.

Ylva, die erst vor einem halben Jahr zum Team gestoßen war, hatte Bjarnes Worte wohl gehört, denn gerade als Kristoff die Tür aufstieß, trat sie zu den beiden hinter den Kundentresen.

„Hallo zusammen! Super, dass ich euch alle hier antreffe", begrüßte Kristoff seine Mitarbeiter. „Ist Edda auch noch da? Ich habe was zu verkünden." Kristoffs kleine stämmige Gestalt betrat den Eingangsbereich des Tourismusbüros, wobei er einen Schwung eiskalte Luft und ein paar einzelne Schneeflocken mit hereinbrachte. Doch das war nicht alles. Direkt hinter ihm betrat noch ein weiterer Mann das Büro. Kristoff klopfte sich den Schnee von seinem Mantel und zog die Mütze vom Kopf. Der Fremde tat es ihm gleich und als er die Mütze abzog, kamen darunter ein Büschel goldblonde Haare zum Vorschein.

Während Ylva erneut im hinteren Büro verschwand, um Edda Bescheid zu geben, standen Anni und Bjarne auf und schauten etwas irritiert zu Kristoff und dem Fremden. Gleichdarauf stießen auch die beiden Frauen zu der Gruppe und Kristoff trat ein paar Schritte vor.

„Ich habe Neuigkeiten für euch", sprach Kristoff sein kleines Team an und alle spitzten neugierig die Ohren.

„Es wird sich hier in nächster Zeit ein kleines bisschen was verändern, was sehr viel mit diesem guten Mann hier zu tun hat." Bei seinen Worten drehte er sich zu dem anderen Mann um und streckte eine Hand aus, wie um ihn zu präsentieren. „Darf ich vorstellen. Das ist Herr Dahl. Er wird ab sofort unser Team unterstützen."

Der Mann lächelte bei Kristoffs Worten schmal und nickte einmal zur Begrüßung in die Runde. „Nennt mich bitte Mortan", waren seine einzigen Worte, dann ergriff Kristoff direkt wieder das Wort.

„Mortan ist Grafikdesigner und Fotograf und er wird mich sowohl mit unserem Internetauftritt unterstützen, als auch eine Rubrik von neuen Touren, die wir anbieten werden, durchführen. Ab sofort kann man bei uns nämlich auch Touren mit Guide inklusive Fotoshooting buchen, sodass den Gästen all ihre Erlebnisse professionell fotografiert erhalten bleiben", plapperte Kristoff euphorisch.

Anni fiel es schwer Kristoff anzuschauen, während er sprach, weil ihr Blick immer wieder zu dem großgewachsenen Mann hinter ihm gezogen wurde, dessen Miene in keiner Weise Kristoffs Euphorie widerspiegelte. Als Kristoff sein Team einen nach dem anderen vorstellte, nickte Mortan erneut freundlich jedem zu, wirkte auf Anni allerdings ein wenig desinteressiert, was bei ihr den Eindruck erweckte, dass der Kerl ziemlich eingebildet war. Als ihr Name fiel und Mortans Blick zu ihr schweifte, hatte Anni jedoch das Gefühl, dass sich seine Miene veränderte. Seine graugrünen Augen musterten sie interessiert.

„Freut mich euch kennenzulernen", kam es nun aus seinem Mund, den Blick jedoch immer noch direkt auf Anni gerichtet. Sie nickte kurz, wandte sich dann jedoch ab, um den Blickkontakt zu unterbrechen. Sie meinte allerdings aus dem Augenwinkel ein kleines Lächeln seinerseits wahrzunehmen, über dessen Bedeutung sie sich nicht ganz sicher war.

„Das wär's für's Erste. Ich bin dann in meinem Büro, wenn was ist. Mortan und ich haben noch ein paar Sachen zu besprechen." Kurz vor seiner Bürotür blieb Kristoff aber noch einmal stehen. „Ah, ehe ich es vergesse. Per hat mich vorhin angerufen. Er bräuchte noch Unterstützung für die Nordlichttour morgen Abend. Eine seiner Guides ist ausgefallen und er hat mich gefragt, ob einer meiner Leute netterweise einspringen könnte. Es geht hauptsächlich darum, bei der Gästeversorgung zu unterstützen. Sprich Decken und Getränke verteilen. Gibt natürlich auch was extra." Kristoff zwinkerte. „Edda, Annike, ich dachte an eine von euch", fügte er dann noch an.

„Zuu gerne, aber ich bezweifle, dass ich so kurzfristig einen Platz für Lilja finde", warf Edda direkt ein.

Anni merkte, wie nun alle auf sie schauten. „Ähm, ja klar, kann ich gerne machen", antwortete sie leicht gezwungen.

„Super, du darfst dann natürlich Samstag freinehmen. Morgen wäre ja dein freier Tag, wenn ich das richtig im Kopf habe. Treffpunkt für die Guides ist um 17:00 Uhr am Scandic Ishavshotel."

Anni schnaufte als Kristoff ihnen den Rücken zugewandt hatte.

„Sorry, ich hätte es übernommen, aber Lilja…"

„Nein, alles gut. Normalerweise liebe ich die Touren, aber sie bringen mich immer so aus dem Rhythmus und das kann ich grade eigentlich nicht gebrauchen."

„Wer weiß, vielleicht bringt dich ja eine kleine Abwechslung auf neue Ideen." Edda grinste.

Anni erwiderte nichts. Ihre Aufmerksamkeit war zurück zu dem Neuen gewandert, der seinen Mantel abgelegt hatte und nun mit seiner braunen Ledertasche in der Hand an ihnen vorbeilief und den beiden Frauen dabei ein schiefes Lächeln zuwarf.

„Heißer Kerl", ließ Edda direkt fallen, als die Tür von Kristoffs Büro hinter ihm ins Schloss gefallen war und nur ein leichter Duft seines Aftershaves im Raum zurückblieb.

Edda machte selten einen Hehl daraus, dass sie gern nach hübschen Männern Ausschau hielt und seit ihrer Scheidung vor einem Jahr war sie quasi dauerhaft auf Männerschau.

„Aber schon komisch. Wusste jemand, dass wir noch jemanden einstellen wollten?", fragte Edda etwas lauter, sodass auch Bjarne und Ylva ihre Frage hören konnten, die sich inzwischen schon wieder ihrer Arbeit zugewandt hatten.

„Nein, aber ich find's mega. Endlich mal ein Mann. Da bin ich wenigstens nicht mehr der einzige Kerl hier", freute sich Bjarne.

„Ich weiß ja nicht, ob es dir entgangen ist lieber Bjarne, aber Kristoff ist nach meinem Kenntnisstand auch ein Mann", belehrte ihn Edda umgehend.

„Wir wissen doch alle, dass da unser Chef nicht zählt, und ich meine nicht, weil er unser Chef ist", betonte Bjarne, woraufhin Ylva sich ein Kichern verkneifen musste.

Die Vermutungen, dass sich Kristoff für das gleiche Geschlecht interessierte, kursierten schon lange. Den Beweis hatten sie allerdings erst vor Kurzem von einer von Pers Tourenbegleiterinnen bekommen, die die beiden Männer quasi inflagranti in Pers Büro erwischt hatte.

„Wo wollen wir denn eigentlich später hin?", fragte Bjarne in die Runde, „jemand einen Vorschlag?"

„Was haltet ihr vom Art Café?", schlug Ylva vor.

„Da sitzt man so ungemütlich", warf Edda ein.

„Denk dran wir sind nicht mehr alle so junge Hüpfer

162

wie du", fügte sie mit einem Augenzwinkern an Ylva hinzu.

„Dann vielleicht einfach wieder das Yonas? Hätte nichts gegen ne gute Pizza." Bjarne grinste breit.

Bevor jemand etwas auf seinen Vorschlag erwidern konnte, trat Mortan Dahl wieder aus Kristoffs Büro. Als er bemerkte, dass alle ihn anschauten blieb er stehen.

„Ah Mortan. Wir haben hier übrigens eine Tradition, dass Neulinge eine Runde ausgeben müssen. So als Einstand quasi", wandte sich Bjarne geradewegs an den großgewachsenen Mann, der etwas verdattert aus der Wäsche schaute.

„Seit wann denn…?", setzte Ylva an, die selbst erst vor einem halben Jahr neu zum Team gestoßen war und sich so neben dem Studium ein bisschen Geld dazuverdiente. Als Bjarne ihr einen bösen Blick zuwarf, verstummte sie augenblicklich, als schiene sie seinen Plan verstanden zu haben.

„Ist das so?", wollte Mortan wissen und Anni merkte, wie er ihr erneut einen Blick zuwarf. Sie schaute sich kurz verwirrt um. Erwartete Mortan jetzt von ihr eine Antwort? Sie konnte geradezu Bjarnes auffordernden Blick auf ihrem Hinterkopf spüren.

„Ähm ja, das – das ist so", brachte sie dann hervor.

„Na gut, dann möchte ich natürlich kein Spielverderber sein und mich an die Tradition halten."

„Perfekt!", freute sich Bjarne. „Wie sieht es heut Abend bei dir aus? Wir wollten sowieso nach der Arbeit zusammen essen gehen. Machen wir jeden Donnerstag. Wie du siehst haben wir so einige Traditionen." Bjarne grinste. „Schließ dich doch direkt an", schlug er dann vor.

Edda und Anni warfen sich kopfschüttelnd einen Blick zu. Zu ihrer Überraschung ging Mortan jedoch direkt auf Bjarnes Vorschlag ein.

„Bestens, ich habe für heute Abend sowieso noch keine Pläne."

Tromsø, Donnerstag 16:04 Uhr

Sie hatten pünktlich um 16:00 Uhr die Türen verschlossen und waren nun gemeinsam auf dem Weg zum Yonas, welches nur unweit vom Reisebüro entfernt und direkt am Wasser gelegen war. Als sie das rote Gebäude erreichten, entdeckte Ylva vor dem Eingang zwei Kommilitonen beim Rauchen und vertröstete die anderen darauf gleich nachzukommen. Drinnen stellten sie sich am Tresen in die Schlange an, um ihre Bestellung aufzugeben.

„Habe ich das richtig verstanden, dass wir morgen zusammen an der Tour teilnehmen werden?"

Anni schreckte zusammen, da sie nicht bemerkt hatte, dass Mortan sich angenähert hatte und dicht hinter ihr und Edda stand.

„Ach, du wirst auch dabei sein?“, kam Edda Anni zuvor, die genau dieselbe Frage auf den Lippen gehabt hatte.

„Ja, Kristoff hat vorgeschlagen direkt mal zu testen, wie das neue Angebot so ankommt. Es freut mich sehr, dass ich dann gleichzeitig die Möglichkeit habe jemanden aus dem Team besser kennen zu lernen.“ Sein Lächeln wirkte ehrlich und seine grauen Augen wirkten aus der Nähe plötzlich viel wärmer. Der erste seltsame Eindruck, den Anni gehabt hatte, verschwand ein bisschen.

Als sie an der Reihe waren, gaben alle ihre Bestellung auf und Mortan zückte tatsächlich seinen Geldbeutel als die Kassiererin den Preis nannte.

„Mortan, das musst du nicht. Bjarne hat vorhin nur Spaß gemacht“, erklärte Edda und legte ihre Hand auf seine, mit der er gerade die Kreditkarte rausziehen wollte.

„Ich weiß“, grinste Mortan, „aber mach ich gern. So ein Einstand gehört schon dazu. Da hat Bjarne nicht Unrecht.“

Mortan bezahlte und dann suchten sie sich einen Platz im oberen Stockwerk.

Anni bemerkte amüsiert, wie Edda sofort die Initiative ergriff und sich den Stuhl direkt neben Mortan ergatterte. Anni rückte neben Bjarne auf die Bank und legte dann ihren Schal ab.

Nach einer Weile gesellte sich dann auch Ylva wieder zu ihnen. „Ihr habt für mich mitbestellt, oder?", fragte sie, setzte sich aber wie selbstverständlich schon auf einen freien Stuhl an der Kopfseite des Tisches.

„Wie kommst du darauf?", fragte Bjarne irritiert. „Können doch nicht hellsehen, was die Prinzessin heute gerne speisen möchte."

„Bjarne, willst du mich verarschen. Ich esse immer das Gleiche, wenn wir hier hingehen. Muss ich jetzt echt nochmal runter?" Ernsthaft genervt stand Ylva wieder auf, doch Edda winkte sie beschwichtigend zurück.

„Setz dich, Ylva. Ich habe für dich mitbestellt und Mortan hat uns eingeladen."

„Du bist ein Engel, Edda. Und vielen Dank Mortan. Die anderen haben dir aber schon gesagt, dass Bjarne sich diesen Traditionsscheiß nur ausgedacht hat, oder?", fragte Ylva und warf Bjarne dann einen vernichtenden Blick zu. „Bjarne ist nämlich ein richtiger Spaßvogel. Bloß dass seine Witze einfach immer schlechter werden."

„Aua." Bjarne griff sich gespielt verletzt an die Brust.

„Ich bin so froh, dass du hier bist, Mortan. Siehst du mit was ich mich hier rumschlagen muss? Wie soll ein Mann das auch allein aushalten, ohne ein paar Witze zu machen?"

Als das Essen kam, herrschte im ersten Moment Ruhe am Tisch, da jeder die ersten Bissen zu genießen schien. Nach kurzer Zeit stellte sich jedoch eine entspannte Small-Talk-Runde ein und sie wechselten sich ab mit Fragen stellen. Natürlich interessierte es alle brennend, wie es dazu kam, dass Kristoff einen neuen Mitarbeiter eingestellt hatte, und genauso hatte Mortan Fragen zu der Arbeit im Reisebüro und zum Team.

„So, und wo gehen wir jetzt noch hin?" Mortan lehnte sich vor und blickte fragend in die Runde.

„Was meinst du?", wollte Ylva wissen.

„Es ist doch noch früh, ich geb noch ne richtige Runde aus.", meinte Mortan. „Wo geht ihr denn gerne hin?"

„Das ist mal ein Mann nach meiner Vorstellung." Edda grinste. „Ich bin dabei."

„Aber auf jeden Fall! Sehr gute Idee", pflichtete ihr Bjarne bei.

„Was ist mit euch beiden?"

„Also ich bin raus. Fjell und ich sind heute Abend noch auf einem Geburtstag. Aber die Idee find ich super", meinte Ylva.

„Anni?" Edda schaute Anni fragend an und sie merkte, wie auch Mortan sie neugierig musterte.

„Nicht zu lang, aber für ein Bier komm ich mit."

Mortan lächelte zufrieden und kurz darauf machten sie sich zu Fuß los.

Die Kneipe war um diese Uhrzeit noch ziemlich leer. Bis auf zwei Männer an der Theke und einer Jungengruppe an einem Tisch waren die vier die Einzigen. Sie setzten sich an einen Ecktisch und Mortan bestellte wie versprochen eine Runde für alle. Während sie an ihrem Bier nippten, löcherte Edda Mortan mit Fragen und Anni bewunderte mit welcher Seelenruhe und Geduld Mortan jede davon beantwortete.

Die Bar füllte sich langsam und es dauerte nicht lange bis Bjarne die ersten bekannten Gesichter erblickte. Aus der ersten Runde Bier wurden schnell drei und entgegen ihrem ursprünglichen Vorhaben, blieb auch Anni länger.

Als Bjarne zu einem Dartspiel aufgefordert wurde, verlagerten sie ihre Runde von dem Tisch zu den Dartspielern, um Bjarne anzufeuern. Anni bemerkte überrascht, dass Edda ihre offensichtlichen Flirtversuche bei Mortan inzwischen etwas zurückgefahren hatte. Es dauerte jedoch nicht lange bis sie neue Beute aufgetan hatte und ehe sie sich versah, stand Anni allein mit Mortan da, unsicher, über was sie mit ihm reden sollte. Sie schwiegen sich eine Weile an und Anni nippte an ihrer fast leeren Bierflasche, unschlüssig, ob

168

sie den Moment nicht nutzen sollte, um sich zu verdrücken.

„Wollen wir uns vielleicht an die Bar setzen? Da hinten ist eine Ecke frei." Mortan hatte sich zu Anni runtergebeugt, um gegen die Lautstärke im Raum anzukommen.

Anni folgte seinem Blick und entdeckte ebenfalls drei leere Barhocker. „Eigentlich wollte ich schon längst nach Hause.", gestand sie.

„Ach komm schon, ich lad dich ein. Du kannst mich doch jetzt nicht einfach allein lassen."

Nach kurzem Zögern folgte Anni der Einladung und die beiden setzten sich an die Theke, wo Mortan direkt den nächsten Drink orderte. Er fragte Anni ein bisschen über ihre Kollegen und die Arbeit im Büro aus und sie war dankbar, dass Mortan das Gespräch in eine so zwanglose Richtung gelenkt hatte. Mittlerweile spürte Anni den Alkohol, was ihre Zunge etwas mehr lockerte, und sie verfiel in einen entspannten Plauderton. Ehe sie sich versah, stand das nächste Bier vor ihr und Mortan prostete ihr zu.

„Auf eine gute Zusammenarbeit." Mortan trank einen Schluck und fügte dann mit einem charmanten Lächeln hinzu. „Ich glaube bei euch wird es mir gefallen."

Mortan war ein interessanter Mann und noch dazu besaß er das Talent Menschen in ein Gespräch zu verwickeln, denn Anni merkte gar nicht wie die Zeit verging. Sie wusste auch nicht, wie viel sie inzwischen getrunken hatte. Mortan sorgte auf jeden Fall pausenlos für Nachschub.

Obwohl Anni nicht so viele Fragen stellte wie Edda, erzählte er ihr eine Menge aus seinem Leben. So erfuhr sie, dass er neu in Tromsø war. Eigentlich kam er nämlich aus dem Süden Norwegens und hatte lange in Oslo gearbeitet. Die Landschaft und die Aussicht auf ein etwas ruhigeres Leben hatten ihn so hoch in den Norden verschlagen. Er erzählte auch eine Menge über seine Familie, doch mit der Zeit konnte Anni gar nicht mehr alles aufnehmen. Irgendwann kamen sie dann zu dem Grund für seine Leidenschaft fürs Fotografieren und er erzählte viel über die Arbeit in Oslo. Anni wusste, dass die meisten Frauen es liebten im Mittelpunkt zu stehen, doch sie genoss es in diesem Moment nicht Dreh und Angelpunkt des Gespräches zu sein. Trotzdem gab ihr Mortan nicht das Gefühl, als diene sie nur dazu, dass er sich vor ihr präsentieren konnte, sondern, als wollte er ihr bloß ein genaueres Bild von sich geben.

„In der Stadt habe ich hauptsächlich Einzelshootings gemacht. Viel offiziellen Kram, aber natürlich auch Privatbuchungen. Inzwischen zieht es mich mehr zu Landschaftsbildern und unberührter Natur. Aber ich muss sagen, bei dir würde ich eine Ausnahme machen. Ich würde dich ja ganz gerne mal fotografieren", meinte Mortan nun mit einem frechen Grinsen.

Anni, die gerade einen Schluck aus ihrem Glas nehmen wollte, verschluckte sich beinah an ihrem Bier. „Mich? Bist du sicher?", hustete sie überrascht.

Im Normalfall hätte ein so plumper Spruch bei Anni nicht gefruchtet. Doch die Tatsache, dass er von so einem attraktiven Mann wie Mortan kam, schmeichelte ihr doch sehr und machte sie gleichzeitig verlegen.

„Ja, glaub mir, ich habe ein gutes Auge für schöne Motive." Seine Augen blitzen auf und Anni merkte, wie ihr urplötzlich die Hitze ins Gesicht stieg. Verlegen schaute sie weg und begann mit dem Rand ihres Bierdeckels zu spielen. Hatte Anni etwas verpasst? Mortan flirtete ganz offensichtlich mit ihr. Das hatte sie nicht kommen sehen.

„Magst du Kunst?", fragte Mortan, was Anni noch mehr aus dem Konzept brachte.

„Ehm ja – auf jeden Fall", erwiderte sie prompt, auch wenn sie, um ehrlich zu sein, keinen blassen Schimmer von irgendwelchen Kunstwerken hatte und sich auch nicht damit beschäftigte.

„Ja? Wer ist dein Lieblingskünstler?"

Postwendend kam die Retoure für ihre Lüge, denn Anni hatte keine Idee, was sie auf diese Frage antworten sollte. Mortan schien ihr Zögern richtig zu deuten, denn er lachte.

„Aber schöne Bilder magst du doch bestimmt. Was hängt denn bei dir zuhause so an den Wänden? Vielleicht kannst du mir ja einfach zeigen, was dir so gefällt." Mortan war auf seinem Barhocker ein Stück auf Anni zugerückt und lehnte sich jetzt nahe zu ihr rüber. Sie konnte seinen Atem auf ihrer Haut spüren. Die Doppeldeutigkeit seiner Worte ließ sie erschaudern.

Anni wusste nicht, wann sie das letzte Mal ein Mann so offensiv angebaggert hatte - und noch dazu so ein verdammt heißer.

Um seinen Worten noch mehr Nachdruck zu verleihen, legte Mortan eine Hand auf ihr Knie und strich sanft ihren Oberschenkel hinauf. Anni schluckte schwer, während sie seine Hand bei der Liebkosung beobachtete. Als sie Mortan wieder ins Gesicht blickte, sah sie, dass er zufrieden ihre Reaktion beobachtet hatte.

Anni war sich nicht sicher, ob sie vorherige Anzeichen übersehen hatte oder ob bei Mortan inzwischen auch einfach der Alkohol seine Wirkung zeigte. Sie konnte jedoch nicht behaupten, dass sie die plötzliche Wandlung störte.

„Wollen wir hier verschwinden?", raunte er ihr ins Ohr und Anni nickte bloß stumm als Zustimmung.

Mortan griff nach ihrer Hand und zog sie von dem Barhocker auf die Füße, die zum Glück ihrem Dienst nachgingen.

Auf dem Weg zur Tür fiel Anni Edda ein. Sie ließ ihren Blick durch die Menge schweifen, konnte Edda jedoch nirgendwo entdecken. Vermutlich hatte auch sie schon ein fremdes Bett für die Nacht gefunden.

Mortan half ihr in ihren Mantel und Anni merkte, wie das Kribbeln in ihrem Körper immer stärker wurde.

Tromsø, Donnerstag 23:42 Uhr

Draußen hatte es weiter geschneit und der Schnee knirschte unter ihren Füßen, als sie auf den Gehweg vor der Bar traten.

Anni holte ihre Mütze aus ihrer Manteltasche und zog sie sich über die Ohren. Sie kam nicht dazu ihren Mantel zuzuknöpfen, denn kaum, dass sie ein paar Meter gegangen waren, zog Mortan sie an der Hand in eine dunkle Einfahrt und drückte sie mit dem Rücken gegen eine Hauswand.

Im nächsten Moment trafen seine kühlen Lippen auf ihre und seine Hände schoben sich unter den dicken Stoff ihres Parkas.

Anni, die etwas überrumpelt war, gelang es nicht gleich in Mortans Rhythmus einzusteigen und es dauerte einen Moment, bis sich der Kuss harmonisierte. Mortan schien das aber in keiner Weise zu stören und so konnte sich auch Anni entspannen und sich dem Kuss hingeben, der zusehends an Fahrt aufnahm. Mortans Küsse waren gleichermaßen zärtlich wie wild und Anni genoss, wie er sie berührte und sich an sie drückte.

Nach einer Weile löste sich Mortan von ihr und lehnte seine Stirn gegen ihre. „Wohnst du weit von hier?", fragte er völlig unverblümt, während seine Hände ihren Po streichelten.

„Oben beim… ähm beim Prestvannet See, und du?" stotterte sie etwas außer Atem.

„Ich wohn auf dem Festland, aber ich wollte die Nacht bei nem Kumpel unterkommen, nachdem klar war, dass ich nicht mehr selbst fahren kann. Ich glaube aber, der ist nicht so begeistert, wenn wir da zu zweit aufschlagen." Mortan grinste.

Anni war sich nicht sicher, ob es von der frischen Luft kam, aber ihr Kopf fühlte sich schlagartig wieder etwas klarer an, als noch zuvor in der Bar. Das hatte zur Folge, dass nun erste Zweifel in Anni aufstiegen.

War es wirklich klug direkt am ersten Abend was mit dem neuen Kollegen anzufangen? Und was bedeutete es für Mortan? Wäre das bloß ein einfacher Fick nach einem netten Abend oder würde es komisch werden danach? Und was versprach sich Anni selbst davon?

Mortan schien ihr plötzliches Zögern zu spüren, denn er löste eine Hand von ihrem Po und legte sie an ihre Wange. Sanft hob er ihr Kinn an und hauchte ihr ebenso sanfte Küsse auf den Mund. Anni bekam eine Gänsehaut am ganzen Körper.

„Es muss auch nicht heute sein. Aber lass mich dich trotzdem heimbringen. Mir ist nicht wohl bei dem Gedanken, dass du jetzt noch allein heimläufst."

„Ich glaube es fährt noch ein Bus", erwiderte Anni beinah plump und rügte sich selbst dafür.

„Auch gut. Wie du möchtest. Auch wenn ich nichts gegen einen kleinen Spaziergang hätte. Ich muss sowieso in dieselbe Richtung und so ein bisschen frische Luft zum Ausnüchtern wäre nicht verkehrt. Außerdem ist es eine wunderschöne Nacht."

Dem konnte Anni nichts entgegenbringen und so ließ sie sich von Mortan dazu überreden, den Fußmarsch nach Hause anzutreten.

Mortan hatte Recht, der kleine nächtliche Spaziergang tat tatsächlich gut. Es war eine ruhige Nacht. Der Schneefall hatte aufgehört und es ging so gut wie kein Wind. Der Himmel war beinah pechschwarz und sternenklar. Anni genoss es, die kalte frische Luft einzuatmen und zuzusehen, wie ihr warmer Atem im Schein der Straßenlaternen sichtbar wurde. Mortan hielt während des gesamten Spaziergangs ihre Hand, was Anni gleichzeitig schön, aber auch seltsam fand, da es für sie eine sehr intime Geste war. Es herrschte lange Schweigen, jedoch kein unangenehmes. Jeder schien bloß in seine Gedanken versunken die Schönheit der Nacht zu genießen. Zwanzig Minuten später standen sie vor Annis Haustür.

„Danke für die Begleitung, das war wirklich schön." Anni wandte sich zu Mortan um.

„Ich fand es auch sehr schön mit dir." Mit diesen Worten trat Mortan auf Anni zu und zog sie fest an sich. Seine Lippen fanden erneut die ihren und sie merkte, wie seine Zunge sich den Weg in ihren Mund suchte.

Anni ließ es einfach geschehen.

Wie bereits zuvor war es ein sehr leidenschaftlicher Kuss und sie war ganz außer Atem, als er sich von ihr löste, nur um mit seinen Lippen ihren Hals hinunterzuwandern.

„Mh, du riechst gut", hauchte Mortan zwischen seinen Küssen. „Verdammt", er stöhnte nah an Annis Ohr, was bei ihr einen wohligen Schauer erzeugte.

„Ich will dich, Anni." Wie um seine Worte noch zu unterstreichen, drückte er seine Hüfte fest gegen sie.

„Lässt du mich mit hochkommen?", hauchte Mortan, vergrub erneut sein Gesicht an ihrem Hals und bedeckte ihn mit neckenden Küssen.

Anni wusste nicht, woher die plötzliche Unruhe in ihr kam, doch bei Mortans Worten verspannte sich ihr gesamter Körper. Das Bild von ihr selbst an dem Bistrotisch, wie sie sich selbst kopfschüttelnd entgegenblickte, erschien wie von Geisterhand vor ihrem inneren Auge. Es war ihr gelungen ihren Traum komplett zu verdrängen – bis jetzt.

Sollte Mortan der Mann an dem Tisch gewesen sein? Hatte sie selbst sich vor ihm gewarnt?

Verdammt so ein Bullshit, schoss es ihr gleichdarauf durch den Kopf. Das war nur ein dämlicher Traum gewesen. Genauso wie all der andere Mist, den sie in den letzten Nächten geträumt hatte. Trotzdem hörte sie sich selbst das folgende sagen: „Ich glaube ich sollte wirklich schlafen – ein andermal okay?", brachte sie vorsichtig heraus, während sie sich etwas von Mortan löste, der sich noch immer eng an sie drückte. Als sie ihm ins Gesicht blickte, meinte sie kurz einen Anflug von Wut über seine Miene huschen zu sehen, war sich jedoch nicht sicher, da Mortan sie gleichdarauf verständnisvoll anlächelte.

„Na klar, dann halt ein andermal, Süße", schnurrte er und gab ihr noch einen sanften Kuss auf die Wange. „Bis morgen. Ich freu mich auf die Nacht mit dir", er zwinkerte ihr nochmal zu und schlenderte davon.

Anni entließ den Atem, den sie unbewusst angehalten hatte, und wandte sich zu ihrer Haustür um.

Etwas wacklig auf den Beinen stieg sie die Treppen hinauf zu ihrer Wohnung.

Während sie kurzdarauf auch schon schwer wie ein Stein in ihr Bett sank, kam sie nicht drum rum, dass ihr Hirn sich vorstellte, was passiert wäre, wenn sie Mortan keinen Korb gegeben hätte und wie es gewesen wäre ausnahmsweise mal nicht allein ins Bett zu gehen. Sie merkte, wie ihr Körper bei den Bildern in ihrem Kopf in Wallung kam. Um ihre Entscheidung rückgängig zu machen war es jetzt allerdings zu spät und so blieb Anni nichts anderes übrig, als auch an diesem Abend selbst für sich zu sorgen.

ZWÖLF

Er nahm die Augenbinde von ihren Augen, doch bis auf ein paar verschwommene Bilder blieb sie blind – bis er ihr ihre Brille zurückgab.

Augenblicklich wurde das Bild scharf.

Sie befanden sich am Hafen. Unter dem dunklen Sternenhimmel schlug das Meer sanfte Wellen. Direkt vor ihnen lag ein kleines Schiff am Pier, den Steg zum Einstieg bereit.

Die Reling war umschlungen von Lichterketten, die das gesamte Schiff in ein warmes Licht tauchten.

„Gefällt es dir?", flüsterte ihr Mortan über die Schulter ins Ohr und erzeugte damit eine Gänsehaut auf Annis nackter Haut.

Zu mehr als einem Nicken war sie nicht im Stande.

Er führte sie über den kleinen Metallsteg an Bord. Auf dem vorderen Deck war ein romantisches Dinner aufgebaut und in einer Ecke entdeckte Anni einen schwarzen Flügel. Sie liebte Klaviermusik.

Der großgewachsene Ober rückte ihr den Stuhl zurecht und nahm anschließend eine Flasche aus einem Behälter mit Eis. „Champagner Ma'am?"

Anni, die Mortan über den Tisch hinweg angehimmelt hatte, blickte überrascht zu dem Kellner hoch und nickte dann eilig. „Ja, ja bitte."

„Ihr Essen wird sofort serviert", verkündete der Kellner, nachdem er ihre Gläser gefüllt hatte, und verschwand dann ins Innere des Schiffes.

Annis und Mortans Blicke fanden sich wieder und Anni nahm nur am Rande wahr, wie sie vom Hafen ablegten. Alles um sie herum begann sachte hin und her zu schaukeln und sie fühlte sich ein bisschen, als schwebe sie auf einer Wolke.

Anni staunte nicht schlecht, als kurz darauf eine Köstlichkeit nach der anderen serviert wurde. Darunter befanden sich all ihre Lieblingsspeisen. Von Bentes Fischsuppe, über Oma Jonars Lammeintopf bis zu frischen Waffeln und Zimtschnecken, war alles dabei. Mortan hatte gute Recherche betrieben.

Anni liebte Essen und ungebremst dadurch, dass Mortan ihr gegenübersaß und sie beobachte, griff sie gierig zu. Anni verfiel beinah in einen Rausch und vergaß darüber hinaus auch noch sämtliche Tischmanieren. Mortan schien davon total verzückt zu sein, denn er machte ihr pausenlos Komplimente.

„Ich finde es toll, wenn Frauen ihre Liebe für Essen offen zeigen können... Oh wow, das war aber ein großer Bissen - beeindruckend...
Wilde Kombination – mutig... bist du bei allem, was du tust, so leidenschaftlich?... Jetzt weiß ich, woher du deine heißen Kurven hast...“

Mortans Worte feuerten Anni an und erst als alle Teller leer waren, legte Anni Messer und Gabel beiseite und tupfte sich galant mit einer Ecke der Serviette, die auf ihrem Schoß gelegen hatte, den Mund ab. Dabei hinterließ sie merkliche Flecken auf dem perlweißen Stoff.

„Das war unglaublich, danke“, meinte sie an Morten gewandt und wie zur Bestätigung entfuhr ihr ein lauter Rülpser.

Mortan lachte darüber. „Das freut mich sehr.“

Überrascht beobachtete Anni Mortan, als dieser sich plötzlich erhob.

„Möchtest du tanzen?“ Er streckte Anni eine Hand entgegen.

Leise Klaviermusik erklang, gerade als sie die freie Fläche neben dem Tisch betraten. Anni schaute verwundert zu dem schwarzen Flügel, an dem der Ober Platz genommen hatte, ohne dass Anni Kenntnis davon genommen hatte. Mortan legte seine

Hände an Annis Taille und langsam bewegten sie sich zu der gefühlvollen Musik.

Das war ein Date wie aus dem Bilderbuch. Ein absolutes Traumdate.

Eng umschlugen, den Kopf an seine Brust gelehnt, stand sie mit ihm im lauen Wind mitten auf hoher See. Die letzten Klänge eines klassischen Musikstückes verklangen und Anni merkte, wie Mortan sich etwas aus der Umarmung löste. „Entschuldige mich kurz", meinte er und verschwand unter Deck.

Anni trat an die Reling und blickte auf das offene Meer hinaus. Die Küste lag weit entfernt, nur ein paar kleine Lichter in der Dunkelheit ließen erahnen, wo sich Land befand.

„Ma'am?"

Überrascht wandte sich Anni um.

Der Kellner war an sie herangetreten.

„Ja?"

Der ernste Gesichtsausdruck des Mannes beunruhigte sie. Er passte nicht zu diesem märchenhaften Abend.

Er warf einen Blick über die Schulter und trat dann noch einen Schritt näher, beinah bedrohlich. Anni fühlte die Reling in ihrem Rücken und wusste, dass sie nirgends hin konnte.

„Ma'am sie sind hier nicht sicher", wisperte der Mann mit eindringlicher Stimme und tatsächlich fühlte Anni sich in diesem Moment nicht besonders wohl, was allerdings nur an dem Mann direkt vor ihr lag.

„Sie müssen von hier verschwinden – schnell!"

„Aber das ist ein Schiff", warf Anni ein, „wo soll ich denn hin?"

Der Kellner griff mit einer Hand hinter seinen Rücken. Automatisch erstarrte Anni.

Doch statt der erwarteten Waffe holte der Mann seinen Block sowie einen Stift hervor und hielt ihr beides entgegen. Verständnislos schaute sie den Mann an.

„Nun nehmen sie schon, wir haben nicht mehr lange Zeit. Die Gefahr rückt immer näher."

Immer noch verwirrt nahm sie Stift und Papier entgegen.

„Schreiben sie auf, wohin sie wollen. Schließen sie die Augen und denken sie ganz fest daran. Wenn sie es richtig machen, erscheint ein Bild vor ihnen, wenn sie die Augen wieder öffnen. Durch dieses können sie hindurch gehen."

„Wollen sie mich vera…"

„Nun machen sie schon", unterbrach er sie. Als ein Geräusch aus dem Inneren des Schiffes erklang, warf er erneut einen Blick über die Schulter.

„Ich werde ihnen etwas Zeit verschaffen. Alles Gute." Mit diesen Worten machte er kehrt und eilte davon.

Anni starrte auf den Block. Sie wusste nicht, warum sie tat was der fremde Mann ihr gesagt hatte. Sie wusste nicht mal, vor was sie so plötzlich wegrannte. Sie waren auf einem Boot, wovor sollte sie Angst haben? Es war eine milde Nacht. Das Wetter würde nicht so schnell umschlagen. Doch die Worte des Mannes hatten ein bedrückendes Gefühl hinterlassen.

Sie schrieb ein einzelnes Wort auf den Block. Der erste Ort, der ihr in den Sinn kam. Sie schloss die Augen, dachte ganz fest daran und dann öffnete sie ihre Augen wieder...

Nichts. Da war rein gar nichts.

Als sie sich auf dem Schiff umschaute, ob sie jemand dabei beobachtet hatte, bemerkte sie aus dem Augenwinkel ein Licht.

Links von ihr, direkt neben dem Schiff über den schwarzen Tiefen des Meeres, schwebte ein Bild. Der Rand schien silbern zu leuchten in der dunklen Nacht. Es zeigte eine kleine rote Hütte mitten in den Bergen. Anni verschlug es den Atem.

Erneut schaute sie sich um. Und dann, einem Instinkt folgend, kletterte sie über die Reling. Sie spürte wie ein starker Wind aufkam und als wären sie aus dem Nichts gekommen flammten plötzlich grüne Streifen am Himmel auf. Hinter ihr, aus dem Inneren des Schiffs, war ein lautes Krachen zu hören.

Anni atmete tief ein, schloss die Augen und dann sprang sie auf das Bild zu ins Nichts...

Entgegen ihrer Erwartung landete sie nicht in den eiskalten Wassermassen. Stattdessen trafen ihre Füße auf einen weichen Untergrund auf. Der Schwung ihres Sprunges ließ sie allerdings das Gleichgewicht verlieren und so landete sie auf allen vieren im Gras.

Sie brauchte nicht lange für die Orientierung. Sie kannte diesen Ort wie ihre Westentasche. Den Schlüssel fand sie wie erwartet in einem kleinen Tütchen auf der Rückseite des Metallschildes, das neben dem Hütteneingang angebracht war. Sie drehte ihn im Schloss und mit einem leisen Knarren schwang die Holztür nach innen auf.

Das Innere der Hütte lag verlassen da. Es war deutlich zu sehen, dass schon sehr lange niemand hier gewesen war, denn über alles zog sich eine dicke Staubschicht und die Ecken wurden von gigantischen Spinnennetzen geziert.

Anni trat an den massiven Holztisch. Darauf standen noch Teller und Tassen und sie erkannte Reste von schimmligem Brot, welches sich die Tiere nicht geholt hatten. Es wirkte so, als hätte man geplant wieder zu kommen, nachdem man das letzte Mal aufgebrochen war. Anni hob eine umgekippte Tasse auf und eine dicke haarige Spinne schoss daraus hervor und floh über den Tisch.

Was war hier passiert?

Plötzlich vernahm Anni das Heulen eines Wolfes und tief in ihrem Inneren wusste sie zugleich, dass er Hilfe brauchte.

Ihre Hilfe. Er hatte nach ihr gerufen.

Sie rannte den Abhang hinunter, der Mond erhellte ihr den Weg, wann immer er zwischen den Wolken hindurchschien. Am Ufer des Flusses angekommen hielt sie ruckartig inne. Aus dem erwarteten sanft dahinplätschernden Bach war ein reißender Fluss geworden, der alles mit sich zu nehmen schien, was nicht fest mit dem Erdboden verwurzelt war. Das Flussbett hatte sich in seiner Breite verdreifacht und die natürlich geschwungene Form war verschwunden.

Wie um die Dringlichkeit zu verdeutlichen, ertönte erneut das wehklagende Geheul des Wolfes über das Getöse des Flusses hinweg. Eilig lief Anni am Ufer auf und ab, um einen Weg zum Passieren zu finden. Etwa hundert Meter entfernt entdeckte sie ein paar Steine, die in einigermaßen regelmäßigen Abständen aus dem Wasser ragten. Es war riskant, wenn nicht sogar lebensgefährlich, sollte sie den Halt verlieren. Doch es war ihre einzige Chance. Sie hielt noch immer Block und Stift des Kellners in ihren Händen. Während sie auf die Steine zueilte, verstaute sie beides in ihrer kleinen Umhängetasche. Das Wasser hatte die Erde unterhalb von ihr weggespült, sodass Anni jetzt auf einer Art Vorsprung stand, unter ihr die gewaltige Strömung. Den ersten Stein müsste sie von dort aus erreichen können. Sie ging in die Hocke und setzte sich dann an den Rand des Flussufers. Wenn sie das Bein ganz lang ausstreckte, konnte sie den Stein mit ihrer Fußspitze erreichen. Doch es kostete sie einiges an Überwindung sich vom Uferrand abzustoßen. Ein tiefer Atemzug und dann ließ sie los. Die Oberfläche des Steines war klitschig, was den nächsten Schritt umso schwerer machen würde.

Anni schlug das Herz bis zum Hals, doch etwas zog sie weiter. Mit angehaltenem Atem meisterte sie es auch die nächsten drei Steine zu passieren. Der letzte hatte jedoch einen etwas größeren Abstand zum Ufer, sodass sie springen musste. Sie zählte im Kopf bis drei und fokussierte sich dabei auf ihr Ziel. Sie spürte, wie ihr Fuß beim Absprung den Halt verlor und sie dadurch nicht die volle Kraft nach vorne richten konnte. Mit den Fingern bekam sie das Gras des gegenüberliegenden Ufers zu greifen doch ein Großteil ihres Körpers fiel weiter in die Tiefe. Sie krallte sich mit den Fingerspitzen so tief in den weichen Untergrund wie es nur ging, während sie mit den Beinen versuchte am Uferrand halt zu finden. Durch den Stoff der Strumpfhose spürte sie wie dünne Äste und Wurzeln ihr die Haut aufkratzten – und dann endlich fand sie mit einem Fuß halt auf einer Wurzel. Mit aller Kraft drückte sie sich nach oben und krabbelte auf allen Vieren außer Reichweite von den Fluten. Dann klappte sie atemlos zusammen.

Als sich ihr schwerer Atem langsam normalisierte, konnte sie in unmittelbarer Nähe ein leises Wimmern vernehmen. Sie hob den Kopf, der seitlich im kühlen Gras gelegen hatte und spähte vor sich in die Dunkelheit. Nicht unweit von ihr ragte ein Körper aus dem Gras, dessen Fell beinah weiß leuchtete. Vorsichtig näherte sie sich dem Tier und erkannte, als sie sich bis auf wenige Meter an es herangewagt hatte, dass es sich um den Wolf handelte. Einen weißen Wolf – und anscheinend ging es ihm nicht gut. Er lag seitlich im Gras die Augen geschlossen und sein Brustkorb hob und senkte sich in schweren Zügen. Er sah abgemagert aus und das Fell, das wunderschöne weiße Fell, wirkte stumpf.

Sie wusste nicht, wie gefährlich es sein würde noch näher an den Wolf heranzugehen, doch sie spürte eine Anziehungskraft zu dem Tier, als gäbe es eine magische Verbindung zwischen ihnen – und gleichzeitig krochen Schuldgefühle in ihr hoch, als hätte sie persönlich diesem Tier Leid zugefügt.

Sie ließ sich neben den Wolf ins Gras nieder, woraufhin dieser träge den Kopf hob. Anni zuckte kurz zurück, doch als der Wolf die Augen öffnete und sie direkt anblickte, blieb sie ruhig sitzen. Augen wie große Murmeln deren Iris in allen Regenbogenfarben schillerten, so etwas wunderschönes hatte Anni noch nicht gesehen. Da lag so viel Wärme, Frieden und Liebe in diesen Augen, dass Anni sich automatisch noch näher zu dem Wolf lehnte und seinen Kopf in ihre Hände nahm. Das Fell hätte sich kühl und seidig angefühlt, das wusste sie, hätte es nicht unter dieser Dreckschicht gelegen, die eine harte Kruste darüber bildete. Immer noch schaute sie die bunt schillernden Augen an und Anni erkannte die Traurigkeit dahinter. Sie wollte den Wolf gerade fragen, was ihm widerfahren war, als sie eine Stimme in ihrem Kopf hörte, die nicht ihre eigene war. Sie war glockenklar und laut vernehmlich.

„Warum hast du mich im Stich gelassen, Anni? Zusammen hätten wir so viel erreichen können. Stattdessen hast du nur noch *ihn* gefüttert – und jetzt, wo er so viel Macht hat, kommt er und wird uns holen."

Anni verstand die Worte nicht, die einen deutlichen Vorwurf beinhalteten. Womit hatte sie den Wolf im Stich gelassen und wer war *er?*

Noch bevor sie eine dieser Fragen laut aussprechen konnte, ertönte ein lautes bedrohliches Knurren aus den Tiefen des Waldes vor ihnen. Anni riss den Kopf hoch.

Der weiße Wolf vor ihr stand mühsam und mit wackeligen Beinen auf. Dann schlurfte er in entgegengesetzte Richtung davon. Anni stand wie versteinert dort, den Blick wie gebannt auf den Punkt gerichtet, an dem der Wald endete. Sie musste ihre Augen extrem anstrengen, doch dann sah sie plötzlich eine Bewegung zwischen den Bäumen. Genau auf zwölf Uhr.

Das Herz sackte ihr in die Hose, als sie *ihn* erblickte. Augenblicklich wusste sie, dass es er war von dem der weiße Wolf gesprochen hatte. Sie spürte ihre Verbindung. Wie der weiße Wolf war auch er ein Teil von ihr. Doch an ihm war nichts Schönes. Er war groß - groß, schwarz und hässlich. Seine Fratze entblößte riesige gelbe Zähne und seine Augen waren tiefe schwarze Löcher.

Sie hatte ihn zu dem werden lassen, was er nun war. Sie hatte ihn gefüttert und genährt, bis er so stark geworden war, dass es kein Zurück mehr gab.

Er hatte den weißen Wolf vertrieben und nun war er da, um sie zu verschlingen.

Ihr ganzer Körper verkrampfte sich und obwohl in ihrem Kopf schon alle Alarmglocken schrillten und zur Flucht eingeleitet hatten, blieb ihr Körper regungslos. Seine schwarzen bodenlosen Augen schienen sie in sich aufzusaugen und sie merkte, wie jegliche Kraft aus ihrem Körper wich. Er lähmte sie mit seiner Anwesenheit. Er war zu stark geworden und nahm zu viel Raum in ihr ein. Eine Koexistenz war längst nicht mehr möglich.

Aus dem Augenwinkel sah sie plötzlich, dass der weiße Wolf zurückgekehrt war. Er stand nun an ihrer Seite.

„Deine Tasche, Anni." Vernahm sie wieder diese kristallklare Stimme in ihrem Kopf.

Ihre Tasche? Sie warf einen Blick nach unten und sah die kleine paillettenbesetze Tasche, die noch immer an ihrer Seite baumelte. Und dann dämmerte ihr, was der Wolf ihr zu sagen versuchte. Der Block. Als sie die Hand danach ausstreckte, erklang ein grauenerregendes Knurren aus der Kehle des schwarzen Wolfes, sodass sich Anni sämtliche Haare am Körper aufstellten. Augenblicklich hielt sie in ihrer Bewegung inne.

Der Wolf kam nun drohend ein Stück näher. Jedoch sehr langsam, beinah selbstbewusst, als wäre ihm klar, dass er die Oberhand hatte.

Im gleichen Maße wich Anni langsam zurück, um den Abstand wieder zu vergrößern. Langsamer setzte sie ihre Bewegung fort, öffnete den Verschluss ihrer Tasche und griff hinein. Mit wild klopfendem Herzen ertastete sie den Block und zog in hervor. In diesem Moment sprang der Wolf auf sie zu. Anni machte auf dem Absatz kehrt, um davonzurennen. In der Drehung kritzelte sie ein Wort auf den Block und als sie den Blick hob, sah sie vor sich den Rand des Flussufers und darüber schwebte ein silbrig leuchtendes Bild, das einen ihr sehr bekannten Raum zeigte. Sie warf keinen Blick mehr zurück. Stattdessen beschleunigte sie ihr Tempo und dann sprang sie ab...

•

Geschmeidig glitt der Pinsel über die raue Leinwand. Die Pinselstriche wurden gezielt ausgeführt, einer Vision folgend.

Durch das Fenster hinter ihm fielen einzelne Sonnenstrahlen in den Raum und machten den Staub in der Luft sichtbar.

Jemand betrat den Raum. Eine Frau, wie er an den sanften Schritten erkannte.

„Guten Morgen Johan, so früh schon fleißig?", drang von hinten Berets Stimme an sein Ohr und er wandte sich seiner Mitbewohnerin zu.

„Wenn die Kunst ruft, ist es egal wie viel Uhr es ist", erwiderte er mit einem Schulterzucken.

Berets Lachen verschwand in der Küche und Johan vertiefte sich wieder in seine Arbeit.

„Oh wow!" Beret war unbemerkt hinter ihn getreten und blickte ihm über die Schulter. „Das sieht ja cool aus. Wer ist das?"

Johan lehnte sich etwas zurück, um sein Bild selbst in voller Gänze zu betrachten. Es zeigte eine Frau mit braunen, zerzausten Haaren und einer runden Brille. Der Hintergrund war dunkel, doch man konnte Schatten erahnen, die sie zu verfolgen schienen.

„Sie heißt Annike."

„Woher kennst du sie?"

„Tu ich nicht, ich hatte einen seltsamen Traum und als ich wach wurde, bekam ich ihr Gesicht nicht mehr aus dem Kopf."

„Sie sieht aus als – als hätte sie Angst", stellte Beret mit einem weiteren Blick auf die Frau fest.

„Ja. Es war kein schöner Traum", bemerkte Johan.

DREIZEHN

Tromsø, Freitag 06:32 Uhr

Schweiß stand ihr auf der Stirn, obwohl es in dem Raum nicht mal zwanzig Grad waren. Anni fühlte sich wie gerädert. Als hätte sie gerade nicht sechs Stunden geschlafen, sondern einen Halbmarathon gelaufen.

Sie hatte ausschlafen wollen. Stattdessen lag sie jetzt schon hellwach in ihrem Bett, mit kreisenden Gedanken und Angst davor aufzustehen, weil sie nicht wusste, was dieser Tag für unerfreuliche Überraschungen für sie bereithalten würde.

Sie stützte sich auf einen Arm und drückte auf ihrem Radiowecker herum, bis dieser leise Musik von sich gab. Sie hoffte damit ihre Gedanken an den Traum vertreiben zu können. Doch die Bilder hatten sich tief in ihr Gedächtnis eingebrannt und die Frage, warum ihr der Mann in dem Traum so bekannt vorgekommen war, ließ sie nicht mehr los.

Wer war Johan? Und was hatte es mit dem Bild von ihr auf sich?

Sie war eindeutig in ihrer ehemaligen WG gewesen, was erklärte warum Beret dort gewesen war, die Anni aber offenbar nicht zu kennen schien. Vielmehr hatte es so gewirkt, als ob dieser Johan statt ihr in der WG wohnte. Es hatte sich allerdings gleichzeitig so angefühlt, als wäre *Anni* Johan gewesen. Sie hatte ihn zwar aus der Vogelperspektive gesehen, doch da war so eine unerklärliche Verbindung zwischen ihnen gewesen. Sie hatte gespürt was er gespürt und gedacht was er gedacht hatte. Als hätte sie in seiner Haut gesteckt. Aber warum nahm sie in ihrem Traum die Rolle eines fremden Mannes ein?

Und was hatte es mit den Wölfen an der alten Hütte von ihren Großeltern auf sich, an der sie so viele Sommer verbracht hatte? Der friedliche Ort aus ihrer Erinnerung hatte in ihrem Traum etwas Bedrohliches angenommen.

Selbst an den Beginn des Traumes konnte sie sich noch bis ins kleinste Detail erinnern. Diesen Teil konnte sie sich zumindest noch erklären. Dass sie nach dem gestrigen Abend von Mortan träumte, war ihr zwar etwas unangenehm aber zumindest nachvollziehbar. Zu gern hätte sie gewusst, vor was der Kellner sie hatte schützen wollen. Was war dort auf dem Schiff gewesen, außer Mortan und sie?

Erneut kam das ungute Gefühl in ihr auf, dass ihre Träume sie in irgendeiner Weise vor etwas warnen wollten. Aber vor was?

Fragen über Fragen. An Schlaf war auf jeden Fall nicht mehr zu denken, so viel war klar, also nahm Anni ihre Brille vom Nachttisch und überwand sich aufzustehen. Vielleicht konnte sie die Zeit nutzen und sich mit nerviger Hausarbeit von ihren Gedanken ablenken, doch sie bemerkte immer wieder, wie Johans Gesicht vor ihrem inneren Auge aufblitzte, während sie Regale abstaubte und ihre Sachen begann einzuräumen.

Tromsø, Freitag 09:04 Uhr

Als es an der Wohnungstür klingelte, zuckte Anni zusammen. Sie merkte, wie ihr Herz schneller schlug, als sie zur Tür ging und sie vorsichtig einen Spalt breit öffnete.

Der frühe Besucher stellte sich als Postbote heraus, der sie etwas irritiert anblickte, als sie öffnete. Vermutlich weil Anni aussah, als hätte sie gerade ein Gespenst gesehen. Sie war sich nicht mal sicher, was sie erwartet hatte. Mortan? Johan? Oder den schwarzen Wolf? Innerlich schüttelte sie den Kopf über ihre eigene Reaktion.

„Annike Sølversen?", fragte der Mann vorsichtig.

„Ja", erwiderte Anni mit leicht krächzender Stimme. Sie hatte den Morgen über noch kein Wort gesprochen.

„Ich habe ein Päckchen für sie. Bitte hier unterschreiben."

Etwas verwirrt nahm Anni das kleine braune Paket sowie eine Handvoll Briefe entgegen und setzte dann ihre Unterschrift wie verlangt auf das Display des Tablets, das der Postbote ihr unter die Nase hielt.

Sie schloss die Tür und warf einen Blick auf den Adressaten des Päckchens. Es handelte sich um ihre Bestellung bei dem kleinen Delikatessen Laden, in dem sie Tee und Likör für den Geburtstag ihrer Mutter nächste Woche bestellt hatte. Das hatte sie ganz vergessen.

Erleichterung machte sich in ihr breit, doch als sie Paket samt Briefe auf ihr Flurregal legte, fiel ihr Blick auf den Empfänger, der auf eines der Briefkuverts geschrieben worden war.

Johan Olsen

Ein kalter Schauer huschte Anni den Rücken hinunter und zögerlich nahm sie den Brief in die Hand. Dort stand Johan Olsen und darunter ihre Adresse in feinsäuberlicher Handschrift.

Johan Olsen. Johan wie in ihrem Traum. Warum kam ihr der Name so bekannt vor?

Während sie auf ihre Adresse starrte, fiel es ihr wie Schuppen von den Augen. Natürlich. Johan Olsen. Das war ihr Vormieter. Johan war der Mann, der vorher in dieser Wohnung gewohnt hatte. Sie hatte erst vor ein paar Tagen sein Klingelschild entfernt und deshalb hatte sie auch von ihm geträumt.

Sie hielt immer noch den Brief in der Hand, unschlüssig, was sie damit anstellen sollte. Sollte sie ihn einfach wieder an der Poststelle abgeben? Sie wusste schließlich nicht, wo Johan inzwischen wohnte.

Die Neugier siegte jedoch und auch wenn Anni wusste, dass sie gerade etwas Verbotenes tat, fing sie an, den Klebestreifen an einer Seite aufzupulen. Sie könnte im Nachhinein immer noch behaupten, dass sie zu spät gemerkt hatte, dass der Brief nicht für sie bestimmt war, beruhigte sie sich selbst.

In dem Umschlag befand sich eine Karte aus schwerem beigem Papier. *Einladung* stand in geschwungen Lettern auf der Vorderseite. Der Inhalt stellte sich als Einladung zu einer Hochzeit in drei Monaten heraus, unterzeichnet von einem Aksel und einer Abigail.

Es lag noch ein kleiner Zettel in der Karte, den Anni nun entfaltete.

Hallo Johan,

ich weiß, wir sind bei unserem letzten Treffen nicht besonders gut auseinander gegangen, trotzdem hoffe ich, dass wir das Kriegsbeil begraben können und du zu unserer Hochzeit kommen wirst. Abi und mich würde es von Herzen freuen und auch Mutter vermisst dich.

Aksel

„…*Mutter vermisst dich*"

Das musste bedeuten, dass dieser Aksel Johans Bruder war, schlussfolgerte Anni.

Aber warum schickte er die Einladung an diese Adresse? Er musste doch wissen, dass sein Bruder nicht mehr hier wohnte.

Anni überflog noch einmal die wenigen Zeilen. Er hatte was von Kriegsbeil begraben geschrieben. Hatten sich die Brüder so verworfen, dass Johan seiner Familie womöglich nicht mal seine neue Adresse mitgeteilt hatte?

Anni fand das äußerst ungewöhnlich.

Noch immer mit dem Brief in der Hand lief sie in die Küche. Sollte sie ihn einfach wegwerfen oder wieder bei der Post abgeben?

In Gedanken versunken öffnete sie den Kühlschrank. Essen half ihr oft, wenn sie nicht sicher war, was sie tun sollte, oder sich gestresst fühlte. So ließen sich auch die paar Kilo zu viel auf ihren Hüften erklären. Und Anni hatte das Gefühl, dass ihre Stresspolster in den letzten Wochen sogar noch zugenommen hatten. Ein Blick in den Kühlschrank zeigte ihr jedoch, dass sie dringend einkaufen gehen musste. Kurzerhand packte sie den Umschlag in ihre Tasche und machte sich dann auf den Weg in die Stadt.

Tromsø, Freitag 11:12 Uhr

Mit zwei Tüten voller Einkäufe stieg Anni in den Bus ein. Es war keine gute Idee gewesen, dass sie mit leerem Magen und wirren Gedanken einkaufen gegangen war. Den Brief hatte sie noch immer in ihrer Manteltasche verstaut.

Als der Bus am Marktplatz einen Zwischenstopp einlegte, zögerte Anni. Sie wusste gar nicht, was sie davon abhielt den Brief einfach abzugeben. Was wollte sie selbst damit?

Als ihr jedoch siedend heiß einfiel, dass sie noch immer die beiden Bücher zuhause liegen hatte, die sie schon längst wieder in der Bibliothek hätte abgeben müssen, stieg sie gerade noch rechtzeitig aus, ehe die Bustüren sich wieder schlossen. Sie überquerte den großen Platz und bog oberhalb links Richtung Stadtbibliothek ab. Die Lichter hinter der riesigen Glasfront erhellten die Straße.

Sie wollte zumindest Bescheid geben, dass sie die Bücher gefunden hatte und in den nächsten Tagen vorbeibringen würde. Das schlechte Gewissen quälte sie schon etwas.

Die Dame hinter dem Tresen war zu ihrer Erleichterung jedoch sehr entspannt und stellte ihr mit einem Augenzwinkern einfach eine Verlängerung aus.

„Ich habe Sie hier schon so oft gesehen und beobachtet. Das kann ja mal vorkommen. Übrigens war ich total begeistert von Ihrem Buch." Sie reichte Anni ihre Bibliothekskarte wieder und lächelte sie freundlich an. Anni erwiderte ihr Lächeln leicht verlegen.

„Aber erzählen Sie es bitte nicht weiter, sonst wollen hier bald alle eine Sonderbehandlung."

Auf dem Weg zum Ausgang passierte Anni zwei Ständer mit Zeitschriften und den aktuellen Tageszeitungen und es kam ihr eine Idee. Einem Impuls folgend drehte sie sich um, suchte sich einen freien PC und stellte ihre Einkaufstüten neben dem Stuhl ab.

Sie gab den Namen Johan Olsen in die Suchmaschine ein. Anni rechnete nicht unbedingt mit einem Treffer, doch als sie die Eingabetaste drückte, erschienen zu ihrer Überraschung zwei Anzeigen.

Bei der ersten handelte es sich um einen Artikel aus der Nordlys, erschienen im vergangenen Frühjahr. Es war ein Bericht über eine Kunstausstellung hier in Tromsø. Aufmerksam überflog Anni den Text und stutzte. Auf dieser Ausstellung war Anni selbst gewesen.

Sie suchte weiter nach einem Indiz zu Johan Olsen. Immerhin war der Artikel bei ihrer Suchanfrage nach ihm erschienen. Sie konnte jedoch nichts über ihren Vormieter finden. Gerade als sie die Seite wieder schließen wollte, fiel ihr Blick auf eines der Bilder in dem Artikel und ein kalter Schauder kroch ihr den Rücken hinauf. Auf dem Foto war ein Mann vor einem Ölgemälde abgebildet.

Wie konnte das sein? Der Mann glich eins zu eins dem Mann in ihrem Traum. Ihr Blick glitt hinunter zur Bildunterschrift und tatsächlich: Johan Olsen (37) vor seinem Gemälde „Eisige Nacht"

Wie konnte es sein, dass sie ihn in ihrem Traum gesehen hatte? Kannte sie ihn und wusste es nur nicht mehr? Oder war es möglich, dass sie sich von der Ausstellung an ihn erinnerte?

Ihre Träume hatten sie bisher schon sehr beunruhigt, doch irgendwie hatte sie sich bisher wenigstens noch einreden können, dass es alles nur komische Zufälle waren. Doch die Tatsache, dass sie von ihrem Vormieter träumte, dem sie wissentlich nie über den Weg gelaufen war, machte ihr eine Heidenangst.

Anni betrachtete den Mann eingehend. Es kam ihr vor, als kenne sie ihn noch von wo anders. Die blonden lockigen Haare, die blauen Augen…in dem Moment fiel es Anni wie Schuppen von den Augen. Sie hatte nicht zum ersten Mal von Johan geträumt.

Er war der Mann im Bus gewesen, der sie bedroht hatte. Oder hatte er sie gewarnt? Anni war sich immer noch nicht so sicher. Zwar hatte er in diesem ersten Traum viel verwahrloster ausgesehen, aber Anni war sich sicher, dass es sich um denselben Mann gehandelt hatte.

Sie hatte genug.

Sie schloss das Fenster, ohne sich den zweiten Artikel anzuschauen, und schnappte sich ihre Einkaufstaschen. Sie hatte in diesem Moment zu viel Angst davor, was sie noch herausfinden würde.

Während der Busfahrt kreisten Annis Gedanken dauerhaft um ihren sonderbaren Vormieter. Um ihren Hunger zu stillen und sich ein bisschen abzulenken, kramte sie eine Packung Cracker aus einer Tüte. Bis sie zuhause angekommen war, hatte sie diese fast vollständig leer gegessen.

Der Weg von der Bushaltestellte bis nach Hause stellte sich als äußerst mühsam heraus. Es hatte inzwischen angefangen zu nieseln und an den Stellen, an denen der Schnee beiseitegeschoben worden war und nun das Wasser auf den kalten Boden traf, bildete sich direkt eine dünne Eisschicht.. Anni musste sehr langsam laufen, um bei dem Anstieg der Straße nicht auszurutschen. Sie hatte keine Lust auch noch ihre Einkäufe von der Straße aufsammeln zu müssen.

Endlich angekommen schloss sie ihre Eingangstür auf und schleppte ihre Tüten die Treppe hoch. Vor ihrer Wohnungstür schaute sie nachdenklich die Treppe zum Dachgeschoss hinauf. Vielleicht würde es ihr helfen mit Tordis über ihren Traum zu sprechen. Immerhin müsste sie Johan Olsen kennen.

Eilig verstaute sie ihre Einkäufe und ging dann nach oben, um bei der älteren Dame zu klopfen.

„Oh, hallo Liebes. Was für eine schöne Überraschung. Was kann ich für dich tun?"

Anni fühlte direkt wieder eine Wärme, die sich in ihrem Inneren ausbreitete, als sie die herzlichen Worte der Dame hörte.

„Hallo, ich hoffe ich komme nicht unpassend. Ich hatte gehofft, du hättest kurz Zeit. Ich würde dich gern etwas fragen."

„Aber sicher. Möchtest du reinkommen? Ich habe gerade Tee aufgesetzt."

Wenig später saßen die beiden Frauen mit einer Tasse Tee vor sich an Tordis Esszimmertisch. Anni beschloss, nicht lange um den heißen Brei herum zu reden und stellte direkt die Frage, wegen der sie die ältere Dame aufgesucht hatte. „Sag mal Tordis, was weißt du über den Mann, der vorher in meiner Wohnung gewohnt hat? Johan Olsen?"

Tordis schien kurz überrascht, zögerte aber nicht lange mit einer Antwort. „Komischer Kauz", meinte sie bloß

„Was meinst du damit? War er in irgendwelche seltsamen Sachen verwickelt?"

„Nein, nicht das ich wüsste. Es ist aber auch nicht so, dass ich ihn sonderlich gut gekannt hätte, um so etwas überhaupt beurteilen zu können. Er hat zuletzt kaum noch seine Wohnung verlassen und wenn du ihm im Flur doch mal über den Weg gelaufen bist, hat er nicht mal gegrüßt, sondern ist einfach nur schnell an einem vorbeigehuscht. Und dann die Sache mit dem plötzlichen Verschwinden."

„Verschwinden? Ich dachte er wäre weggezogen?", hakte Anni überrascht nach.

„Ja, das erzählen alle. Aber so wirklich weiß niemand, wo er hin ist." Tordis führte ihre Tasse zum Mund und nahm vorsichtig einen Schluck Tee.

Anni wartete gespannt, ob die Dame das Ganze noch weiter ausführen würde.

„Jedenfalls hieß es plötzlich, er wäre ausgezogen. Aber er hat seine Sachen nicht mal selbst geholt, sondern hier ist so ein seltsamer Packdienst aufgetaucht und hat seinen ganzen Kram einfach in einen Transporter geworfen. Das fand ich schon sehr ungewöhnlich. Aber gibt es einen Grund, warum du das alles wissen willst?"

„Ich habe einen Brief für ihn bekommen. War heute in der Post. Deswegen habe ich mich gefragt, ob du weißt, wo er inzwischen wohnt." Anni war bewusst, dass das nicht mal annährend an ihre wahren Beweggründe herankam. Aber es machte nicht den Anschein, als könne Tordis Anni die Auskunft geben, die sie erhofft hatte, weshalb sie beschloss ihren mysteriösen Traum, sowie die Tatsache, dass sie den Brief ihres Vormieters geöffnet hatte, für sich zu behalten.

Allerdings fiel es Anni sehr schwer, sich auf das weitere Gespräch mit Tordis zu konzentrieren, da sie in Gedanken keinesfalls mit dem Thema abgeschlossen hatte.

<u>Tromsø, Freitag 15:25 Uhr</u>

Anni hatte eigentlich vorgehabt, vor der Tour noch ein Nickerchen zu machen, um fit für die Nacht zu sein. Doch als sie kurz nach dem Besuch bei Tordis bei sich auf dem Sofa lag, schweiften ihre Gedanken noch immer ab und kreisten um die Frage, was es mit Johan Olsen und seinem plötzlichen Verschwinden, wie Tordis es bezeichnet hatte, auf sich hatte. Und warum zur Hölle träumte Anni von ihm? Das Ganze ließ Anni einfach nicht zur Ruhe kommen.

Sie war so in ihre Gedanken vertieft, dass sie nicht mitbekam, wie die Zeit verging. Als ihr Handywecker neben ihr plötzlich losging, schreckte sie zusammen.

„Verdammt.“

Anni hatte kein Auge zugemacht und jetzt musste sie schon los. Das würde eine lange Nacht werden.

Tromsø, Freitag 16:52 Uhr

Der Bus parkte schon an dem ausgemachten Treffpunkt vor dem Hotel, als Anni um die Ecke bog. Sie war froh, dass es sich um eine Bustour handelte und sie nicht mit dem Boot unterwegs sein würden. Keine zehn Wikinger hätten sie nach dieser Nacht auf ein Boot bekommen.

Vor der offenen Bustür erblickte sie Per, den Tourguide, Mortan und ein junges Mädchen, nicht älter als achtzehn. Per beschäftigte öfter junge Leute aus anderen Ländern, die gerne ein bisschen Auslandserfahrung sammeln wollten.

Anni begrüßte alle und stellte sich dann zu dem jungen Mädchen, das sich als Marie vorstellte, um etwas Abstand zu Mortan zu haben. Sein Anblick löste ein Chaos an Gefühlen in ihr aus: Verwirrung, weil sie nicht wusste, was der gestrige Abend und vor allem ihr Traum zu bedeuten hatten und wie sie sich ihm gegenüber jetzt verhalten sollte. Bedenken, dass ihr Arbeitsverhältnis darunter leiden könnte. Angst, auch wenn sie nicht genau wusste wovor. Und dann war da noch diese Anziehung und der Gedanke daran, wie es sich angefühlt hatte ihn zu küssen, welchen sie aber am liebsten vertreiben wollte. Da half es nicht, dass Per sie, nachdem alle Gäste eingestiegen waren, im Bus nebeneinandersetzte, sodass sie gezwungen war, die nächsten Stunden Schulter an Schulter mit ihm da zu sitzen und angespannten Small Talk zu führen. Mortan schien das allerdings weniger Probleme zu bereiten, denn er gab sich ganz locker und Anni war dankbar, dass auch er sich wohl vorgenommen hatte, den vergangenen Abend erst einmal auszuklammern.

Als sie am ersten Haltepunkt ankamen, stiegen alle aus und Anni war froh, an die frische Luft zu kommen. Es war schnell klar, dass sie an diesem Haltepunkt auf keine Nordlichter treffen würden, trotzdem begannen sie warme Getränke und Snacks zu verteilen.

Anni erkannte ein deutsches Pärchen wieder, das die Tour erst vor wenigen Tagen bei ihr gebucht hatte.

Die beiden verwickelten sie gleichdarauf in ein Gespräch.

Nach einer Weile forderte Per alle auf wieder im Bus ihre Plätze einzunehmen. Gestärkt setzten sie alle ihre Tour fort.

Zu Annis Erleichterung hatte sie für die nächste Stunde den Sitz für sich, da Mortan vorne bei Per saß und ihm half auf dem Nordlichtradar die beste Fahrtroute auszumachen. Zwischendurch teilten Marie und Anni immer wieder Getränke aus und versuchten die Leute bei Laune zu halten, die inzwischen schon ungeduldig wurden und ständig fragten, wann sie denn endlich Nordlichter zu sehen bekommen würden.

Es war schon weit nach zehn Uhr, als Per endlich über den Buslautsprecher verkündete, dass sie gleich halten würden.

Kaum parkte der Bus, drückten sich die Leute auch schon die Nase an der Scheibe platt oder drängten sich bereits an die Tür.

Anni fand es immer wieder interessant, wie aufgeregt Leute waren, wegen etwas, das für sie schon zur kalten Jahreszeit dazu gehörte, wie für andere der Schnee.

Die Gäste kamen in dieser Nacht allerdings wirklich auf ihre Kosten, denn der Himmel war von schillernden Grüntönen durchzogen, die sich wabernd bewegten. Alle hatten nur noch Augen für die bunten

Lichter und Mortan hatte alle Hände voll zu tun, um jedem gerecht zu werden, da jeder gerne ein paar professionell geschossene Bilder haben wollte.

Anni und Maries Dienste waren in diesem Moment erst mal zweitrangig und so beschloss Anni, sich ein bisschen die Beine zu vertreten um sich warm zu halten. Sie gab Marie Bescheid, knipste die Stirnlampe an und entfernte sich ein Stück von der Gruppe.

Der Schnee knirschte unter ihren Füßen, während sie tiefe Spuren im unberührten Schnee hinterließ. Der Marsch durch den Schnee stellte sich jedoch schnell als anstrengender heraus als gedacht. Er erfüllte aber auch seinen Zweck, da Anni nun auf jeden Fall wärmer war.

Sie konnte schon wieder das Stimmengewirr der Gruppe hören und vereinzelt ein paar Blitzlichter sehen, als sie ein lautes Rascheln hinter sich aus einem Busch vernahm. Erschrocken wandte sie sich um und das Licht ihrer Kopflampe erfasste den kahlen Busch. Sie konnte allerdings nichts entdecken. Jegliche Bedenken vergessend trat Anni einen Schritt näher an die dürren Äste, die nun einen langen Schatten auf den Schnee hinter sich warfen und Anni unweigerlich an lange gefährliche Klauen erinnerten. In diesem Moment vernahm sie ein erneutes Rascheln.

Den Erfahrungen der letzten Tage nach hätte Anni schon längst ihre Beine in die Hand nehmen und so schnell wie möglich zu den anderen zurückkehren sollen. Doch Anni war in diesem Moment komplett bewegungsunfähig.

„Hey, was machst du denn hier?"

Die Stimme kam von hinten und so unerwartet, dass Anni einen erschrockenen Schrei ausstieß. Bei dem Versuch sich schnell umzudrehen, blieb sie hängen und plumpste einfach vorwärts in den Schnee.

„Oh, Entschuldigung. Ich wollte dich nicht erschrecken. Alles gut bei dir?"

Anni hob den Kopf und ihre Kopflampe erfasste Mortan, der nun auf Anni zukam und ihr eine Hand entgegenstreckte. Anni gelang es allerdings eigenständig aufzustehen und klopfte sich den Schnee von den Klamotten.

„Alles gut. Ich dachte nur ich hätte dort etwas gehört", meinte Anni und wandte sich noch ein letztes Mal den dürren Büschen hinter sich zu.

„Was machst du überhaupt so allein hier? Marie meinte, du wolltest spazieren gehen, deswegen habe ich nach dir gesucht. Komm lieber wieder mit zu der Gruppe. Ich weiß nicht, wie sicher es ist, um diese Zeit hier allein umherzuwandern", meinte Mortan.

Anni war sich nicht sicher, auf was Mortan anspielte. Es gab nicht viele gefährliche Tiere in dieser Gegend. Trotzdem war sie froh, dass sie nicht mehr allein hier war und folgte ihm zurück zu der Reisegruppe. Einige waren inzwischen schon wieder zurück in den Bus gestiegen, um ihre kalten Glieder aufzuwärmen, ein paar waren allerdings immer noch damit beschäftigt möglichst perfekte Aufnahmen von sich und den Nordlichtern zu machen.

Anni und Mortan blieben vor dem Eingang des Buses stehen und beobachteten amüsiert die Touristen.

„Es tut mir übrigens leid wegen gestern Nacht. Ich hoffe, ich war nicht zu aufdringlich und du denkst nicht, dass ich der letzte Vollarsch bin", unterbrach Mortan die entstandene Stille. „Ich würde dich gerne, wenn du Lust hast, nochmal auf ein richtiges Date einladen. Einen Kaffee trinken gehen oder so."

Während Mortan sprach erklang augenblicklich Klaviermusik in Annis Kopf und sie war froh, dass er im Dunklen nicht ihr Gesicht sehen konnte.

„Nein, keine Sorge, sowas denke ich nicht."

„Da bin ich beruhigt."

VIERZEHN

Die sanfte Melodie drang an ihr Ohr und wie schon früher, besaß sie die Kraft ihren Körper und Geist zur Ruhe zu bringen. Ihr Puls wurde immer langsamer und die Schwere des Schlafes machte sich in ihrem Körper breit. Gleichzeitig legte die Kälte sich mit ihren eisigen Fingern um sie und durchdrang sie von außen nach innen.

Ein letzter Impuls in ihr sagte, dass sie dagegen ankämpfen musste. Ihre Muskeln zuckten und ihre Lieder flatterten bei ihrem schwachen Protest.

Die mystischen Gesänge hatten eine beinah hypnotische Wirkung auf sie und zogen sie immer weiter und weiter nach unten. So gab sie sich der unsichtbaren Hand hin, die nach ihr griff. Ewige Ruhe wartete auf der anderen Seite.

Das Wolfsgeheul, welches aus weiter Ferne an ihr Ohr drang, holte sie zurück, wenn auch nur so weit, dass ihr Verstand wieder einen Gedanken bilden konnte - Hunger.

Sie erinnerte sich, dass der Wolf nicht schlafen konnte, weil ihn der Hunger quälte.

Und genau wie der Wolf in dem Lied war auch sie noch nicht so weit, sich der Ruhe hinzugeben. Ihre Instinkte sagten ihr, dass sie noch nicht am Ende dieser Reise angelangt war.

Ein heftiger Ruck ging durch ihren Körper und sie riss die Augen auf.

Alles, was sie sah - war grün.

Der Himmel über ihr war grün. Giftgrün.

Wabernde Schleier bedeckten den Nachthimmel.

Die Bewegungen der Lichter fesselten ihren Blick.

Die melodischen Klänge und das Wolfsgeheul waren verschwunden und hinterließen eine erdrückende Stille. Die Kälte hatte sie noch immer fest im Griff, doch der Schlaf war gegangen.

Ein Knacken neben ihrem Ohr löste ihre Starre. Sie bewegte die steifen Finger und betastete die harte Oberfläche, auf der sich ihr Körper befand.

Eis. Sie lag auf Eis.

Ein erneutes Knacken erklang – beinah wie ein Bersten.

Sie setzte sich auf, was ein erneutes Knacken hervorrief. Ein Blick nach unten zeigte, dass der Boden unter ihr von Rissen durchzogen war, die sich langsam ausbreiteten – sie im Zentrum. Sie schüttelte die kalten Klauen ab und kam auf die Füße.

Von Panik getrieben rannte sie los. Die Eisfläche unter ihr fühlte sich mit jedem Schritt dünner und brüchiger an, als würde das Eis gleichzeitig schmelzen.

Das Grün der Lichter warf wilde Muster auf die Fläche vor ihr, doch es war ihr nicht möglich auszumachen, was sich vor ihr befand und ob sie in die richtige Richtung rannte. Als ihre nackten Füße auf Nässe trafen, flog ihr Blick nach unten und sie sah festen Boden unter ihren Füßen

Ihre Zehen erfühlten das hohe feuchte Gras. Als sie wieder aufblickte, befand sie sich inmitten von riesigen Bäumen. Sie konnte den Himmel nicht mehr sehen und auch das Grün der Nordlichter war verschwunden.

„Anni." Eine Stimme drang wie ein weit entferntes Echo an ihr Ohr.

Und dann ein Flüstern wie vom Wind herbeigetragen. „Komm zu mir!"

Es kam von allen Seiten. Immer wieder dieselben Worte. Trieben sie vor sich her.

„Anni. Lauf nicht vor mir weg." Die Stimme klang freundlich und einladend und Anni war versucht ihr zu folgen. Doch immer, wenn sie sich in ihre Richtung begab, wehte ihr eine erneute Windböe ins Gesicht.

Sie kämpfte gegen den Wind an, um zu der Stimme zu kommen.

„Anni"

Die Stimme wurde lauter. Sie war fast am Ziel.

„Anni!"

Sie blieb stehen. Es klang, als befände sie sich direkt hinter ihr. Sie drehte sich zu der Stimme um.

„Komm zu mir!"

Ein lautes Bersten. Und dann sah sie, wie ein mächtiger Baum direkt auf sie zustürzte.

FÜNFZEHN

„Anni?"

„Annike?"

Anni schlug die Augen auf. Weg waren die Bäume. Stattdessen blickte sie auf die Rückenlehne des Sitzes vor ihr. Sie blinzelte mehrfach, um sich endgültig ins Hier und Jetzt zu holen.

Mortans besorgtes und verwirrtes Gesicht erschien in ihrem Blickfeld. Er saß neben ihr, hatte sich schräg vor sie gebeugt und sie mit einer Hand am Arm gepackt. Als Anni ihn nun verwirrt anblickte, lehnte er sich wieder in seinem Sitz zurück.

„Was ist los?", fragte Anni.

„Du hast wohl einen schlechten Traum gehabt. Du hast plötzlich angefangen zu wimmern und ständig *Wo bist du? Wer ist da?* gerufen. Ist alles in Ordnung?", wollte Mortan wissen.

Anni runzelte die Stirn und versuchte, sich an den Traum zu erinnern. Die Stimme hallte in ihrem Inneren nach.

„Da waren überall Bäume", kam es über ihre Lippen. Im nächsten Moment wurde sie in ihrem Sitz nach vorne geworfen, als der Bus eine Vollbremsung hinlegte.

„Fuck, was war das?", entfuhr es Mortan neben ihr.

„Sorry Leute", rief Per nach hinten in den Bus, „da liegt ein riesiger Baum mitten auf der Straße. Hier geht's nicht weiter", verkündete er dann.

Durch das Manöver waren alle Insassen wach geworden und ein wuseliges Gemurmel erfüllte den Bus. Anni hingegen hatte es sogar den Atem verschlagen. Völlig erstarrt saß sie in ihrem Sitz.

„Oh Gott Anni, ist alles in Ordnung?", drang Mortans Stimme wie durch Watte an ihr Ohr. Sie merkte die Berührung seiner Hand.

Sie schüttelte kurz den Kopf und schloss die Augen, wie um den Schock abzuschütteln, was sogar Erfolg zeigte, da die Watte in ihren Ohren mit einem Mal verschwand.

„Anni?", wiederholte Mortan ihren Namen besorgt.

„Ja. Ja mir geht's gut", brachte sie schwerfällig über die Lippen.

„So siehst du aber nicht aus. Brauchst du was? Was zu trinken vielleicht?"

218

„Mortan", drang plötzlich Pers Stimme von vorne zu ihnen. „Kannst du bitte rausgehen und mir Leuchtzeichen geben. Hier ist eine Waldschneise. Ich versuch den Bus zu wenden."

„Klar, bin sofort da", rief Mortan und dann mit leiserer Stimme an Anni gewandt „Sicher, dass du nichts brauchst?"

Anni nickte erneut und Mortan stand zögerlich auf.

„Geh ruhig", forderte Anni ihn auf.

So hatte sie wenigstens Zeit in Ruhe ihre Gedanken zu sortieren.

Sie war eingeschlafen.

Und sogar hier im Bus war sie nicht vor ihren Träumen verschont geblieben.

Es hatte sich angefühlt, als stecke sie auch dieses Mal in großer Gefahr. Viel stärker jedoch als zuvor. Als wäre der Ursprung, von dem die Gefahr ausgeht, ganz in ihrer Nähe und riefe sogar nach ihr. Es war so kalt gewesen und gleichzeitig hatte es sich für Anni so verlockend angefühlt, sich einfach dem Schlaf hinzugeben. Und da war Musik gewesen. Aber nicht irgendwelche. Anni kannte dieses Lied nur allzu gut.

Das Lied über den Wolf hatte sie ihre halbe Kindheit über begleitet.

Es dauerte eine ganze Weile, den Bus auf der schmalen Landstraße zu wenden. Mortan rieb sich die kalten Hände, als er endlich wieder neben Anni im

Warmen saß. Anni brachte ihm etwas Warmes zu trinken und winkte bloß ab, als Mortan sich nach ihrem Albtraum erkundigte.

Der Umweg verzögerte die Rücktour um zwei Stunden und so kamen sie erst nach sechs Uhr wieder am Hafen in Tromsø an.

Auf den Gesichtern der Touristen war bloße Erleichterung zu sehen, als sie endlich aus dem Bus steigen konnten, um zurück in ihre Hotels zu kommen. Anni gab sich alle Mühe ein heiteres Gesicht aufzusetzen, als sie die Gäste am Ausgang freundlich verabschiedete und ihnen ab jetzt eine erholsame Restnacht wünschte. Es war ihr allerdings ganz anders zumute. Die wenigen Stunden Schlaf und ihr Traum hatten ihr stark zugesetzt und sie war froh, als alle den Bus verlassen hatten.

„Mach's gut Per."

„Bis zum nächsten Mal, Anni. Und danke nochmal fürs Einspringen", rief Per ihr noch nach, während sie schon aus dem Bus stieg, mit dem Wunsch so schnell wie möglich nach Hause zu kommen.

„Ich bin mit dem Auto da. Soll ich dich heimbringen? Du wirkst ein bisschen neben der Spur, wenn ich das so sagen darf." Mortan hatte anscheinend draußen auf sie gewartet und trat nun auf sie zu. Er schien sich ernsthafte Gedanken um Anni zu machen und ihr fiel kein wirklicher Grund ein, das fürsorgliche Angebot nicht anzunehmen. Sie nickte dankbar und folgte Mortan, der seinen Jeep nur eine Querstraße weiter geparkt hatte, zum Auto.

„Puh, das war ja ne lange Nacht. So anstrengend hab ich mir meinen ersten Arbeitstag nicht vorgestellt." Mortan lachte. „Ich dachte, ich knips ein paar Bilder und ehe ich mich versehe, liege ich wieder in meinem Bett."

Anni zog die Augenbrauen hoch. „Bereust du es etwa schon?"

„Quatsch, so war das nicht gemeint. Ich warte schon die ganze Zeit auf so eine Chance."

„Aber es ist doch bestimmt nicht schwer, als begabter Fotograf Aufträge zu bekommen, oder?", hakte Anni nach.

„Das nicht, aber ich wollte schon seit Längerem mehr im Team arbeiten und nicht nur als einsamer Wolf unterwegs sein."

Anni dachte einen Augenblick über Mortans Worte nach. War es Zufall, dass er sich selbst als Wolf bezeichnete? Und wie war es mit Anni? Sah sie sich meist nicht auch eher als Einzelkämpfer? Zwei einsame Wölfe?

Ihre Gedanken führten vom einen zum anderen und schon wieder war sie drauf und dran Parallelen zwischen der Realität und ihren Träumen zu suchen, die vielleicht einfach nicht da waren. Mortan konnte unmöglich den schwarzen Wolf in ihrem Traum darstellen. Er war nicht gefährlich

„Hallo Anni, alles okay bei dir?"

Hektisch wandte Anni sich wieder Mortan zu, der sie etwas besorgt von der Seite anschaute, und nickte. „Ja, ich bin nur echt müde." Wie um das zu verdeutlichen, gähnte Anni übertrieben.

„Wir sind ja fast da. Dann kannst du dich ausruhen."

Überrascht stellte Anni fest, dass sie tatsächlich gerade in ihre Straße abbogen. Dafür, dass Mortan beim letzten Mal auch alkoholisiert gewesen war, hatte er sich erstaunlich gut gemerkt, wo Anni wohnte. Er hielt vor ihrem Haus und stellte den Motor ab. Anni hatte die Hand schon am Griff, da hielt sie in der Bewegung inne.

„Magst du vielleicht noch auf einen Tee oder Kaffee mit hochkommen? Ich schulde dir glaub ich noch einen", fragte sie spontan.

Mortan grinste und löste seinen Sicherheitsgurt. Als sie wenig später gefolgt von Mortan ihre Wohnung betrat, kam ihnen Buscuit maunzend entgegen. Anni meinte, die pure Empörung aus den Lautäußerungen des Katers herauszuhören, und so füllte sie ihm umgehend eine extra Portion Futter in seinen Napf in der Küche.

„Setz dich - äh warte." Eilig räumte Anni zwei Stühle frei, auf denen sie Kartons abgestellt hatte.

Als sie Mortan das Angebot gemacht hatte, hatte sie kurz verdrängt, dass ihre Wohnung nicht dazu einlud, heiße Kollegen auf einen Tee hochzubitten. Zu ihrem Unmut schaute Mortan sich auch noch besonders interessiert um.

„Willst du Tee? Ich habe auch irgendwo noch Kaffee, falls dir das lieber ist. Oder Wasser?", fragte Anni, während sie die Kanne auf die Herdplatte stellte, um heißes Wasser zu kochen.

Mortan nahm seinen Schal ab und legte ihn mit seiner Jacke auf einen von Annis Küchenstühlen. „Tee ist super", erwiderte er und wandte sich ab um, wie es schien, Annis Wohnküche etwas genauer in Augenschein zu nehmen.

Anni war es unangenehm, dass hier noch immer so ein heilloses Durcheinander herrschte, aber sie war gleichzeitig zu müde, um sich darüber jetzt großartig Gedanken zu machen. Sie war allerdings froh, dass sie vor Berets Besuch zumindest ihr Geschirr eingeräumt hatte.

„Schöne Wohnung" meinte Mortan. „Wohnst du schon lange hier?"

„Knapp einen Monat."

„Ah okay, ich hatte mich gefragt, ob du grade ein oder ausziehst", feixte er mit einem Nicken Richtung Kartonberg.

Anni presste die Lippen aufeinander.

„Und wo sind jetzt die Kunstwerke, die von deinem erlesenen Geschmack zeugen? Sieht noch ziemlich kahl aus alles", stichelte Mortan.

Anni wandte sich beschämt zum Herd um, als Mortan sie an ihre kleine Flunkerei erinnerte.

„Ich habe ehrlich gesagt keine Ahnung von Kunst. Also klar gibt es Sachen, die mir gefallen. Aber ich könnte nie ein teures Kunstwerk von einem anderen unterscheiden." Anni nahm zwei Tassen und Tee aus dem Schrank und schaute Mortan etwas zerknautscht an. „Aber ich schreibe öfter Mal für die Zeitung über touristische Ereignisse. Da kommt es auch vor, dass ich von Ausstellungen und Künstlern aus der Gegend berichte. Wobei das wahrscheinlich auch eher unbedeutende Leute in der Kunstbranche sind", plapperte sie drauf los.

„Alles gut. Ich mach doch nur Spaß. Außerdem kann man Kunst auch mögen, ohne sie zu verstehen. Die Kunst ist es ja, mit dem, was man erschafft, auch die zu erreichen, die es vielleicht nicht begreifen. Kunst ist nicht für den Verstand, sondern für das Herz."

Anni war etwas irritiert über Mortans philosophischen Erguss, aber sie wollte auch nicht, dass er das Gefühl bekam, sie würde ihn nicht ernst nehmen.

„Ich habe gehört du schreibst auch Bücher", sagte Mortan, als Anni ihm gerade heißes Wasser über seinen Teebeutel goss.

„Äh ja." Sie fragte sich, wer ihm diese Info nach zwei Tagen Arbeit schon zugetragen haben konnte.

„Damit ist es doch genau dasselbe. Auch wenn jemand die versteckten Botschaften in deinen Geschichten nicht verstehen mag, so kann er doch trotzdem von den Emotionen, die du erzeugst, berührt werden. Jeder hat eine andere Art, wie er Kunst wahrnimmt. Die einen verstehen sie, die anderen fühlen sie."

Anni wusste nicht recht, wie sie auf Mortans Worte reagieren sollte, deswegen starrte sie ihn bloß an.

„Entschuldige. Da ist es wohl ein bisschen mit mir durchgegangen.", lachte Mortan, dem Annis Gesicht wohl nicht entgangen war.

Mortan wechselte das Thema und verwickelte Anni in eine Unterhaltung, sodass sie ihre Müdigkeit beinah völlig vergaß.

„Könnte ich mal dein Bad benutzen?" Mortan schob seine Teetasse etwas von sich und erhob sich schon halb.

„Klar. Im Flur die linke Tür."

„Danke."

Mortan hatte gerade den Raum verlassen, da zeigte Annis Handy einen Anruf an.

„Hallo Iben, was gibt es?"

„Hey ich weiß, das ist jetzt mega kurzfristig, aber Bente hatte gerade einen Notfall und ich habe in einer Stunde einen wichtigen Termin. Ich will Malin nicht unbedingt mitnehmen, deswegen hatte ich gehofft, du könntest rüberkommen und zwei, drei Stunden auf sie aufpassen."

Anni überlegte kurz, beschloss aber, dass ein paar Stunden Schlafmangel mehr inzwischen auch keinen Unterschied mehr machen würden. „Ja, kein Problem, Iben. Ich bin in einer halben Stunde da." Anni legte auf und ging in den Flur.

„Mortan, ich muss…", Anni verstummte als sie Mortan im Flur entdeckte, die Hand an ihrer Schlafzimmertür.

„Was machst du da?", wollte sie wissen.

Mortan wirkte kurz sprachlos. „Äh ich war mir nicht mehr sicher durch welche Tür ich gekommen war."

Anni fand diese Aussage zwar etwas merkwürdig, da ihre Wohnung nun wirklich nicht groß war, beschloss aber kein großes Thema daraus zu machen.

„Ich muss dringend los. Meine Schwester braucht einen Babysitter. Tut mir leid, wenn ich dich jetzt so vor die Tür schmeiße."

„Oh jetzt direkt?"

„Ja leider." Anni griff schon zu Mantel und Schlüssel.

Mortan hatte sich noch immer nicht vom Fleck bewegt, während Anni schon aufbruchbereit vor ihm stand.

„Okay, schade. Dann hol ich mal meine Sachen." Mortan schob sich durch den Spalt der Küchentür.

226

Gleichdarauf erschien er wieder im Flur, seinen Mantel über dem Arm.

Anni machte die Tür auf und trat raus ins Treppenhaus. „Danke, dass du mich noch heimbegleitet hast."

An der Straße verabschiedeten sie sich und Anni stieg in ihr Auto. Im Rückspiegel sah sie noch, wie Mortan am Gehweg verweilend ihrem Auto nachblickte.

Kaldfjørd, Samstag 09:26 Uhr

„Du bist ein Schatz!", begrüßte Iben Anni schon an der Tür, die kleine Malin auf dem Arm. „Spätestens um eins bin ich wieder zurück. Ich hoffe, das ist okay?"

„Klar, hau schon ab." Anni streckte die Arme aus, um Malin in Empfang zu nehmen. „Wir zwei machen uns jetzt eine schöne Zeit. Hast du noch Kaffee über?", fragte sie dann an Iben gewandt, die etwas verblüfft wirkte.

„Äh ja, in der Kanne neben der Mikrowelle. Müsste auch noch heiß sein. Aber ich frag mich grade, wann ich es mal erlebt habe, dass du dich so explizit nach Kaffee erkundigst."

„Erzähl ich dir später. Du musst doch los."

Iben warf einen Blick auf ihr Handy und griff dann eilig zu Mantel und Schlüssel. „Allerdings. Also, danke nochmal. Wünsch euch viel Spaß." Sie drückte ihrer Tochter im Vorbeigehen noch einen Kuss auf die Wange.

„So Motte, dann zieh ich mich erst mal aus." Anni stellte Malin auf dem Boden ab und hängte ihre Sachen an die Garderobe. „Was willst du denn mit der Tante machen?", wandte sie sich dann wieder an ihre kleine Nichte.

„Buch kucken", kam prompt die Rückmeldung und Anni war froh, denn das bedeutete, sie konnte sich einfach gemütlich aufs Sofa kuscheln.

Während Malin schon ins Wohnzimmer vorrannte, holte sich Anni in der Küche noch eine Tasse Kaffee. Sie legte noch ein Stück Holz an und kuschelte sich dann mit Malin, die bereits ein Buch angeschleppt hatte, in eine Decke aufs Sofa.

„Gudbrand vom Berg", las Anni vor. Sie erkannte das Buch. Ihre Mutter hatte Iben und ihr schon daraus vorgelesen, als sie noch klein waren.

Trotz Kaffee merkte Anni nach einer Weile, wie ihre Augenlieder immer schwerer wurden und sie regelrecht gegen die plötzlich eintretende Müdigkeit ankämpfen musste. Als sie ein kleines Schnarchen vernahm und mit einem Blick auf Malin feststellte, dass ihre Nichte ebenfalls von der Müdigkeit überrollt worden war, klappte sie das Buch zu und legte

es zur Seite. Keine Minute später schweifte sie ebenfalls in die Traumwelt ab.

229

SECHZEHN

Das Gehöft lag weit weg am Abhang eines Berges. Dort lebten sie zufrieden und verträglich zusammen. Sie besaßen ein Stück Ackerland, genügend Ersparnisse und im Stall standen zwei gesunde Kühe.

Eines Tages kam die Mutter auf die Idee, dass sie ja nicht beide Kühe bräuchten, und schickte ihre Tochter los in die Stadt, um eine der Kühe zu verkaufen.

Drei Stunden stand die Tochter mit dem Namen Annike auf dem Marktplatz, doch niemand interessierte sich für die Kuh. So beschloss Annike, die Kuh wieder mit nach Haus zu nehmen.

Sie war noch nicht allzu lang unterwegs, da begegnete ihr Olaf, der nette Postbote, auf seinem Pferd.

„Hallo Annike, das ist aber eine schöne Kuh, die du da hast. Wie gerne hätte ich auch so frische Milch für mein Müsli morgens. Würdest du deine Kuh gegen mein Pferd tauschen?"

Annike dachte sich, es wäre ja nicht schlecht ein Pferd zu haben statt zwei Kühe und so tauschte sie die Kuh gegen das Pferd.

Sie war erst kurze Zeit mit dem Pferd unterwegs, da begegnete ihr Agnes, die Bäckersfrau mit einem Schwein.

„Wie toll wäre doch so ein Pferd. Dann könnte ich es vor einen Karren spannen und müsste meine Brotlieferungen nicht mehr zu Fuß austragen." Agnes war ganz angetan von dem Pferd und schlug Annike vor, es doch gegen ihr Schwein zu tauschen.

Annike überlegte kurz und ging dann den Handel ein.

Doch auch mit dem Schwein kam sie nicht weit, denn da kreuzte Len mit seiner Ziege ihren Weg.

„Diese Meckerziege geht mir so auf die Nerven. Ich muss dringend heim zu Beret. Was hast du ein Schwein, dass du keine Ziege hast", beneidete Len sie.

Annike hat so ein Mitleid, dass sie ihr Schwein gegen die Ziege tauschte.

Sie war noch keinen Meter gelaufen, da die Ziege sich weigerte einen Schritt zu tun, da kam Ulrik, der Stallhelfer, mit seinem Schaf vorbeigejoggt.

„Ich brauche dringend eine Pause. Hier, willst du mein Schaf nehmen und ich bleibe hier mit der Ziege?"

Da Annike wieder nach Hause wollte und es bald dämmern würde, ging sie erneut einen Tausch ein.

Glücklich joggte sie mit ihrem Schaf weiter, doch da begegnete ihr ihr Chemielehrer Herr Ruud mit einer Gans.

„Ach, hallo Annike, welch schönes Schaf. Möchtest du es gerne gegen meine Gans tauschen?"

Annike überlegte lange, denn sie mochte das Schaf eigentlich recht gerne.

„Vielleicht könnte ich obendrein noch etwas an deinen Noten machen…" Herr Ruud zwinkerte und so ließ sie sich auch diesmal auf den Deal ein.

An der nächsten Weggabelung wartete Oma Vilde mit ihrem Hahn.

„Wie wunderbar. Ich suche schon den ganzen Tag nach so einer prächtigen Gans wie deiner. Überlässt du sie mir, mein liebes Kind? Du kannst mit meinem Hahn weiterziehen. Er ist ein hervorragender Wecker."

Ob Gans oder Hahn, das war nun auch egal, dachte Annike und ging mit dem Hahn weiter. Da kam sie an einem kleinen Stand vorbei, der frischgebackenes Brot und Käse verkaufte, und da bemerkte sie, wie hungrig sie doch war. Sie hatte jedoch keine einzige Krone einstecken. Der Budenbesitzer sah ihre Not und bot ihr an, ihren Hahn im Austausch für etwas zu Essen zu nehmen.

Annike ging auch auf diesen Handel ein und ließ sich das warme Brot schmecken.

Fast zuhause traf sie auf Iben und berichtete von ihrem Tag in der Stadt.

„Oh, da wird deine Mutter aber gar nicht froh sein, wenn sie das hört."

„Ach quatsch, meine Mutter hat noch nie etwas falsch gefunden, das ich getan habe."

„Naja, da bin ich mir nicht so sicher."

„Wollen wir wetten?"

Also gingen sie gemeinsam zu Annikes Mutter und sie erzählte ihr von ihrem Tag.

Als sie berichtete, dass keiner die Kuh kaufen wollte, meinte die Mutter, dass das nicht schlimm sei. Sie könnten sie auch behalten.

Da erklärte Annike, dass sie die Kuh gegen ein Pferd getauscht hatte. Das fand die Mutter ganz wundervoll.

„Dann können wir immer in die Stadt reiten", freute sie sich.

Doch Annike erklärte, dass sie das Pferd gegen ein Schwein getauscht hatte.

Da war die Mutter fast noch mehr begeistert. „Wie schön, es kann all unsere Abfälle fressen und wenn es schön fett ist, können wir es schlachten."

Annike fuhr fort, dass sie es allerdings gegen eine Ziege getauscht hatte. Auch hier hatte die Mutter nichts dagegen. Da sagte sie, dass sie die Ziege gegen ein Schaf getauscht hatte. Da war die Mutter ganz aus dem Häuschen und klatschte begeistert in die Hände.

„Das Schaf habe ich allerdings gegen eine Gans eingetauscht", fuhr Annike fort.

Da wurde das Gesicht der Mutter plötzlich rot vor Zorn. „Du hast was? Du hast das Schaf eingetauscht? Was hast du denn stattdessen mitgebracht?"

„Nichts, ich habe die Gans gegen einen Hahn und den Hahn gegen etwas zu Essen eingetauscht, da ich so einen Hunger hatte."

„Das meinst du doch nicht ernst, oder? Wir hätten die Wolle von dem Schaf so wundervoll gebrauchen können. Von was sollen wir denn leben? Irgendwie muss ich doch dein Mäulchen stopfen."

„Aber Mutter, so geht doch das Märchen von Gudbrand vom Berge nicht zu Ende", warf Annike ein.

Gerade als sie das sagte, erklang Lärm von draußen vom Hof. Eilig rannten sie alle nach draußen und erschraken, als sie sahen, was für ein Chaos dort herrschte. Überall auf dem Hof rannten Tiere aus Wolle umher, sprangen aus den Fenstern der Ställe und den Berg hinab.

„Wer hat denn die Fenster offengelassen? Kind, renn und fang die Tiere ein", rief die Mutter und Annike gehorchte. Doch die Tiere waren zu schnell für sie. Und während sie so rannte, bekam sie das Gefühl, dass sie die Gejagte war.

Plötzlich hörte sie etwas hinter sich und sah, wie ein riesiger Wollknäuel den Berg hinter ihr hinabrollte, geradewegs auf sie zu. Sie konnte gerade noch ausweichen, da polterte das Monsterknäuel an ihr vorbei und zermalmte alles auf seinem Weg. Annike wog sich gerade in Sicherheit, als eine riesige Hand ihren Körper packte und hochhob, als wäre sie eine Puppe. Sie sah nicht, woher diese Hand gekommen war, sie sah nur, wie die Welt unter ihr immer kleiner wurde und am Horizont eine Horde Wolltiere, die davon rannte.

Etwas zog an ihren Haaren…

SIEBZEHN

„Aua" Anni schlug die Augen auf. Sie saß noch immer in Ibens Wohnzimmer auf dem Sofa. Malin hockte mit großen Augen vor ihr. Eine ihrer kleinen Hände hielt noch immer eine Strähne von ihren Haaren umschlossen, an denen sie gerade gezogen hatte.

„Hey, warum machst du denn sowas?", wollte Anni wissen und löste Malins Hand.

„Tante nicht aufgewacht", erklärte Malin.

Als Anni sich aufsetzte, rutschte das aufgeschlagene Märchenbuch von ihrem Schoß. Sie lehnte sich vor, um es wieder aufzuheben. Auf der aufgeschlagenen Seite war das Bild von Gudbrand und seiner Frau zu sehen, die sich über jede seiner Entscheidungen freute und etwas Positives daran fand, selbst als sie erfuhr, dass er ohne alles nach Hause gekommen war.

Anni stand auf und legte das Buch auf den Couchtisch. Dann hielt sie kurz inne. „Du Malin, geh schon mal und hol etwas, was du spielen möchtest. Die Tante ruft nur mal kurz die Oma an." Einem Impuls folgend ging Anni in den Flur und fischte ihr Handy aus der Manteltasche. Dann wählte sie die Nummer ihrer Mutter, die auch nach dem zweiten Freizeichen abnahm.

„Hallo, Anni Schatz, was kann ich für dich tun?"

„Hey Mum, ich wollte nur mal kurz hören, ob bei euch alles in Ordnung ist? Bist du zuhause?"

„Nein, Tjore und ich sind dieses Wochenende zu Oma Vilde gefahren. Hat Iben dir das nicht erzählt?"

„Und wer ist auf dem Hof?", wollte Anni wissen.

„Ulrik kümmert sich morgens und abends um die Tiere. Was ist denn los?"

„Alles gut Mum. Genießt euren Ausflug." Anni verabschiedete sich von ihrer Mutter und kehrte dann zurück zu Malin ins Wohnzimmer, die bereits einige Kuscheltiere zusammengetragen und in einem Kreis aufgesetzt hatte, wie für ein Kaffeekränzchen. Anni stockte kurz der Atem, als sie die verschiedenen Hoftiere in Plüschform auf dem Boden erblickte, versuchte sich aber Malin gegenüber nichts anmerken zu lassen und setzte sich zu ihrer Nichte auf den Boden.

Anni hörte, wie sich ein Schlüssel im Schloss drehte und Ibens Rückkehr ankündigte.

Malin sprang auf, um ihre Mutter in Empfang zu nehmen.

Anni setzte sich an den Esstisch und wartete im Wohnzimmer bis Iben und Malin zurückkehrten.

„Hi, da bin ich wieder." Iben kam mit Malin auf dem Arm in den Raum und setzte sie bei ihren Kuscheltieren ab. „War alles gut?", fragte sie und nahm Anni gegenüber am Tisch Platz.

„Ja, Malin war ein Engel", sagte Anni etwas abwesend, während sie ihre Nichte beobachtete.

„Und bei dir auch alles gut? Du siehst etwas blass aus."

„Ich habe wieder geträumt", erklärte Anni und blickte auf. Ihre Miene war ernst.

„Du meinst wie letztens die Sache mit dem Elch? Was war es denn diesmal? Papa als Rentier?" Ibens Lachen verstummte, als sie Annis Gesicht sah.

„Ja, lach mich ruhig aus, aber mir ist gar nicht danach zumute."

„Es tut mir leid. Ich wusste nicht, dass dir diese Träume so zusetzen."

„Es sind gar nicht unbedingt die Träume selbst. Obwohl, doch. Ich schlaf extrem scheiße seitdem.

Aber was mich eigentlich beschäftigt, ist, was danach passiert."

„Was meinst du?", Iben runzelte die Stirn.

„Zum Beispiel die Tatsache, dass mir letzten Sonntag auf dem Heimweg von dir, kurz nachdem wir über Elche geredet haben, so ein Teil vor mein Auto läuft."

„Oh Mist, ist dir was passiert?", fragte Iben besorgt.

„Nein, ich konnte zum Glück noch rechtzeitig bremsen. Aber die Art, wie das Vieh mich angestarrt hat – einfach unheimlich."

Anni sah in diesem Moment wieder die Augen des Wildtieres vor sich, wie sie sie eindringlich anblickten, als würde es ihr etwas sagen wollen.

„Ich will mich da ja auch gar nicht reinsteigern, aber das war nicht das einzige Mal. Nach jedem Traum und besonders in den letzten zwei Tagen sind echt verrückte und teilweise gruselige Sachen passiert, sodass ich langsam nicht mehr an Zufälle glaube."

„Okay, das klingt schon ein bisschen unheimlich. Und es hatte jedes Mal etwas mit deinem Traum zu tun?"

Anni nickte. „Mehr oder weniger, ja."

„Und was hast du diesmal geträumt?", wollte Iben wissen.

„Von Gudbrand vom Berge"

„Bitte was?" Iben schaute etwas ungläubig und Anni konnte es ihr nicht vorhalten. Sie fand das Ganze selbst äußerst seltsam.

„Ich habe Malin die Geschichte vorgelesen, bevor ich eingeschlafen bin, und im Traum war ich dann quasi Gudbrand und wollte unsere Kuh verkaufen. Mum war seine Frau in der Geschichte und die Leute, mit denen ich getauscht habe, waren alles irgendwelche Leute, die ich kenne, aber scheinbar völlig wahllos. Du kamst auch vor. Du warst der Nachbar", versuchte sie ihren Traum für Iben zusammenzufassen. „Und dann, als ich Mum von allem erzählt habe, ist sie total ausgerastet, als ich sagte, ich hätte das Schaf eingetauscht. Und dann sind plötzlich überall Tiere aus Wolle rumgerannt, beziehungsweise sie sind aus den offenen Stallfenstern ausgebrochen und ich wäre beinah von einem riesigen Wollball zerquetscht worden..." Anni hielt inne.

Iben blickte sie bloß mit großen Augen an, doch dann musste sie lachen.

Anni blickte sie verstört an. „Warum lachst du?"

„Sorry, aber das hört sich alles nach einem ziemlich normal-verrückten Traum an. Und die Tatsache, dass du deine Mutter mit Wolle in Verbindung bringst, ist so verständlich. Schau dich um." Iben lehnte sich nach hinten und griff zu einem Stoffhasen, der hinter ihr auf dem Regal saß, und warf ihn Anni dann auf den Schoß. „Den hat sie Malin vorgestern geschenkt.

Ich weiß bald nicht mehr wohin mit den ganzen Kuscheltieren, Mützchen und Söckchen."

„Iben, ich glaube du verstehst das echt nicht. Es ist echt kranker Scheiß passiert die letzten Tage und ich mach mir Sorgen, dass auf dem Hof etwas nicht stimmt. Ich habe Mum schon angerufen, aber ich wusste nicht, dass sie bei Oma Vilde sind. Ich glaube ich fahr jetzt am Hof vorbei und schaue, ob alles in Ordnung ist, sonst lässt mich das nicht los."

Iben schien die Dringlichkeit in Annis Stimme zu bemerken, da sich auf den Schenkel klopfte und aufstand. „Dann auf, ich komme mit."

Es waren nur wenige Autominuten von Iben zu dem Hof ihrer Eltern. Als sie in die Einfahrt des Grundstückes einbog, merkte Anni, wie sich ihr Puls beschleunigte. Was würde sie hier gleich erwarten?

Auf den ersten Blick lag der Hof ruhig und friedlich da. Alles war dunkel, nur eine Lampe vor dem Stall leuchtete auf, als sie ihren alten Corsa davor parkte.

„Scheint alles ruhig zu sein", kommentierte Iben die Situation.

„Ich werde trotzdem nach den Tieren schauen. Man weiß ja nie."

„Ich warte hier, wenn es okay für dich ist. Ruf, wenn du mich brauchst", meinte Iben mit einem Blick auf den Rücksitz, wo ihre Tochter wieder eingeschlafen zu sein schien.

Anni nickte, schaltete dann den Motor ab und stieg aus. Der Hof war weitestgehend von Schnee und Eis befreit und an einigen Stellen knirschte der Schotter unter Annis Sohlen auf ihrem Weg zum Stalltor.

Annis Mutter und Ibens Vater waren schon ein Paar seit Anni denken konnte. Sie wusste zwar, wer ihr leiblicher Vater war, aber im Herzen war Tjore immer ihr Papa gewesen, genauso wie Iben ihre Schwester war.

Ihre Eltern führten hier auf der Insel Kvaløya das Erbe von Ibens Großeltern fort. Eine kleine Schaffarm mit rund dreißig Tieren, die die Sommer in den Bergen verbrachten und nur jetzt in der kalten Jahreszeit ihr Domizil auf dem Hof hatten. Ibens Großvater war inzwischen verstorben. Ihre Großmutter Vilde war zu Tjores Schwester gezogen, da sie sich mittlerweile nicht mehr gut selbst versorgen konnte und Tjore und Sylka die Zeit nur schwer aufbringen konnten.

Das kleine Häuschen neben der Farm, das sie einst bewohnt hatte, diente inzwischen als Touristenunterkunft.

Die Farmarbeit hatte schon lange nicht mehr ausgereicht, um eine Familie zu ernähren, weshalb Tjore nebenbei als Elektriker tätig war und Sylka einen kleinen Wollladen betrieb, in dem sie ihr Talent zum Stricken und Häkeln auslebte und ihr Wissen gern an die Kundschaft weitergab.

Annis Mutter war früh mit Anni schwanger geworden, mit gerade mal 22. Sie hatte Ingvald, Annis Vater, während dem Studium kennengelernt, als er für ein Austauschsemester als Professor an der Tromsøer Universität unterrichtet hatte.

Sylka hatte Anni vor einigen Jahren ihre Kennenlerngeschichte erzählt und Anni musste feststellen, dass es keine dieser kitschig-süßen Geschichten war.

Nein, Anni wurde bei einem One-Night-Stand gezeugt und es hatte nie eine ernsthafte Beziehung zwischen Ingvald und Sylka gegeben.

Ingvald war wieder zurück nach Bergen an die Uni gegangen und Sylka war mit Anni hiergeblieben, hatte so lange es ging versucht weiter zu studieren und sich mit Kellnerjobs über Wasser gehalten. Annis Großeltern mütterlicherseits waren leider schon früh verstorben.

Erst als Sylka Tjore kennenlernte und sie zu ihm auf den Hof zogen, hatte Anni eine echte Familie gehabt.

Ihren Vater hatte sie all die Jahre nur in den Ferien gesehen, wobei sie die meiste Zeit jedoch bei ihren Großeltern in Bergen verbracht hatte.

Anni ging alle Stallungen ab. Sie schaute nach, ob die Tore bei den Schafen alle verschlossen waren und ob sie genügend Fressen und Trinken bis zum Abend hatten. Ulrik war anscheinend wie versprochen am

Morgen da gewesen, denn die Schafe malmten noch gemütlich an den Resten ihrer Ration Heu.

Sie konnte nichts Ungewöhnliches entdecken und so verließ sie den Stall wieder und verschloss das große rote Tor.

Auch das Old House stand friedlich und dunkel da. Anscheinend hatten sie zurzeit keine Besucher.

Einerseits war Anni froh, dass alles in Ordnung war, aber andererseits wurde sie das ungute Gefühl trotzdem nicht los, als sie zurück zu Iben und Malin ins Auto stieg. Es war wie mit einem herannahenden Sturm von dem Anni wusste, dass er kommen würde. Sie wusste nur nicht wann und welche Ausmaße er annehmen würde.

Kaldfjørd, Samstag 14:19 Uhr

Anni winkte Iben und Malin noch nach und wartete bis die beiden im Haus verschwunden waren.

Sie legte ihre Hand an den Zündschlüssel, doch statt direkt loszufahren griff sie zu ihrem Handy in der Mittelkonsole und lehnte sich im Dunkeln ihres Autos zurück in ihren Sitz.

Iben musste sie jetzt für total bescheuert und paranoid halten. Und so langsam hatte auch Anni das Gefühl, dass etwas mit ihr nicht stimmte.

Das blaue Licht ihres Bildschirmes erhellte das Wageninnere. Sie öffnete ihren Internetbrowser und tippte in die Suchleiste. Einen Moment verharrten ihre Finger noch über den Tasten. Sie überlegte. Dann tippte sie das Wort *Winterdepression* in die Browsersuche ein.

Sie überflog die ersten Zeilen des erstbesten Artikels, öffnete einen weiteren Tab und suchte diesmal nach Albträumen in Verbindung mit psychischen Erkrankungen, Stress oder Vitamin D Mangel. Dann stieß sie auf einen Artikel über die *REM-Schlaf-Verhaltensstörung*. Aber die beschriebene Symptomatik passte nicht ganz zu ihrer Problematik. Zumindest las sie nirgendwo, dass Betroffene sich beklagten, dass ihre Träume sie tagsüber heimsuchten.

Anni verstand nicht, was in letzter Zeit mit ihr los war. Sie machte sich Druck wegen ihres neuen Buches, das wusste sie. Aber war das allein Grund und Auslöser für ihre verrückten Träume und dass sie beinah schon wie besessen darauf wartete, dass irgendetwas daraus wahr werden würde?

Sie wollte doch nur wieder normal schlafen können, ohne schweißgebadet und mit Angst vor dem kommenden Tag aufzuwachen.

Sie warf einen Blick auf die Uhr. Wenn sie Glück hatte und Beret Frühschicht gehabt hatte, würde sie sie um diese Uhrzeit erreichen. Sie wählte die Nummer ihrer Freundin und stellte auf Lautsprecher. Dann fuhr sie los.

Auf der Rückfahrt berichtete Anni ihrer Freundin von den vergangenen Ereignissen und von ihrer Angst, dass etwas mit ihr nicht stimmte. Dass sie der Schlafmangel womöglich wahnsinnig machte.

Beret versprach ihr, ein paar Sachen zusammenzustellen und ihr am Abend noch eine Liste zu schicken.

Nachdem sie sich verabschiedet hatten, beschloss Anni, noch einen Stopp am Supermarkt einzulegen, um sich was fürs Abendessen zu besorgen. Während sie mit ihrem Korb durch die Gänge des Ladens lief, fiel ihr jedoch auf, dass sich ihr Appetit sehr in Grenzen hielt. Deswegen kaufte sie bloß eine Packung Toast und eine Fertigpizza und machte sich dann auf den Heimweg.

Die letzten Meter des Heimwegs verzögerten sich etwas, da Anni geradewegs in einen Stau hineingeriet. Kurz nach einem Kreisverkehr war es wohl zu einem Unfall gekommen und die restlichen Verkehrsteilnehmer mussten warten, bis die Unfallstelle geräumt war.

Anni nutzte die Zeit, um ihre Nachrichten zu überprüfen und sah, dass Beret ihr bereits geschrieben hatte. Ein Blick auf die Uhr bestätigte aber, dass Anni damit bis zum Montag warten musste, da die Apotheken samstags um diese Zeit bereits geschlossen hatten.

Als Anni eine dreiviertel Stunde später endlich ihre Wohnungstür aufschloss, kam ihr ein eisiger Windstoß entgegen.

Verwundert stellte sie ihre Tasche ab und schloss die Eingangstür. Die Kältequelle schien aus dem Wohnzimmer zu kommen. Als sie die angelehnte Tür aufstieß, fiel ihr Blick geradewegs auf das Küchenfenster, welches sperrangelweit offenstand und eisige Kälte in den Raum strömen ließ. Es war kein Grad mehr wärmer als draußen. Anni schloss eilig das Fenster und drehte sich dann ruckartig um, als ihr ein Gedanke kam: Buscuit…

Mit einem unguten Gefühl lief Anni ihre Wohnung ab auf der Suche nach ihrem Hauskater. Doch ihre Befürchtungen bewahrheiteten sich. Buscuit musste durch das geöffnete Fenster entwischt sein. Er war eine absolute Indoor-Katze und Anni wollte gar nicht wissen, was ihm draußen alles passieren konnte. Er musste doch restlos überfordert sein.

Sie öffnete das Fenster wieder und lehnte sich hinaus. Der Weg nach unten bot nicht sonderlich viele Möglichkeiten rauf oder runterzukommen. Zumindest nicht für einen Menschen.

Buscuit hatte ganz offensichtlich einen gefunden, denn er war fort. Aber wie um alles in der Welt hatte sich dieses Fenster nur öffnen können? Buscuit war es sicher nicht gewesen, der es geöffnet hatte.

Immer noch ihren Mantel tragend rannte Anni geradewegs hinaus und das Treppenhaus runter. Vielleicht hatte sie Glück und sie würde Buscuit in der näheren Umgebung finden.

Draußen war inzwischen ein eisiger Wind aufgekommen und der Geruch von Schnee lag in der Luft. Rufend und schnalzend lief Anni die umliegenden Häuserblocks ab, doch bei dem Dämmerlicht war es nicht leicht etwas zu erkennen. Sie erweiterte ihren Suchradius und schaute in alle Hofeinfahrten und offenstehenden Tore und Türen hinein. Bereits über eine Stunde war vergangen und keine Spur von Buscuit.

Sie lief gerade an der Mauer des Friedhofes entlang, als ihr etwas Kleines vor die Füße lief. Annis Herz machte einen Hüpfer.

Zu ihrer Enttäuschung handelte es sich jedoch nicht um ihren Kater, sondern um Dagna, die dicht gefolgt von Tordis aus dem eisernen Friedhofstor trat.

„Huch, Liebes. Was machst du denn hier um diese Zeit? Du siehst ja so abgehetzt aus. Ist etwas passiert?"

Anni wollte anfangen Tordis alles zu erklären und fragen, ob sie Buscuit vielleicht irgendwo gesehen hatte, doch noch bevor sie ihren Mund öffnen konnte, merkte sie, wie all die Angst und Hilflosigkeit in ihr aufstiegen und in einem Schwall von Tränen aus ihr herausbrachen. Ihr Körper erbebte unter den angestauten Emotionen, die sich nun einen Weg nach draußen bahnten.

„Ach herrje. Komm her meine Liebe. Es wird bestimmt alles wieder gut."

Anni merkte, wie sich zwei Arme um sie legten und sie mit einer erstaunlichen Stärke einfach nur für eine Weile hielten, bis sie sich ein wenig beruhigen konnte.

„So, du kommst jetzt mit mir. Du bist ja schon halb durchgefroren."

„Aber ..."

„Nichts *aber*," unterbrach sie Tordis.

Immer noch leicht widerwillig folgte Anni Tordis nach Hause. Auf dem Weg erklärte sie ihr, was passiert war, und Tordis versicherte ihr, dass ihre Katze bestimmt bald wieder auftauchen würde und dass sie am nächsten Tag auf ihren Spaziergängen Ausschau nach ihm halten würde.

In Tordis Wohnung angekommen, servierte Tordis Anni erneut Tee, den sie dankend annahm. Eifrig wärmte sie ihre kalten Finger an der warmen Tasse, ehe sie einige vorsichtige Schlucke nahm, um auch ihr Inneres zu erwärmen, denn dort herrschte eine noch viel größere Kälte.

Es fiel Anni unglaublich schwer ruhig auf dem Stuhl sitzen zu bleiben. Sie hatte das Gefühl, dass sie draußen sein müsste, um Buscuit zu suchen, doch sie musste Tordis versprechen zuhause zu bleiben und den nächsten Tag abzuwarten.

Als Anni sich jedoch eine halbe Stunde später bei der Dame verabschiedete und auf dem Treppenabsatz vor ihrer Wohnung stand, kam sie nicht umhin noch einmal nach unten zu gehen, um vor und um das Haus herum zu schauen, ob Buscuit nicht vielleicht inzwischen allein den Weg zurück nach Hause gefunden hatte.

Ohne Erfolg schlurfte Anni wenig später die Treppe zu ihrer Etage hinauf und betrat die noch immer kühle Wohnung.

Sie beschloss noch eine warme Dusche zu nehmen, ehe sie ins Bett ging. Ihre angespannten Muskeln entspannten sich etwas, als das warme Wasser ihren Körper hinunterfloss und Anni ließ den Kopf nach vorne sinken. Ihr Haar bildete getrieben von dem Wasserstrahl einen Vorhang um ihr Gesicht und eine Weile stand sie einfach nur so da.

Sie versuchte ihre Gedanken zu ordnen, doch egal wie sie es drehte und wendete, es ergab keinen Sinn. Als sie ihre Wohnung verlassen hatte, war alles in Ordnung gewesen. Dann träumte sie zum wiederholten Male völlig unzusammenhängende Dinge und plötzlich war ihre Katze weg.

Wie hatte sich dieses blöde Fenster bloß geöffnet? Oder war sie inzwischen so neben der Spur, dass sie tatsächlich vergessen oder übersehen hatte, dass es noch offen war, als sie gegangen sind?

Angestrengt dachte sie nach und ein Gedanke keimte in Anni auf. Doch gleichzeitig war sie sich sicher, dass das nicht die Lösung sein konnte.

Mortan war bevor sie gegangen waren, kurz allein in ihrem Wohnzimmer gewesen. Er hätte die Möglichkeit und Zeit gehabt das Fenster zu öffnen. Aber wieso? Was hätte ihm das gebracht?

Anni überlegte, ihm eine Nachricht zu schreiben und ihn zu fragen. Da Kristoff ihn in die Arbeitsgruppe hinzugefügt hatte, hatte sie seine Nummer. Doch je länger Anni darüber nachdachte, desto dämlicher fand sie ihre Idee. Sie bezweifelte, dass Mortan etwas damit zu tun hatte. Viel mehr glaubte Anni inzwischen gar nicht mehr an eine plausible Erklärung für das alles.

Ihre Befürchtungen nach dem Aufwachen hatten sich bewahrheitet, bloß nicht so, wie sie es erwartet hatte. Aber was hatte sie gedacht? Dass sie langsam verstehen würde, was in ihrem Leben grade vor sich ging? Dass sie aus diesen Träumen logische Schlussfolgerungen ziehen könnte?

Die Realität hatte ihr eindeutig klar gemacht, dass das nicht der Fall war und dass Anni meilenweit davon entfernt war, die Puzzleteile zusammen zu fügen, um das Rätsel um ihre Träume und deren Bedeutung zu lösen.

Auch wenn sich ihr Körper nach Ruhe und Schlaf sehnte, hielten sie ihre Gedanken und Sorgen an diesem Abend besonders lange wach. Irgendwann jedoch überrollte sie die Erschöpfung und Anni sank in einen unruhigen Schlaf.

ACHTZEHN

Das Miauen einer Katze ließ sie hellhörig werden und Anni riss den Kopf hoch. Suchend schweifte ihr Blick durch die Dunkelheit. Im Schein einer Straßenlaterne meinte sie einen Schatten gesehen zu haben und lief eilig in die Richtung. Unter tausend Katzen würde sie sein Miauen erkennen.

Ihr Herz machte einen Satz, als sie tatsächlich die Gestalt einer Katze ausmachte, die gut fünfzig Meter vor ihr auf einer Mauer hockte. Als sie näherkam, ertönte ein erneutes Miauen.

„Na mein Süßer. Hast du mich auch vermisst?" Gerade als Anni eine Hand nach dem Kater ausstrecken wollte, machte er einen Satz von der Mauer und verschwand auf der anderen Seite im Verborgenen. Gleichdarauf erklang jedoch sein Miauen und diesmal klang es in Annis Ohren wie eine Aufforderung ihm zu folgen.

Zu ihrer Linken, nicht weit entfernt, konnte sie ein großes Eisentor ausmachen. Ein leises Quietschen ertönte in der Stille der Nacht, als Anni es vorsichtig öffnete und das dahinterliegende Grundstück betrat. Dichter Nebel hing über dem Boden und umhüllte die Steine, die in regelmäßigen Abständen aus dem Boden ragten. Kahle knorrige Bäume säumten den Rand des Weges vor ihr.

Sie entdeckte ihn auf einem der schlanken Steine thronend, wie er sie durch das Dunkel der Nacht hindurch anstarrte.

„Was willst du mir nur sagen?"

Als hätte er sie verstanden, sprang er von dem Stein und strich an dessen Sockel entlang.

Langsam trat sie näher um die weiße Inschrift, die darauf eingraviert war, lesen zu können.

„Annike."

Anni fuhr zusammen und drehte sich blitzartig um. Reflexartig kniff sie die Augen zusammen, als ein helles Licht sie direkt ins Gesicht blendete. Schützend hielt sie eine Hand vors Gesicht, um etwas erkennen zu können.

Vor ihr stand Frau Evensen mit einer Kopflampe, die sie nun eilig in eine andere Richtung wendete.

„Tut mir leid, Annike. Ich wollte dich nicht blenden. Aber ich habe dich gesucht. Was machst du denn hier allein? Komm, wir warten schon alle auf dich." Als wäre sie ein kleines Kind, nahm Frau Evensen sie an ihre Hand und führte sie mit sich.

Anni hatte etwas Mühe mit ihren großen Schritten mitzuhalten.

Während sie so neben Frau Evensen her stolperte, drehte sie sich suchend nochmal um. Buscuit war wieder verschwunden - und mit ihm der Grabstein. Anni fiel auf, dass sich auch der Nebel gelichtet hatte.

Sie liefen eine Treppe hinauf und betraten den Parkplatz der Grundschule, auf dem ihre Klassenkameraden bereits neben dem Bus warteten.

„So, jetzt sind wir vollzählig. Alle einsteigen", verkündete Frau Evensen und ihre Schüler gehorchten. Sie begleitete Anni bis an die Bustür und ließ erst dort ihre Hand los. „Husch, einsteigen. Bevor du dich wieder in eine deiner Geschichten verirrst und ich dich überall suchen muss." Sie sagte es mit einem Lachen, doch Anni hörte dahinter die unterdrückte Gereiztheit.

Auf ihrem Weg zu einem freien Platz ärgerte sie sich über Frau Evensens Aussage. Das war doch keine Träumerei gewesen. Da war Buscuit gewesen und dieser Grabstein. Und sie war sich sicher, dass ihr Kater ihr eine Nachricht übermitteln wollte. Zu schade, dass sie nicht herausgefunden hatte, wessen Grab das gewesen war, bevor ihre Lehrerin sie erschreckt hatte.

Während ihre Mitschüler die komplette Fahrt herumalberten und Frau Evensen sie ständig laut ermahnen musste sich zu setzen, vergrub Anni ihre Nase in eines ihrer Bücher. Seit sie selbst lesen konnte, war sie nicht mehr davon abzubringen jede freie Minute ein Buch nach dem anderen zu verschlingen. Ihre Klassenkameraden fanden das ziemlich langweilig, aber das war Anni egal. Sie fand ihre Spiele nicht annährend so spannend, wie die Geschichten von Nils oder Ingrid dem Fjordmädchen. Gemeinsam mit Ingrid erlebte sie die tollsten Abenteuer. Gerade waren sie dabei ein Floß zu bauen, um auf den Fjord hinauszupaddeln und die Orcas zu beobachten…

„Annike" Frau Evensens Stimme klang gereizt.

Anni blickte auf und sah, wie ihre Lehrerin streng auf sie hinabblickte.

Frau Evensen war selbst noch sehr jung, aber sie hatte Annis Meinung nach nichts jugendhaftes an sich. Sie erinnerte Anni eher an Nils alten griesgrämigen Nachbarn, der Kinder hasste und keine Chance unversucht ließ, die Kinder in der Nachbarschaft zu bestrafen.

„Und schon wieder brauchst du eine extra Einladung. Es ist ja wirklich schön zu sehen, dass du so viel liest, aber ich befürchte du bekommst rein gar nichts mehr von deiner Umwelt mit, liebe Annike. So geht das nicht. Du musst doch auch mal was mit deinen Klassenkameraden machen und dein Leben

leben. Nicht nur das, was in den Büchern erzählt wird. Sonst endest du einsam und allein."

Anni hatte nicht den Drang mit den anderen Kindern durch die Gänge zu rennen und sich über Bilder und Skulpturen lustig zu machen oder den Fragebogen auszufüllen, den Frau Evensen vorbereitet hatte. Sie schlenderte langsam durch die weitläufigen Flure, blieb immer wieder vor Bildern stehen und begann sich Geschichten zu ihnen auszudenken.

Ein Bild hatte es ihr besonders angetan. Es zeigte eine Lichtung in der späten Abenddämmerung. Am Himmel waren schon die ersten Sterne zu sehen und ein großer Mond. Mitten auf der Lichtung im Gras hockte ein junges Mädchen mit langem blondem Haar. Ihr Gesicht wurde erhellt vom Schein des Lagerfeuers vor ihr. Zu ihren Füßen lag ein großer weißer Wolf und schaute wachsam in die dunklen Wälder. Das Bild faszinierte Anni.

Als sie sich kurz abwandte und sich umschaute, konnte sie keinen ihrer Mitschüler, geschweige denn ihre Lehrerin in der Nähe sehen. Sie waren wohl weiter gegangen, ohne dass ihnen aufgefallen war, dass Anni noch fehlte. Wie so oft.

Sie würde sie schon wieder finden, dachte sie sich und wandte sich wieder dem Bild zu. Das Mädchen und der Wolf waren verschwunden. Dafür konnte sie nun einen Ledersessel sehen. Er stand mitten in einem vom Feuer erhellten Raum. Ein vertrauter Duft stieg Anni in die Nase und sie schloss die Augen, um ihn in sich aufzunehmen. Der unvergessliche Geruch von Früchtetee, Keksen und gebundenen Seiten wurde jedoch immer mehr von dem von verbranntem Holz überlagert. Als Anni husten musste, weil der beißende Rauch ihr in die Nase stieg, öffnete sie die Augen. Der Raum auf dem Bild vor ihr stand in Flammen. Erschrocken wich sie einen Schritt zurück, als könnte sie sich verbrennen, wenn sie zu nah dran stand. Sie schaute nach links und rechts, um zu sehen, ob auch andere Museumsbesucher dieses seltsame Schauspiel beobachtet hatten, doch keiner schenkte ihr oder dem Bild Beachtung.

Ein Miauen holte sie aus ihren Gedanken und sie riss den Kopf herum. Gerade noch so konnte sie eine flauschige Schwanzspitze hinter einer Ecke verschwinden sehen. Ohne nachzudenken rannte Anni los. Als sie um die Ecke bog, sah sie Buscuit, wie er abwartend an der nächsten Ecke saß und sie direkt anblickte. Sein Miauen klang auffordernd, wie wenn er um Essen bettelte. Er verschwand um die Ecke und Anni beeilte sich ihm zu folgen. Der nächste Gang war allerdings menschenüberflutet. Vergeblich versuchte sie zwischen all den Beinen etwas zu erkennen, deshalb ging sie in die Hocke, um den Boden abzusuchen. Das Wuseln der Beine machte es nicht leicht, doch schließlich konnte sie etwas Haariges erkennen, das sich ebenfalls einen Weg durch die Menge zu bahnen versuchte.

Sie rempelte mit mehreren Leuten zusammen, während sie versuchte den Kater nicht aus den Augen zu verlieren. Plötzlich ertönte das ohrenbetäubende Heulen einer Sirene und die Menschen unterbrachen ihre Gespräche und schauten sich teils verwirrt und etwas panisch um.

Anni interessierte das nicht besonders. Sie blieb an ihrer Verfolgungsjagd dran.

„Meine Damen und Herren, bitte bewahren Sie Ruhe und begeben Sie sich auf direktem Wege nach draußen auf den Sammelplatz. Ich wiederhole. Bewahren Sie bitte Ruhe und verlassen Sie das Gebäude umgehend."

Statt den Anweisungen der Frauenstimme aus dem Lautsprecher Folge zu leisten, brach innerhalb von Sekunden das reinste Chaos aus. Menschen rannten quer durcheinander, schubsten sich gegenseitig weg, um möglichst schnell Richtung Ausgang zu gelangen, und schrien und weinten. Anni wurde ein paar Meter rückwärts mit der Menschenmasse mitgetragen, ehe es ihr gelang eine Lücke zu finden, durch die sie sich durchzwängen konnte. Die Ellenbogen ausgefahren, kämpfte sie gegen den Strom an, der sie von ihrem eigentlichen Weg abzubringen versuchte. Als ein großer, kräftiger Mann sie an der Schulter anrempelte, hätte sie beinah ihr Gleich-gewicht verloren. Sie konnte sich gerade so an einer anderen Person festklammern, um nicht unter den Menschenmassen niedergetrampelt zu werden.

Zentimeter für Zentimeter kämpfte sie sich vorwärts, nur um im nächsten Moment wieder mehrere Meter in die falsche Richtung bugsiert zu werden. Es war kräfteraubend. Und als sie erneut gegen eine Wand von Leuten rannte und unfreiwillig mit nach hinten gedrängt wurde, fragte sie sich, ob es nicht leichter wäre, sich einfach mittreiben zu lassen und den Widerstand aufzugeben. Sie wusste nicht mal, wo Buscuit sie hinführen würde, und die Leute hatten ja einen Grund, warum sie nach draußen rannten. Vermutlich war es im Inneren des Gebäudes längst nicht mehr sicher.

Doch ein kleiner Impuls in ihr sagte ihr, dass sie ihrem Kater weiter folgen musste. Sie hob die Arme schützend vor ihr Gesicht und dann preschte sie mit all ihrer Kraft voraus. Mehrere Ellenbogen stießen ihr in die Seiten und sie verlor mehrfach das Gleichgewicht, so heftig wurde sie angerempelt. Doch sie konnte sich immer wieder rechtzeitig fangen. Und dann plötzlich war sie draußen. Es war, als hätte die Masse sie ausgespuckt. Taumelnd kam sie am anderen Ende des Ganges an, den Mopp an

Menschen hinter sich. Vor ihr lag nun ein menschen-leerer Korridor.

Sie bog um die nächste Ecke und dann war da plötzlich diese gigantische Tür, die vor ihr aufragte. Sie schien aus schwerem Holz zu sein und Anni wusste mit Gewissheit, dass sich hinter ihr etwas Wertvolles befinden musste.

Sie bemerkte, dass Rauch unter dem Türspalt hervorquoll. Die Rauchquelle musste sich also hier befinden. Anni haderte mit sich, doch dann hörte sie erneut die auffordernden Laute des Katers. Diesmal schien es von hinter der Tür zu kommen.

Sie drückte die Klinke herunter und stemmte die Tür dann mit beiden Armen so weit auf, dass sie hindurch passte. Instinktiv drückte sie sich, sobald sie wieder eine freie Hand hatte, ihre Ellenbeuge vor den Mund, um sich vor dem erwarteten Rauch zu schützen. Doch in dem Raum war kein Rauch. Irritiert nahm Anni den Arm runter und dann sah sie den Ursprung des Brandes: An einer Wand hing einsam und allein ein Bild - und dieses Bild stand in Flammen.

Nur dieses Bild.

Große Teile der Leinwand hingen schon in klimmenden Fetzen herunter. Fasziniert von dem Spektakel beobachtete Anni wie diese sich lösten und zu Boden fielen, wo sie augenblicklich erloschen. Als sich auch der letzte Teil ablöste und langsam zu

Boden segelte, kamen auf der Rückwand des Gemäldes drei Worte in Großbuchstaben zum Vorschein.

KOMM ZU MIR!

NEUNZEHN

Anni war schlagartig wach. Es war, als würde sie noch immer in diesem Raum stehen und diese drei Worte anstarren, die dort in einem giftigen Grün auf die Rückwand des Gemäldes geschmiert worden waren. Es hatte sich zwar eindeutig nicht um ihr Zimmer gehandelt, das Bild war jedoch unverwechselbar das gewesen, das auch jetzt genau über ihrem Kopf hing.

Zögerlich setzte sie sich auf und kniete sich in ihrem Bett vor das Gemälde. Ein seltsames Unbehagen überkam Anni, als sie die Hand danach ausstreckte. Sachte fuhr sie mit den Fingerspitzen über die raue Leinwand. Sie konnte jedoch nichts Ungewöhnliches daran feststellen. Es war einfach ein stinknormales Ölgemälde.

Einem Impuls folgend stand sie auf und hob das Bild vom Haken. Mit angehaltenem Atem drehte Anni das Bild um und legte es falschherum vor sich auf das Bett. Die Rückseite der Leinwand war jedoch überall gleichmäßig weiß und mit keinen mysteriösen Warnungen versehen.

Erleichtert entließ Anni die angehaltene Luft.

Sie wollte das Bild schon wieder zurück auf seinen Platz hängen, als ihr etwas anderes Seltsames auffiel.

Der Holzrahmen, auf den die Leinwand gespannt war, war extrem breit.

Anni strich mit den Fingern darüber und bemerkte eine Unebenheit, als ob der Rahmen eine Art Rille hätte. Beim genaueren Hinsehen stellte Anni fest, dass es tatsächlich so war und dass es nicht nur ein Rahmen war, sondern zwei. Jemand hatte passgenau einen zweiten Rahmen um einen anderen herum gebaut.

Anni versuchte mit den Fingerspitzen zwischen die zwei Rahmen zu kommen, doch ohne Erfolg. Also stand sie auf und holte aus der Küche ein langes Messer, um das innere Bild herauszuhebeln.

Sie wusste nicht, was sie erwartete.

Vorsichtig setzte sie das Messer an und tatsächlich gelang es Anni so, den inneren Rahmen so weit anzuheben, dass sie mit den Fingern dazwischenkam. Sie hob es an und zu ihrer Überraschung stellte sie fest, dass sich darauf noch ein weiteres Ölgemälde befand.

Nach ihrem Traum hatte sie mit etwas anderem gerechnet.

Sie löste die beiden Bilder voneinander und betrachtete ihr Fundstück. Es war wesentlich abstrakter als das Gemälde davor.

Anni hatte keine Ahnung von Kunst, aber ihr Gefühl sagte ihr, dass es sich um ein besonderes Kunstwerk handelte.

Doch wer versteckte so ein hübsches Gemälde hinter einem anderen, so ordinären Bild?

Spontan nahm sie ihr Smartphone zur Hand und öffnete den Internetbrowser. Während sie damit ins Wohnzimmer ging, tippte sie ein paar Details in die Suchleiste ein. Ihre ersten Suchanfragen blieben erfolglos. Anni setzte sich auf ihr Sofa und zog sich eine Decke über die Beine. Es dauerte noch eine ganze Weile, doch dann wurde sie endlich fündig. Ihre Recherche ergab, dass es sich um ein Gemälde des berühmten norwegischen Malers Edward Munch handelte, der besonders durch sein Bild *Der Schrei* bekannt geworden war.

Anni musste keine Ahnung von Kunst haben, um zu wissen, dass das bedeutete, dass dieses Bild höchstwahrscheinlich einen gewissen Wert haben würde. Sofern es keine Kopie war.

Was stellte man mit so einem Fund an? Musste sie das irgendwo melden? Und warum um alles in der Welt hatte ihr Vormieter Olsen so ein Gemälde hinter diesem gewöhnlichen Ölgemälde versteckt und es im Keller verstauben lassen? Hatte er etwas zu verbergen gehabt? Hatte sein plötzliches und mysteriöses Verschwinden andere Gründe gehabt?

Fragen über Fragen häuften sich in Annis Kopf und sie merkte, dass sie die Müdigkeit überkam. Die letzten Tage und vor allem Nächte hatten sehr an ihr gezerrt.

Sie legte ihr Handy neben sich auf das Sofa und zog die Decke noch etwas höher, um sich darin einzuwickeln, wie in einen schützenden Kokon. Wenige Augenblicke später war sie in der Welt der Träume.

ZWANZIG

„Es freut uns, dass wir Sie für uns gewinnen konnten. Es ist überhaupt nicht mehr leicht, gute Leute zu finden in letzter Zeit. Ich habe schon einiges von Ihnen gelesen. Ihr Einfallsreichtum wird uns bestimmt von großem Nutzen sein. Ich würde sagen, zum Einstieg und zum leichter Reinkommen, stecken wir Sie erst mal in die Traum-Abteilung. Da kann man seiner Kreativität freien Lauf lassen und die Menschen hinterfragen nichts davon. Sie haben also alle Möglichkeiten, verrückte Ideen in ihre Köpfe zu setzen oder Ängste verarbeiten oder neu entfachen zu können. Wie klingt das für Sie?"

„Äh ja, gut"

„Perfekt. Dann würde ich Sie nun nur noch bitten mir diese Verschwiegenheitserklärung zu unterschreiben. Es ist eine reine Formalität. Aber Ihnen sollte bewusst sein, dass wir Sie selbst nach Kündigung nicht zurücklassen können. Das wäre ein zu großes Risiko. Allein, dass Sie über die Existenz dieses Ortes Bescheid wissen, verhindert eine

Rückkehr in Ihr altes gewohntes Leben. Aber wer sollte das auch wollen? Hier können Sie ab sofort Ihr eigener Herr sein. Nur Sie entscheiden, was Sie denken oder fühlen wollen und Sie können sich sicher sein, dass all Ihre Entscheidungen einzig und allein von Ihnen getroffen werden. Kein „Schicksal" mehr, dass Ihnen einen Strich durch ihre Pläne macht. Die reine Freiheit. Wer wünscht sich das nicht, nicht wahr?" Ein hohes Lachen drang aus ihrer Kehle, gleichzeitig schob sie ihr ein in kleinen Lettern bedrucktes Blatt vor. Nur das Wort *Verschwiegenheitserklärung* war in lesbarer Größe gedruckt.

Als sie sich bemühte die winzige Schrift zu entziffern, erklang erneut das schrille Lachen.

„Ach nein. Das wollen Sie gar nicht alles wissen, glauben Sie mir. Versuchen Sie einfach ihren Job zu machen und fallen Sie nicht negativ auf, dann braucht Sie das auch gar nicht kümmern.

Nach kurzem Zögern setzte sie ihre Unterschrift auf das untere Ende des Blattes. Wenn sie es richtig verstanden hatte, gab es ja sowieso kein Zurück mehr. Und hatte sie sich nicht immer gewünscht Gott zu spielen.

Ihre Geschichten hatten ihr dafür bisher die nötige Bühne geboten. Jeden Tag hatte sie die Möglichkeit gehabt eine völlig neue Welt zu erschaffen, die nur ihren Gesetzen folgte. Sie hatte sich immer wieder neu erschaffen und sein können, wer immer sie sein wollte. Doch sie war und blieb ein Mensch, und Menschen verzehrte es irgendwann immer nach mehr. Das lag in ihrer Natur.

Ihre Geschichten hatten ihren Kopf mit Leben erfüllt. Wenn sie die Augen schloss, war sie in der nächsten Sekunde an einem Ort ihrer Wahl gewesen und hatte aus Augen geschaut, die mit dem nächsten Wimpernschlag nicht mehr dieselben gewesen waren.

Es hatte keine Grenzen gegeben – bis auf eine. Wenn sie die Augen öffnete, war der Zauber stets vorbei…

Sie hatten ihre Wünsche erhört und ihr Talent gesehen, als sie sie zu sich holten.

Die Möglichkeit selbst dem lausigen Schicksal zu entfliehen, nicht mehr Sklave des Zufalls und der Vorsehung zu sein, sondern selbst die Fäden in der Hand halten zu können, war eine zuckersüße Versuchung, der sie nicht zu widerstehen vermochte.

Doch wer sich für diesen Weg entschied, konnte nicht zurück, das wurde ihr klar, als sie den Stift beiseitelegte und beobachtete, wie ihre Unterschrift auf dem Papier zuerst aufleuchtete und dann verschwand, als hätte das schwere Papier sie restlos absorbiert.

„Wunderbar. Dann hoffe ich auf eine gute Zusammenarbeit. Enttäuschen Sie uns nicht.“

Sie beobachtete, wie sie bei diesen Worten in die Hände klatschte und sich gleichdarauf eine Klappe hinter ihr öffnete, aus der sich eine kleine Gestalt geschmeidig auf sie zu bewegte.

Es dauerte einen Moment, bis sie es als das erkannte, was es war – ein kleiner Roboter.

Mit wenigen Klicks auf dem Hinterkopf war er neu programmiert und das Metallmännchen sauste davon.

„Folgen Sie ihm einfach“, erfolgte die Anweisung und damit schien das Gespräch beendet.

Sie hatte Mühe mit dem winkenden und blinkenden Gerät Schritt zu halten.

Zunächst führte es sie einen gewundenen Gang hinauf der sich spiralförmig immer weiter nach oben erstreckte. Die Wände waren alle makellos weiß und es war unnatürlich hell, auch wenn sie weder Fenster noch irgendwelche anderen Lichtquellen ausmachen konnte.

Mit der Zeit wurden die Wendungen weitläufiger, bis sie endlich in einen langen Korridor gelangten, der nur noch geradeaus führte. Allerdings wurde der Aufstieg nicht weniger anstrengend, denn der Boden schien weiterhin steiler und steiler zu werden. Dabei hatte sie es nicht für möglich gehalten, dass sie noch höher hinauskonnten, als sie schon waren.

Sie kamen an einigen Türen vorbei. Ein paar sahen ganz gewöhnlich aus. Andere waren dick und massiv und gleich mehrere Schlösser und Knöpfe verhinderten ein versehentliches Betreten.

Nur für befugtes Personal prangte dort in dicken roten Buchstaben.

Der Roboter sauste an all diesen Türen vorbei, bis der Korridor sich plötzlich weitete und in einen riesigen Raum mündete. Er hatte hohe Decken und war wie ein Oval geformt. Entlang der Wände stand Schreibtisch an Schreibtisch und die Wände selbst schienen fast vollständig aus Bildschirmen zu bestehen, auf denen sich die unterschiedlichsten Szenarien abspielten. Das musste der Ort sein, an dem *alles* gesteuert wurde.

Sie war gar nicht in der Lage in der Kürze der Zeit auch nur annährend zu erfassen, was dort vor sich ging.

Sie folgte dem kleinen Robotermännchen quer durch den Raum. Die Schreibtische dort waren mit weiteren kleineren Bildschirmen und vielen verschiedenen Tastaturen mit unterschiedlichen Knöpfen und Reglern versehen. Sie beobachtete, wie die Leute dort teilweise gelangweilt teilweise amüsiert an den Reglern schoben oder Tasten betätigten, während sie auf die Bildschirme schauten, die sie umgaben.

Sie konnte nicht ganz zuordnen, wer hier für welchen Bereich zuständig war, da es eindeutig weniger Leute als Bildschirme waren.

„Ich kann mir das nicht mehr mitanschauen."

Das kam ganz aus der Nähe.

„So ein hoffnungsloser Fall. Ich geh mir einen Kaffee holen. Filip, kannst du dafür sorgen, dass er den Rest des Tages zuhause bleibt und nicht noch mehr in den Sand setzt...?"

Sie schnappte im Vorbeigehen einen Teil einer Unterhaltung auf und beobachtete wie ein Mann genervt wirkend von seinem Stuhl aufstand und davon stapfte.

Abgelenkt von der Szene stieß sie beinah mit einem anderen Mann zusammen.

„Oh Verzeihung, das war keine Absicht."

„Kein Problem. Oh, erster Tag?", fragte er direkt und schaute dem blinkenden Roboter nach, der in der Kürze der Zeit schon einen guten Vorsprung erlangt hatte.

Sie wollte schon panisch hinterher als der Mann ihr lachend erklärte, dass er zurückkäme, sobald sie eine bestimmte Reichweite verließe. Genau in dem Moment beobachtete sie, wie der kleine Roboter einen U-Turn hinlegte und nun wieder auf sie zufuhr, nur dass nun noch zusätzlich eine blinkende rote Lampe auf seinem Kopf angegangen war.

„Nervige kleine Dinger. Aber abgesehen davon wirst du es hier lieben. Das verspreche ich dir. Hier fühlt man sich tatsächlich als wäre man dieser Gott, von dem sie immer alle reden. Sie haben nicht zu viel versprochen. In welche Abteilung kommst du?" Der Mann schaute auf den kleinen Roboter hinunter, der inzwischen wieder bei ihnen angekommen war. Das Licht auf seinem Kopf blinkte nun noch schneller, als wolle er ihr klar machen, dass sie ihm folgen sollte.

„Ah Traumabteilung. Da ist es entspannt. Da kann man die großartigsten Gedankenexperimente testen oder aber auch nur Altbekanntes immer und immer wieder abspielen. Das war auch meine erste Abteilung. Super zum Reinkommen. Jetzt bin ich in der Problemforschung. Ich bin übrigens M1589. Ich nehme an, deine Kennnummer erhältst du noch."

„Problemforschung?" Das war das Einzige, das sie erwiderte.

„Genau. Hast du dich früher - also ich meine bevor du von diesem Ort hier erfahren hast - nicht auch immer gefragt, warum dir so blöde Sachen passieren? Warum du Sachen vergisst, den Bus verpasst oder dir bei einem Date etwas zwischen den Zähnen hängt? Und das sind ja nur Kleinigkeiten. Aber manchen genügt das, dass sie komplett den Kopf verlieren. Es ist total spannend zuzuschauen, wie unterschiedlich die Menschheit auf Probleme reagiert."

„Und was ist dabei jetzt deine Aufgabe?", hakte sie nach.

„Naja, ich denk mir die ganzen Pannen für die Leute aus. Natürlich zugeschnitten auf ihr Leben und ihre Charaktereigenschaften. Immerhin ist nicht für jeden die gleiche Sache problematisch..."

„Du denkst sie dir aus?", wiederholte sie skeptisch.

„Ja natürlich", er lachte. „Sag mal wie gut hast du denn die Jobbeschreibung gelesen? Naja, du wirst da nach und nach schon durchsteigen. Soll ich dich ein bisschen rumführen? Mein Hauptprojekt schläft eh grade und ich wollte mich mit meinem Kollegen in der Traumabteilung ein bisschen beratschlagen. Dann kann ich dich gleich ein paar Leuten vorstellen." Ohne ihre Antwort abzuwarten, machte er auf dem Absatz kehrt und ging mit großen Schritten los.

Als sie ihm unsicher folgte, setzte sich auch der Roboter wieder in Bewegung. Das Blinken hörte jedoch nicht auf. Anscheinend wollte er sicher gehen, dass sie nicht schon wieder den Anschluss verlor.

Sie sah wie M1589 an einem Schreibtisch im hinteren, etwas dunkleren Teil des Raumes stehen blieb. Als sie näherkam, erkannte sie warum der Raum hier dunkler wirkte. Auf den großen

274

Bildschirmen, die in diesem Teil an den Wänden hingen, war es weitestgehend dunkel. Nur hier und da konnte man einen kleinen Lichtschein oder ein kleines Lämpchen erkennen und nur auf wenigen war es wirklich hell.

Noch bevor sie den Tisch ganz erreicht hatte, erfasste sie schon die ersten Satzfetzen des Gespräches zwischen M1589 und einem dunkelhäutigen Mann, mit dem er in ein Gespräch vertieft war.

„...ja der Kerl ist so dämlich. Dreimal habe ich ihn sich jetzt schon vor ihr und der ganzen Gruppe blamieren lassen und trotzdem glaubt er noch dran, dass er bei dem Mädel landen kann. Dieser Optimismus ist ja beinah erschreckend."

„Ja, manche sind einfach unverbesserlich. Ich hatte letztens auch ein Projekt...", der dunkelhäutige verstummte, als sie bei ihnen stehen blieb.

„Ah genau, das ist die Neue. Sie kommt zunächst zu euch", meinte M1589 und stellte sie dem Mann vor ihnen vor. „Das ist X3893. Er ist auch noch nicht so lange dabei. Die Zugehörigkeit erkennst du immer an der Kennnummer. Sie fangen bei A und logischerweise bei 0 an", erklärte M1589, doch ihr Gehirn war jetzt schon zu überlastet um diese Information wirklich aufnehmen zu können.

X3893 nickte ihr freundlich zu. Dann wurde seine Aufmerksamkeit aber von etwas abgelenkt. Er richtete seinen Blick auf einen kleineren Monitor vor ihm und betätigte zwei Knöpfe.

Sie folgte seinem Blick und ihre Augenbrauen gingen in die Höhe. Auf dem kleinen Bildschirm waren schillernde Farben zu sehen und wenn sie sich nicht irrte, flog dort gerade ein Wal in einer Seifenblase durchs Bild. Sie blinzelte überrascht, doch das Bild änderte sich nicht.

„So, wir lassen dich mal in Ruhe weiterarbeiten. Ich wollte sowieso zu I0962 wegen unserem Projekt. Mach's gut." M1589 winkte ihr zu und sie folgte ihm weiter zwischen den Schreibtischen hindurch.

Sie sah sich fasziniert um und versuchte alles aufzunehmen und zu verarbeiten, was M1589 ihr unterwegs erklärte.

Ein Bildschirm zog jedoch plötzlich ihre Aufmerksamkeit auf sich und sie blieb wie angewurzelt stehen. Den Raum, der dort gezeigt wurde, hätte sie unter tausenden wiedererkannt und die Szene, die sich ihr dort grade bot, erfüllte ihre Herzgegend mit Wärme.

•

Sie saß zu Oma Jonnas Füßen vor dem Sessel, hinter sich den Kamin, in dem ein gemütliches Feuer brannte. Gebannt hing sie an Jonnas Lippen und lauschte der schönen Geschichte.

Sie war sechs Jahre alt, die Brille mit den bunten Rändern wirkte riesig in ihrem Gesicht und ihr Pony wurde von einer pinken Spange mit kleinen Katzen drauf zurückgehalten.

Nach dem Sommer würde sie in die Schule kommen und sie konnte es kaum erwarten, selbst lesen und schreiben zu lernen.

Oma Jonna klappte das Buch zu und sah sie an.

„Nein, weiterlesen!", forderte die kleine Anni.

„Das geht nicht Liebes. Die Geschichte ist fertig."

„Nein, das kann nicht sein. Ich muss doch wissen, wie es mit Kari und Oskar weitergeht." Anni klettere zu ihrer Oma auf den Sessel und nahm ihr das Buch aus der Hand. Ihr Gesicht hatte einen trotzigen und traurigen Ausdruck bekommen

„Das ist doch kein Grund, um traurig zu sein, Liebes. Jede gute Geschichte hat ihr Ende. Aber das ist doch gleichzeitig auch die Möglichkeit für den Beginn einer neuen ganz wundervollen Geschichte." Jonna deutete um sich auf die Wände des Raumes, die allesamt aus Regalen bestanden, die bis unter die Decke gingen und gefüllt waren mit hunderten von Büchern. Kleinen, großen, dicken und dünnen.

„Können wir noch eins lesen?", fragte Anni hoffnungsvoll.

„Später. Jetzt darfst du dir erst mal einen Keks aus der Küche holen. Ich verrate es auch niemandem", meinte Jonna verschwörerisch.

Das überzeugte Anni. Freudig sprang sie vom Sessel und flitzte in die Küche.

In der Küche roch es nach frischgekochtem Kaffee. Der Esstisch war bereits gedeckt und einer von Sylkas selbstgebackenen Kuchen stand schon auf dem Tisch. Über einem kleinen Kinderstühlchen hing ein riesiger Luftballon in Form einer eins.

Anni öffnete den Kühlschrank und holte eine Glasflasche mit Milch heraus. „So verrückt, dass die kleine Maus heute schon ein Jahr alt wird", meinte sie zu Iben, die mit Malin an der Brust auf dem Sofa saß und sie stillte.

Anni hörte wie im Flur das Telefon klingelte und gleichdarauf die Stimme ihrer Mutter, die den Anruf entgegennahm. Sie füllte etwas Milch in ein Kännchen und stellte es auf den Kuchentisch. Dann stibitzte sie sich einen Keks von einem Teller und stopfte ihn ungesehen in den Mund. Ein Blick auf den gedeckten Tisch zeigte ihr, dass ihre Mutter sich scheinbar verzählt hatte, denn es fehlte ein vierter Teller. Anni holte gerade einen aus dem oberen Küchenschrank, als ihre Mutter zurück in die Küche kam.

„Annike?" Der Ausdruck in Sylkas Gesicht zeigte, dass etwas nicht in Ordnung war.

Anni schluckte hastig die trockene Keksmasse herunter und stellte den Teller auf der Anrichte ab. „Was ist los, Mama?" Sie ging ein paar Schritte auf ihre Mutter zu, die sie wortlos in den Arm nahm und sie fest an sich drückte. „Was ist los?", wiederholte Anni etwas eindringlicher.

Sylka löste sich ein Stück von ihr und blickte sie mitfühlend an. „Jonna", sagte sie nur.

„Was ist mit ihr? Sie ist im Kaminzimmer, sie kommt bestimmt gleich." Anni war verwirrt. Warum sah ihre Mutter aus, als ob jemand gestorben wäre?

„Was redest du da Kind? Ich habe gerade einen Anruf von deinem Vater bekommen. Jonna ist letzte Nacht im Krankenhaus verstorben."

„Das kann nicht sein, ich war doch gerade eben noch bei ihr", erwiderte Anni aufgebracht, „da ging es ihr noch blendend." Wütend machte sie sich von ihrer Mutter los und rannte aus dem Zimmer. Sie öffnete die Tür zum Kaminzimmer, doch der Raum hatte sich verändert, seit sie ihn gerade verlassen hatte. Da brannte kein Feuer mehr in dem Kamin, auch die Bücher in den Regalen waren verschwunden und über alles zog sich eine dicke Staubschicht. Das Schlimmste aber war, dass der Sessel vor dem Kamin leer war...

Anni rannte die Treppe hinauf. Das gesamte Haus wirkte plötzlich so leer und verlassen, als ob seit Jahren niemand hier drin gelebt hätte.

Unter einem der Türspalte im oberen Stockwerk meinte sie einen Lichtschein zu erkennen und eilig riss sie die Tür auf. Das Zimmer war leer, bis auf ein kleines Schränkchen, auf dem eine Kerze brannte, und einem Bett mitten im Raum, in dem sie im Schein des Kerzenlichts ihre geliebte Oma Jonna erblickte.

„Gott sei Dank, da bist du ja. Ich wusste doch, dass es dir gut geht." Anni eilte durch das Zimmer zu ihrer Oma und ließ sich auf der Bettkannte nieder.

Jonna wandte ihr den Blick zu und lächelte sie schwach an. „Wie schön, dass du es noch geschafft hast", meinte sie und streckte Anni ihre schmale Hand entgegen, die sie wortlos nahm.

Die Haut war runzlig, aber warm.

„Was meinst du Oma?"

Jonna blickte Anni bloß aus sanften Augen an. „Kannst du das Fenster schließen Kind? Wir brauchen noch einen Moment."

Als Annike aufstand, um dem Wunsch ihrer Großmutter nachzukommen, hörte sie ein lautes Rascheln zu ihren Füßen. Ein Blick nach unten zeigte ihr, dass sie beinah knöcheltief in bunten Laubblättern stand.

„Huch, wo kommen die denn alle her?" Verwirrt schaute Anni sich erst um und dann zu ihrer Großmutter.

„Sie zeigen mir, dass meine Zeit bald gekommen ist. Es sind nur ein paar wenige übrig, die sich hartnäckig festklammern, bis ich alles erledigt habe, was mir noch am Herzen liegt."

Anni hob den Kopf und schaute aus dem Fenster. Draußen im Dunklen sah sie ihn dastehen. Den einst wunderschönen Baum, an dessen kahlen Ästen nur noch eine Handvoll Blätter hing. Von ihnen ging ein silbriger Glanz aus, als würden sie von innenheraus leuchten.

Zunächst verstand Anni nicht, was ihre Oma ihr damit sagen wollte, doch dann kam ein schlimmer Gedanke in ihr hoch und sie schüttelte wild den Kopf. „Nein Oma. Nein, das geht nicht."

Jonna drückte sanft ihre Hand. „Kannst du dich noch erinnern, was ich früher immer zu dir gesagt habe, wenn du traurig warst, weil die Geschichte zu Ende war, die ich dir vorgelesen haben?"

Anni nickte. Inzwischen kullerten ihr riesige Tränen die Wangen hinab.

„Jedes Ende ist bloß der Anfang einer neuen Geschichte. So ist das auch mit dem Tod, Liebes. Er ist auch bloß eine weitere Haltstelle im Leben und ganz bestimmt nicht das Ende, sondern die Geburt von etwas Neuem. So wie jeder Baum erst seine

Blätter verlieren muss, um im nächsten Jahr neu erblühen zu können. Es gibt also keinen Grund sich vor irgendetwas zu fürchten." Jonnas Stimme klang ernst doch ihr Blick war weich und ihre Augen versprühten Wärme und Weisheit. Dann breitete sich ein Lächeln auf ihrem Gesicht aus. „Aber nun kommen wir endlich zu dem Grund, warum du hier bist."

„Was meinst du?"

„Na deswegen." Jonna nickte in Richtung des Nachttisches. Überrascht stellte Anni fest, dass neben der Kerze ein Buch lag. Sie streckte die Hand aus, um danach zu greifen, doch noch bevor sie es berührte, wusste sie, dass es ihres war.

Mit großen Augen schaute sie ihre Oma an, während sie ihr Buch in den Händen hin und herdrehte.

„Ich kann doch nicht gehen, bevor du mir dein Buch vorgelesen hast, Liebes."

In Annis Augen stiegen Tränen auf.

Jonna warf ihr einen auffordernden Blick zu und Anni schlug das Buch auf.

Während sie las, warf sie ihrer Oma immer wieder einen neugierigen Blick zu, um ihre Reaktion zu beobachten, doch Jonna hatte die ganze Zeit die Augen geschlossen. Ein sanftes Lächeln umspielte ihre Lippen und sie schien Anni gespannt und beseelt zu lauschen, die mit ihr zusammen Seite um

Seite durch ihren Roman reiste und sie in eine andere Welt entführte.

Als sie endete, war es, als schwebten die letzten Worte noch vor ihr durch den Raum und verblassten dann nach und nach vor ihren Augen.

Jonna hatte noch immer ihre Lider geschlossen. Anni merkte die Anspannung in sich, doch dann sah sie, wie sich eine Träne unter den blassen Wimpern ihrer Oma den Weg über ihre Wange bahnte und in Anni löste sich etwas.

Jonna öffnete die Augen und darin lag purer Stolz. Sie griff nach Annis Hand. „Das, mein Liebes, hast du so wundervoll gemacht. Ich bin unglaublich stolz auf dich."

Ihre Worte waren wie Balsam für Annis Seele. Ihre Großmutter stolz zu machen war ihr größter Wunsch gewesen.

„Ich war mir immer sicher, meine Liebe, dass in dir ganz viel Talent schlummert." Jonna hielt kurz inne, um dann mit leiser eindringlicher Stimme fortzufahren. „Lass die Zweifel nicht in deinen Kopf. Folge einfach dem Ruf, Annike. Er wird dich führen, vertrau mir. Du kannst es sowieso nicht verhindern, nur herauszögern. Der Herr hat unser aller Weg vorherbestimmt…"

Mit einem lauten Schlag flog das Fenster wieder auf und ein plötzlicher Windstoß fegte durch den

Raum. Er wirbelte die Blätter am Boden auf und gleichdarauf erlosch die Kerze auf dem Nachtisch.

Anni erschauderte.

Und dann wurde ihr schlagartig klar, dass der Wind nicht nur das einzige Licht in dem Raum, sondern auch ein Leben mit sich genommen hatte.

Sie ließ die kalte Hand ihrer Großmutter los und stand auf.

Plötzlich drang ein Flüstern von hinten an ihr Ohr und sie drehte sich Richtung Tür. Das Zimmer war leer, doch erneut vernahm sie diese Stimme. Anni schloss die Augen und lauschte konzentriert.

„Annike."

Blitzartig riss sie die Augen wieder auf.

„Annike." Diesmal hörte sie es deutlicher. Es gab keinen Zweifel. Die Stimme rief ihren Namen.

„Annike, *Liebes*."

Anni hielt den Atem an. Konnte das sein? Sie drehte sich wieder Richtung Bett und ihr Herz setzte einen Schlag aus. Trotz des dämmrigen Lichtes konnte Anni sehen, dass das Bett verschwunden war - und mit ihm Jonna.

Eine magnetische Kraft schien sie plötzlich aus dem Zimmer zu ziehen und ohne jeglichen Widerstand folgte Anni der nun immer lauter werdenden Stimme durch das dunkle, kalte Haus und hinaus auf die Veranda.

Es war windig und Anni zog die Strickjacke eng vor der Brust zusammen, während sie über den gefrorenen Rasen lief, der übersäht war von vereisten Blättern.

„Annike. Komm zu mir. Ich warte auf dich, *Liebes.*"

Ihre Stimme wirkte ganz nah und verwirrt schaute Anni sich um, als ihre Füße plötzlich auf Stein trafen. Als sie sich umdrehte, konnte sie das Haus nicht mehr sehen. Um sie herum waren nur noch felsige Klippen und der weite dunkle Horizont, an dem sich Unwetterwolken türmten.

Der Wind zerrte an ihr und peitschte ihr die Haare ins Gesicht. Sie hatte Mühe sich auf den Beinen zu halten, während sie auf den Rand der Klippe zuhielt, der sie magnetisch anzuziehen schien.

Ihr Kopf schrie unentwegt *Stopp*, doch ihre Beine bewegten sich unbeirrt vorwärts. Sie hielten erst an, als sie schon beinah den Rand des bröckeligen Steilhangs erreicht hatte und ihr Blick geradewegs in den dunklen Abgrund vor ihr fiel. Sie konnte nicht ausmachen, wie tief es hinab ging, geschweige denn, ob unten überhaupt etwas auf sie warten würde...

Der Wind wurde noch stärker und übertönte jegliche Geräusche um sie herum. So bemerkte sie auch viel zu spät, dass sie längst nicht mehr allein war. Sie hatte denjenigen nicht kommen hören, sondern lediglich die Anwesenheit einer anderen Person gespürt. Doch als sie sich umdrehen wollte, um zu sehen, wer sie an diesem Ort aufgesucht hatte, verlor sie bereits das Gleichgewicht.

Ein kleiner Schubs hatte ausgereicht, sodass sie einen Schritt nach vorne stolperte. Gleichdarauf traten ihre Füße ins Leere. Ein greller Schrei entfuhr ihr, der jedoch vom Wind davongetragen wurde. Sie merkte, wie ihr die Luft aus den Lungen gedrückt wurde, während sie haltlos in die dunkle Tiefe stürzte.

EINUNDZWANZIG

<u>Tromsø, Sonntag 15:48 Uhr</u>

Ein Ruck ging durch Annis Körper, als sie aus diesem Traum aufschreckte, und im nächsten Moment saß sie kerzengrade auf dem Sofa. Ihr Mund fühlte sich seltsam trocken an und in ihren Lungen schien sich keine Luft zu befinden. Hastig zog sie die kalte Raumluft durch die Nase ein, um ihren Puls zu beruhigen, der wie wild am Rasen war.

Sie befand sich, sicher in Decken eingerollt, auf ihrem Sofa. Diesen Gedanken musste sich Anni mehrfach wie ein Mantra aufsagen, um sich klarzumachen, dass es schon wieder nur ein Traum gewesen war. Doch irgendwie beruhigte sie diese Tatsache nicht so sehr, wie sie gehofft hatte. Nicht nach der vergangenen Woche. Die Ereignisse des Traumes holten sie wieder ein und unweigerlich bildeten sich Tränen in ihren Augen.

Wie sehr hätte sie sich auch im echten Leben gewünscht, sich von ihrer Großmutter zu verabschieden. Aber dieser Wunsch war ihr leider verwehrt geblieben. Diese Frau hatte ihre Liebe für die Bücher und das Schreiben entfacht und ihr Ableben hatte eine schmerzliche Lücke entstehen lassen. Jonna hatte nicht einmal mehr miterleben können, wie Annis erstes Buch veröffentlich wurde. Sie hatte nicht erfahren, dass sich ihre Enkelin ihren Traum erfüllt hatte und sie war auch jetzt nicht mehr da, um Anni aus diesem tiefen Loch herauszuholen.

Anni merkte, wie der Schmerz sie überrollte und sich in ihrer Brust breit machte. Sie wollte ihn nicht fühlen und unweigerlich tat sie, was am besten dagegen half: Ablenkung.

Sie griff zu ihrem Handy, welches noch immer neben ihr auf dem Sofa lag. Fast 16 Uhr. Anni stellte überrascht fest, dass sie tatsächlich mehrere Stunden geschlafen hatte. Ihr Körper fühlte sich jedoch keineswegs erholter an, als zuvor.

Das Blinken eines Lichts zeigte ihr den Eingang einer Nachricht an. Sie entsperrte ihren Bildschirm und drückte auf das kleine Icon des Messengers. Es handelte sich um eine Nachricht von Mortan mit der Bitte, ihm die Nummer eines Tourguides weiterzuleiten. Mechanisch versendete Anni die gewünschte Nummer. Dann starrte sie unschlüssig auf den Bildschirm.

Kurzerhand betätigte sie den Anrufbutton. Beim zweiten Mal Klingeln hob Mortan bereits ab.

„Ah, hallo Anni. Du hättest nicht extra anrufen brauchen. Ich habe Kristoff schon erreicht."

„Ich glaube ich könnte deinen Rat gebrauchen", sagte Anni ohne große Vorrede, „können wir uns sehen?"

„Natürlich. Ist etwas passiert? Ich bin grad auf dem Storsteinen mit einer Gruppe. Danach könnte ich vorbeikommen.", schlug Mortan direkt vor.

„Nein, bleib einfach da. Ich komme zu dir", hörte sich Anni selbst sagen.

„Bist du sicher? Du hörst dich etwas seltsam an", erkundigte sich Mortan. „Wäre wirklich kein Problem für mich vorbeizukommen", hängte er an.

„Nein, ich bin schon auf dem Weg. Wir treffen uns vor dem Café", erklärte Anni, während sie sich schon aus der Decke auswickelte.

Als sie in ihren Mantel schlüpfte und ihr Handy in ihrer Jackentasche verstaute, ertasteten ihre Finger etwas Flaches, Festes. Es handelte sich um den Umschlag von Johan Olsens Bruder. Sie hatte ganz vergessen, ihn abzugeben. Sie überlegte kurz, ob sie vielleicht Johans Bruder ausfindig machen sollte. Vielleicht konnte er ihr weiterhelfen oder sie zu Johan bringen. Aber wer sagte ihr, dass Johan nicht vielleicht gefährlich war.

Wieder kam in Anni die Frage auf, ob Olsen mit all dem etwas zu tun gehabt hatte. Die Tatsache, dass ihr

Vormieter so plötzlich verschwunden war, war äußerst verdächtig und sprach für diese Vermutung.

Hatte er das Bild vielleicht gestohlen und war nun auf der Flucht? Aber warum ließ er es dann zurück? Das war alles zu viel für Anni. Sie musste dringend mit jemandem darüber reden. Sie ließ das Kuvert auf dem Flurschrank zurück und verließ ihre Wohnung.

Ihr Gefühl hatte ihr eindeutig gesagt, dass sie aus der Wohnung raus musste, doch als sie bereits im Bus saß, fragte sich Anni, ob sie gerade das Richtige tat. Die letzten Ereignisse hatten sie total aufgewühlt und sie brauchte jemanden zum Reden. Mortan kannte sich mit Kunst aus, also konnte er ihr vielleicht einen Tipp geben, was sie mit dem Bild machen sollte. Doch ein komisches Gefühl begleitete sie, während der Bus sie runter an den Hafen brachte. Dort stieg sie aus, um auf eine andere Buslinie zu warten, die sie rüber aufs Festland bringen würde.

In der Stadt herrschte reges Treiben. Es waren viele Leute unterwegs, unter anderem viele Touristen. Annis Blick wanderte ruhelos durch die Gegend. Ihre innere Anspannung war in den letzten Tagen fast unaushaltbar geworden und ermöglichte ihr kaum eine ruhige Minute.

Auf einmal hing sich ihr Blick an etwas auf. Ein silbrig leuchtender Baum inmitten der Passanten.

Annis Atem stockte kurz, dann musste sie tatsächlich ein bisschen über ihre Fantasie schmunzeln.

Dieser Baum stand schon seit einigen Jahren zu Beginn der dunklen Monate und während der Vorweihnachtszeit dort. Anni vermutete, dass sie ihn in ihre Träume eingebaut hatte, da sie ihn in den letzten Tagen häufiger unterbewusst wahrgenommen haben musste.

Trotzdem ließ es sie nicht los, dass es nicht das erste Mal war, dass ein Baum und dessen Blätter in den letzten Tagen eine Rolle gespielt hatten.

Die wenigen Minuten, die Anni draußen auf den Bus warten musste, genügten, dass ihre Finger durch den eisigen Wind kalt und steif wurden. Anni ärgerte sich, dass sie sich in ihrer Eile nicht warm genug angezogen hatte. Sie hauchte in ihre Hände, im Versuch sie so ein wenig aufzuwärmen.

Die Straßen und auch der Bus waren unnatürlich voll und Anni war froh, noch einen Platz am Fenster zu ergattern, da dort ein wenig warme Luft aus dem unteren Gebläse drang.

Sie waren gerade auf die Brücke abgebogen, als der Bus plötzlich zum Stehen kam. Anni schaute durch den Gang nach vorne. Durch die Frontscheibe konnte sie die roten Bremslichter der Autos vor ihnen sehen, die sich über die komplette Länge der Brücke zu stauen schienen. Als sie den Blick nach rechts aus dem Fenster schweifen ließ, konnte sie sehen, wie oben über dem Gipfel des Storsteinen schemenhafte grüne Schleier am dunklen Nachthimmel auftauchten. Erst waren sie nur ganz blass, doch nach kurzer Zeit konnte Anni den Nordlichtern beim Tanzen zusehen. Mortans Gruppe hatte heute also besonders viel Glück.

Während sie so aus dem Fenster schaute, lenkten ein paar braune Augen Annis Aufmerksamkeit auf sich. Sie lagen tief in ihren Höhlen und wurden von dunklen Augenringen umrandet. In ihrem Blick lag eine deutliche Unruhe, die exakt die Unruhe in Annis Innerem widerspiegelte. Diesmal handelte es sich zum Glück nicht um die Augen eines Geistes, sondern um Annis Augen. Doch ihr Anblick machte es deswegen nicht weniger unbehaglich.

Unweigerlich spielten sich in Annis Kopf die Bilder der letzten Tage – und Nächte ab. Sie waren Verursacher ihres Aussehens.

Das Bild von Buscuit aus ihrem Traum mit dem brennenden Bild flammte auf und Anni fuhr entsetzt hoch. Sie hatte Buscuit vergessen. Wie um alles in der Welt konnte das sein?

Sie war am Morgen so gefangen von ihrem Traum gewesen, dass sie vergessen hatte, dass ihr Kater nach wie vor noch nicht zurück war. Das schlechte Gewissen schien sie zu übermannen, aber jetzt war sie hier, auf halber Strecke zu Mortan, um über ihren Fund zu sprechen. Umkehren machte nun auch keinen Sinn mehr und würde Buscuit vermutlich auch nicht schneller nach Hause bringen. Also entschloss sich Anni, ihr Vorhaben Mortan aufzusuchen fortzusetzen.

Es dauerte weitere zwanzig Minuten, bis der Bus endlich am Festland ankam, doch der Grund für den Stau war dort nicht mehr ersichtlich. Links von ihnen ragte die Eiskathedrale weiß in die dunkle Nacht empor. An der Haltestelle zur Fjellheisen stieg Anni aus. Die Talstation der Bergbahn war menschenleer und so war sie allein in der Gondel, die sie langsam, aber sicher den Berg hinaufbugsierte.

Während sie so in der dunklen Nacht hin und her schaukelte, musste sie wieder an ihren Traum denken. Sie war sich sicher, dass es die Stimme ihrer Oma gewesen war, die sie in diesem und auch in den anderen Träumen gehört hatte. Doch warum führte sie ihre Oma in den Tod? Was hatte das zu bedeuten?

Sie hatte von der Geburt von etwas Neuem gesprochen und davon, dass Anni keine Angst haben müsse.

Anni griff in ihre Jackentasche und fischte ihr Handy heraus. Sie wusste zwar nicht was das bringen sollte, aber irgendwas musste sie ihrem Hirn zu tun geben, sonst würde sie noch einen Nervenzusammenbruch erleiden.

Der eigene Tod im Traum gab sie in die Suchleiste ein und sofort erschienen mehrere Ergebnisse zu der Suchanfrage. Sie klickte den Erstbesten an.

Vom eigenen Tod zu träumen bedeutet nicht, dass Sie ihren Tod vorhergesehen haben. Vielmehr kann es dafür stehen, dass Ihnen im echten Leben ein Wandel oder eine bedeutsame Veränderung bevorsteht.

Das klang ja gar nicht so schlimm. Anni las weiter, doch auch die anderen Beiträge versprachen eher positive Aussichten zum Thema Traum-Tod.

Als die Gondel ruckelnd an der Bergstation ankam, steckte Anni, inzwischen wesentlich ruhiger, ihr Handy zurück in die Manteltasche und stieg aus. Sie ging die Treppe hoch und dann direkt nach links durch die elektrische Schiebetür ins Café.

Unmittelbar beim Eintreten entdeckte sie Mortan mit einer Gruppe von vier Personen an einem Tisch am Fenster, an dem sich ein junges Mädchen die Nase platt drückte, um die bunten Lichter draußen besser sehen zu können.

Mortan zeigte gerade einer Frau mittleren Alters, die neben ihm saß, ein paar der Bilder auf seiner Kamera.

Als Anni an den Tisch trat und freundlich grüßte, hoben alle überrascht den Blick.

„Oh, da bist du ja schon. Habe gar nicht so schnell mit dir gerechnet." Mortan erhob sich und schob dabei quietschend seinen Stuhl nach hinten.

„Bleib nur sitzen. Ich hol mir noch was zu trinken und warte da hinten auf dich."

Mortan nahm wieder Platz und Anni machte sich auf den Weg in Richtung des Tresens im hinteren Teil des Cafés. Sie bestellte sich eine heiße Schokolade und suchte sich einen freien Tisch in einer ruhigeren Ecke. Die Wartezeit vertrieb sich Anni damit die Leute in dem gut besuchten Café zu beobachten, während sie immer wieder an ihrer süßen Schokolade nippte. Das Gefühl der warmen Tasse an ihren immer noch kalten Fingern war eine Wohltat.

Eine viertel Stunde später ließ sich Mortan ihr gegenüber auf einen Stuhl fallen, seine Kameratasche über der Schulter. „So, jetzt bin ich ganz für dich da. Was ist los? Du klangst so geheimnisvoll am Telefon."

Anni blickte zu dem Pärchen, das direkt neben ihnen am Nachbartisch saß. „Können wir vielleicht raus gehen? Muss nicht sein, dass noch jemand mithört", fragte sie mit gedämpfter Stimme.

Mortan wirkte kurz verwirrt, stand aber widerspruchslos auf.

Gemeinsam traten sie auf die großzügige Aussichtsplattform, von der aus man eine atemberaubende Aussicht über die ganze Stadt hatte.

In Erwartung des kalten Windes zog Anni ihren Kragen etwas höher doch zu ihrer Überraschung war es auf der Plattform erstaunlich windstill. Am nächtlichen Himmel zogen sich immer noch schwache grüne Streifen entlang. Schweigend gingen sie bis ans hinterste Ende des Aussichtplateaus und lehnten sich dort an das Geländer. Die Lichter der Stadt waren nur helle Punkte unter ihnen. Der Ausblick erinnerte Anni unweigerlich an das Gemälde, welches ihre Schlafzimmerwand geschmückt hatte.

„Also? Jetzt machst du es aber echt spannend", witzelte Mortan.

„Ich weiß ehrlich gar nicht wo ich anfangen soll." Anni atmete tief ein.

„Wie wär's mit *vorne*?", schlug Mortan grinsend vor und Anni verdrehte die Augen.

„Na gut. Aber halt mich bitte nicht für total bescheuert, okay? In letzter Zeit passieren einfach ein Haufen absurder Dinge und ich würd's am liebsten selbst nicht glauben", begann Anni. „Ich habe in letzter Zeit, um genau zu sein seit letztem Wochenende, total beknackte Träume. Und ich habe es am Anfang echt nur für einen Zufall gehalten, aber das krasse daran ist, dass sie irgendwie - wahr werden. Also nicht direkt", beeilte sich Anni hinzuzufügen, „aber ich habe das Gefühl, ich träume etwas und dann passiert irgendwas aus dem Traum am nächsten Tag…" Ihre Stimme brach ab, als blitzlichtartig wieder das Bild der Klippe vor ihr auftauchte. Schnell versuchte sie die aufkommenden Gedanken beiseite zu schieben.

„Das klingt allerdings sehr merkwürdig. Was sind das für Sachen, die du da träumst?", hakte Mortan nach. Sein Gesicht wirkte ernst.

296

„Total unzusammenhängend. Im Bus zum Beispiel habe ich geträumt, wie ich durch den Wald irre und dann ein Baum auf mich zufällt. Und als ich wach wurde, lag da dieser Baum auf der Straße." Anni versuchte sich, während sie redete, selbst einen Reim aus den vergangenen Tagen zu machen. „Und heute, heute habe ich geträumt wie ein Bild, das in meiner Wohnung hängt, brennt, und als ich wach wurde…"

„Ein Bild? Was für ein Bild?", unterbrach Mortan sie überraschend.

„Ähh." Anni hielt perplex inne. „Ein total altes und langweiliges Bild. Habe ich im Keller gefunden. Muss mein seltsamer Vormieter dort vergessen haben. Aber das ist auch eigentlich der Grund, warum ich mit dir reden wollte. Nachdem ich diesen Traum hatte, habe ich mir das Bild genauer angesehen und was Krasses gefunden. Hinter dem Bild war noch ein weiteres Bild. Ich habe ein bisschen gegoogelt und es scheint ziemlich wertvoll zu sein. Keine Ahnung warum man sowas hinter einem anderen Gemälde…"

„Was hast du mit dem Bild gemacht?", unterbrach sie Mortan erneut.

„Noch nichts. Aber das wollte ich dich fragen. Meinst du ich sollte es irgendwo abgeben? Bei einem Museum oder der Polizei?"

„Ich kann es mir mal anschauen. Dann kann ich dir sagen, ob es wertvoll ist oder nicht. Es sind viele

Kopien von Munch im Umlauf, nicht alles ist ein Original."

„Das wäre - wart mal, ich habe doch gar nicht gesagt, dass es ein Munch ist", fiel Anni auf.

Mortan blickte sie nur ausdruckslos an und Anni merkte, wie sich ihr Körper anspannte.

„Woher weißt du das?", fragte sie misstrauisch.

Mortans Gesichtsausdruck änderte sich schlagartig und eine erschreckende Kälte überzog seine Miene. Er schüttelte kurz den Kopf und ließ die Luft aus seinen Lungen laut vernehmlich entweichen. „Ach Anni." Genervt schnalzte er mit der Zunge. „Und ich hatte dich inzwischen echt gern gewonnen." Mortan verzog beinah mitleidig das Gesicht.

Anni lief bei dem plötzlich wechselnden Unterton in seiner Stimme ein eiskalter Schauer den Rücken hinunter, auch wenn sie nicht verstand, was er damit eigentlich sagen wollte. Verständnislos und mit einem Anflug von Panik schaute sie ihn an.

„Naja, ich glaube du hast wenigstens verdient zu erfahren, in was du da hineingeraten bist", setzte Mortan geheimnisvoll an.

„Von was redest du? Was weißt du über das Bild?", brach es aus Anni raus.

„Ich war es, der es dort versteckt hat", erklärte er emotionslos. „Es war jedoch nie geplant, dass das irgendjemand rausfindet, außer der Käufer. Aber dann musste dieser dämliche Olsen auf der Auktion ausgerechnet das Bild ersteigern. Hätte doch nicht gedacht, dass sich jemand für sowas interessiert. Mein Kunde hat ihm anschließend sogar ein ordentliches Sümmchen dafür geboten. Einfach abgelehnt hat er es, dieser Idiot. Hat irgendwas von emotionalem Wert gefaselt. Tja, da mussten wir es uns eben irgendwie anders zurückholen. Es ging immerhin um eine Menge Geld, die uns sonst durch die Lappen gegangen wäre. Aber Olsen hat es rausgefunden und hat das Bild versteckt. Er hat mit Polizei gedroht und wollte uns alle auffliegen lassen. Das konnten wir natürlich nicht riskieren. Als wir das Versteck aus ihm rausholen wollten, ist uns dann leider ein – sagen wir Malheur passiert. Ich erspar dir mal die Details. Aber sagen wir es so, wir mussten dafür sorgen, dass Olsen auf mysteriöse Weise untertaucht. Irgendwie hat den Kerl aber auch keiner so wirklich vermisst. Das kam uns sehr entgegen. Haben seine ganze Bude ausgeräumt, um sicher zu gehen, dass wir nichts übersehen und um die Story mit dem Umzug glaubhaft erscheinen zu lassen. Das Bild konnten wir allerdings nirgends in seiner Wohnung finden und als du dann eingezogen bist, haben wir dich im Auge behalten, um festzustellen, ob du es irgendwo findest." Er machte eine bedeutsame Pause. „was du ja auch getan hast. Auf den Keller hätten wir aber auch echt selbst kommen können. Naja." Er machte eine erneute Pause.

„Der Elektriker. Und der Mann an der Bushaltestelle…", dachte Anni laut nach während sie versuchte Mortans Worte zu verarbeiten.

„Meine Kollegen, ja. Genauso wie Raik, beziehungsweise für dich besser bekannt als Jonte Eriksen. Aber du hast es uns ja auch nicht unbedingt leicht gemacht. Deswegen musste ich selbst auf der Bildfläche erscheinen. Weißt du Anni, eigentlich wollten wir ja keinem was antun, aber wenn die Menschen so dumm sind wie Olsen und sich so quer stellen, statt einfach zu kooperieren, wenn man ihnen die Chance gibt, müssen sie eben auch mit den Konsequenzen leben. Und es tut mir leid, aber ich kann nicht riskieren, dass du irgendwas davon weitererzählst…" Er trat einen Schritt auf Anni zu, die instinktiv rückwärts auswich.

Warum war sie nicht längst davongelaufen? Warum hatte sie ihm zugehört? Panisch blickte sie sich um, doch die Aussichtsplattform war menschenleer und selbst die Lichter im Café waren seltsamerweise erloschen. Sie waren allein. Es war niemand da, der ihr zur Hilfe kommen konnte. Mortan trieb sie rückwärts, bis sie das Geländer im Rücken spürte. Als sie seitlich an ihm vorbei entwischen wollte, packte er ihre Schultern und drückte sie zurück gegen das Metallgeländer. Seine behandschuhten Hände legten sich wie Schraubzwingen um ihren Hals und jegliche Versuche, sie wieder von dort zu entfernen, misslangen Anni. Selbst als sie anfing nach Mortan zu treten, verzog er keine Miene.

Er wirkte fest entschlossen.

Anni japste nach Luft und mit letzter Verzweiflung versuchte sie nach Hilfe zu rufen, doch ihrer Kehle entwich bloß ein ersticktes Keuchen. Sie spürte, wie ihre Füße langsam den Kontakt zum Boden verloren.

Er hob sie immer höher und dann war da plötzlich kein Geländer mehr in ihrem Rücken, das sie hielt. Mit einem Mal füllten sich ihre Lungen wieder mit Sauerstoff, doch nur um ihnen im nächsten Moment mit einem lauten Schrei wieder zu entweichen.

Das letzte, was sie sah, als sie rücklings in die Tiefe stürzte, war das giftige Grün der wabernden Nord-lichter.

ZWEIUNDZWANZIG

Sie riss die Augen auf.

Stück für Stück verblasste das Grün vor ihrem inneren Auge, bis sie irgendwann das Weiß der Decke erkannte. Jeder Muskel in ihrem Körper war angespannt. Sie fühlte in ihn hinein, doch bis auf ein paar Verspannungen schien er unbeschadet.

Sie schaute sich benommen um und griff dann mit klopfendem Herzen nach ihrem Handy auf dem Nachttisch. Der Bildschirm leuchtete auf und zeigte neben der Uhrzeit auch das heutige Datum an.

Sonntag? Anni blinzelte mehrfach.

Es war Sonntagmorgen?

Sonntagmorgen - vor einer Woche.

Ein Traum!

Es war alles nur ein Traum gewesen.

Ihr Verstand brauchte einen Moment, um diese Information und dessen Bedeutung zu begreifen.

Sie spürte das Adrenalin durch ihren Körper rauschen. Für ihn hatte sich das Erlebte zu echt angefühlt, als dass er es von der Realität hätte unterscheiden können, und es dauerte eine ganze Weile, bis sich Annis Puls wieder etwas normalisierte.

Sie starrte die Decke über sich an, während sie sich auf ihre Atmung konzentrierte und gleichzeitig versuchte ihre Gedanken zu ordnen.

So einen abgefahrenen Traum hatte Anni bisher noch nicht gehabt. Wie im Schnelldurchlauf lief eine Zusammenfassung vor ihrem inneren Auge ab und blitzlichtartig erschienen ihr die Gesichter von Mortan, Johan und Tordis, Menschen, die Anni nicht zu kennen glaubte und die scheinbar ihrer Fantasie entsprungen waren. So wahllos ihr alles am Anfang auch erschienen war, am Ende waren die Fäden alle an einem Punkt zusammengelaufen - dem Bild. Und dessen Existenz war sich Anni bewusst.

Kaum dass ihr Verstand diesen Gedanken geformt hatte, sprang sie aus dem Bett auf die Beine.

Da hing es. Es war noch dasselbe Bild, wie vor diesem Traum. Doch nun betrachtete Anni es mit völlig neuen Augen.

Mit angehaltenem Atem stieg sie auf ihr Bett und stand nun direkt davor, so nah, dass sie die feine Pinselführung genaustens sehen konnte. Sie wusste nicht, was sie erwartet hatte, aber sie war erleichtert, als nichts passierte.

Es war bloß ein Traum, rief sie sich selbst in Erinnerung. Trotzdem merkte sie, wie ihre Hände leicht zitterten, als sie sie nach dem Rahmen ausstreckte. Vorsichtig fuhr sie mit den Fingerspitzen den Rahmen entlang. Ihre Atmung beruhigte sich schlagartig, als sie feststellte, dass es sich um einen herkömmlichen Rahmen handelte, an dem nichts Ungewöhnliches festzustellen war.

Anni stieg wieder vom Bett und betrachtete das Gemälde nachdenklich. Es war das Letzte, was sie vor dem Einschlafen gesehen hatte, was jedoch nicht erklärte, warum ihr Unterbewusstsein eine so wahnwitzige Story um das Bild gebastelt hatte.

Wie auch in ihrem Traum schon, stellte Anni sich die Frage, was das Ganze ihr sagen sollte.

Dieser Traum hatte sich anders angefühlt als ihre bisherigen Träume. Er war lebendiger und detailreicher gewesen und auf seltsame Weise so tief in ihr Gedächtnis eingebrannt, dass sich Anni an jede noch so kleine Kleinigkeit zu erinnern schien.

Sie fragte sich, was ihr Geist damit zu verarbeiten versuchte oder ob dieser Traum eine andere Botschaft beinhaltete? Bei diesem Gedanken machte es in Annis Kopf *klick* und ihre Augen wurden groß.

Konnte das möglich sein?

Ein aufgeregtes Kribbeln breitete sich in ihrem Körper aus und in Windeseile durchquerte sie ihre Wohnung.

Im Wohnzimmer kam ihr Buscuit entgegen und Anni ging eilig in die Hocke. Trotz eines kleinen Protestes seitens des Katers, riss Anni Buscuit von den Pfoten und drückte ihn fest an sich.

„Wie schön dich zu sehen, mein Hübscher", wisperte sie in das dichte, weiche Fell. Mit dem Kater auf dem Arm ging Anni zielstrebig zu ihrem Schreibtisch. Dort stand ihr PC noch, wie sie ihn am Vorabend zurückgelassen hatte.

Sie setzte sich hin, wobei ihr Buscuit vom Schoß sprang, und das Weite suchte. Ungeduldig beobachtete Anni ihren Laptop beim Hochfahren und öffnete direkt ein neues Schreibdokument.

Ihre Finger flogen über die Tastatur und dann hielt sie kurz inne um den Zweizeiler, den sie gerade geschrieben hatte zu betrachten: *REM – Wovon träumst du nachts?*

In ihrem Kopf rauschten tausend Gedanken kreuz und quer. Sie atmete tief ein, wobei ihr Atem vor innerer Aufregung zitterte. Und dann fing sie an zu tippen. Es passierte alles wie von selbst. Als würde eine innere Stimme ihr alles diktieren und sie musste es nur noch ausführen.

Zeile um Zeile, Seite um Seite wuchs die Geschichte heran, aus der Anni gerade eben selbst erwacht war. Es war, als hätte jemand ihren Hilferuf gehört, als wären ihre Gebete vom Vorabend tatsächlich erhört worden. Bei diesem Gedanken hielt sie inne und richtete den Blick nach oben. Ein seliges Lächeln breitete sich auf ihrem Gesicht aus.

„Danke", flüsterte sie dann leise und voller Inbrunst. Sie hatte keinen Zweifel daran, wer ihr zu Hilfe geeilt war.

Während sie so die Zimmerdecke anblickte, beschloss sie, dass sie unbedingt rausfinden musste, ob Tordis, die nette ältere Dame, nicht doch über ihr wohnte - sie hoffte es sehr.

Anni widmete sich wieder ihrem Bildschirm und die Ideen flossen nur so aus ihr heraus und über ihre Finger auf die leeren Seiten. Es konnte gar nicht schnell genug gehen, da sie Angst hatte auch nur ein Detail zu vergessen.

Als sie zu dem Part mit dem Gemälde kam, stockte sie kurz. Sie überlegte, ob sie es nicht doch besser loswerden sollte. Sicher war sicher. Doch im Moment hatte sie nur eine Mission – Ingars Deadline doch noch einzuhalten.

In nur einer Nacht war dieser Traum nun doch wieder in greifbare Nähe gerückt.

Das Gefühl der Euphorie und Inspiration, welches Annis Körper durchströmte, war atemberaubend und als sie nach Stunden endlich eine Pause einlegte, fühlte sie sich noch immer wie elektrisiert.

Sie war kurz davor gewesen aufzugeben. Dabei war sie schon seit sie klein war davon überzeugt gewesen, dass Schreiben das Einzige war, was sie immer machen wollte. Sie hatte Talent und sie hatte Ideen. Und sie würde ihren Traum weiter verfolgen.

Ihre Oma wäre stolz auf sie gewesen. Dessen war sie sich bewusst.